小学館文庫

君が心をくれたから

宇山佳佑

小学館

目次

プロローグ
奇跡のはじまり

奇跡が、はじまろうとしていた……。

その朝は、いつになく厳《おごそ》かで、いつになく清らかな空気に満ち溢《あふ》れていた。いや、この場所に朝など存在しない。彼ら〝案内人〟が便宜的にそう呼んでいるだけのかりそめの朝だ。長い長い廊下にはいくつもの窓が等間隔に並んでおり、そこから差し込む淡い光も、外から聞こえる小鳥のさえずりも、なにもかもがハリボテにすぎない。音も、景色も、手ざわりも、香りも、味も、時間でさえも、すべてただの偽物だ。あの世とこの世を繋《つな》ぐこの場所では、それらはなんの意味も持ち得ないのだ。

そう、すべては死者を安心させるための作り物にすぎなかった。

しかしそれでも革靴で床を踏みつけるときの感触は確かにある。手に持ったステッキ代わりの黒い傘の把手《とって》の手ざわりも。なにも存在しないはずなのに、はっきりと、なにもかもが存在している。そんな曖昧《あいまい》な空間を日下《くさか》は今、たった一人、歩いていた。

先が見えぬほどの長い長い廊下だ。どのくらい歩いただろうか？　やがてその先に、ぼんやりと人影が見えてきた。その人もまた、日下同様、黒い喪服に身を包んでいる。

男の名は大貫《おおぬき》といった。整った鬚《ひげ》の下の形の良い唇に薄い笑みを宿し、日下のことを待っている。彼が「おはよう」と軽く手を挙げると、それを合図に日下は足を止めた。返事はしなかった。軽く頭を下げただけだ。

大貫は、相変わらず無愛想だな、とでも言いたげに笑っている。そして気を取り直すようにして、目を細めて日下の顔をしっかりと見た。

「一週間後の一月一日、深夜一時。新しい奇跡がはじまる。場所は長崎だ」

傘の把手に乗せた手がピクリと震えるのを感じた。大貫にも見られただろう。

「この奇跡を君に任せたい。どうする？」

日下はしばし考えた。そして、深く頷《うなず》いた。

「やる気になってくれてよかったよ。理由はどうであれ」

別にやる気になったわけではない。奇跡なんてどうだっていい。私はただ――。

日下の顔の前に、黒いファイルが差し出された。

それを受け取るようにと、大貫は軽く顎《あご》をしゃくる。

日下はゆっくりとそれを受け取った。黒い傘を手首にかけて、ファイルを開いて中を覗《のぞ》く。奇跡の内容、対象者の氏名、年齢、経歴、家族構成……。それらを確認する。

「今回の奇跡対象者は二名だ。だから案内人も二名体制になる」

「もう一人は？」と日下は顔を上げて訊《たず》ねた。

大貫は、自身の斜め後ろに目を向けた。

女性が立っている。三十代半ばくらいだろうか。肩にかからない程度の黒髪と、はっきりとした大きな目、すっと通った鼻筋が美しい女性だった。

この女性、確か……。

日下は開いたままのファイルに目を落とした。

なるほど、そういうことか。

「彼女が自ら担当したいと言い出してね。しかし、案内人としてはこれが初めての奇跡になる。君が指導してやってくれ」

指導？　私がそういった類《たぐ》いが苦手なことは分かっているくせに。

「そんな顔をするな。僕は、日下君は良い指導者になると思っているんだ。ゆくゆくは班をひとつ任せたいとすら考えている」

「ありえないですね」

「まぁいい。先のことは後々話そう。じゃあ、あとはよろしく」

そう言うと、大貫は軽やかな足取りで去って行った。

相変わらず調子のいい男だ。昔からそうだった。

あの日、あの場所で出逢《であ》ったときから……。

日下は目の端で彼を見送ると、女性に向き直り、一瞥《いちべつ》した。

彼女はゆっくり頭を下げて挨拶《あいさつ》をした。所作の美しい人だ。

「私は日下です。彼はあのように言いましたが、あなたを指導する気は一切ありません。しかしながら、ひとつだけ忠告を」

日下は、黒髪の奥の瞳《ひとみ》を彼女へ向けた。

「案内人は対象者に感情移入してはならない。いいですね？」

女性は、慎重に頷き「分かっています」と呟《つぶや》いた。

案内人は天使でもなければ神でもない。奇跡を与える天の正体も知らなければ、どのような経緯で奇跡が与えられるかも分からない。我々の役目はただひとつ。

奇跡を見届ける、たったそれだけ。

日下はファイルの情報に目を向けた。

そこに載っている二人の若い男女。

この二人にどんな未来が待ち受けていようと関係ない。

幸せになろうと、不幸になろうと、私にはなんの興味もない。

いや、幸せになどなれるはずがない。

奇跡とは残酷だ。希望も、未来も、なにもかもを奪ってしまう……。

「日下さん？」

その声で我に返った。

そして彼は顔を上げ、彼女に向かってこう言った。

「では、参りましょう。この奇跡を見届けに――」

1　真夜中の激しい雨が長崎の街を濡《ぬ》らしている

ライトアップされた大浦《おおうら》天主堂。新年を祝う美しい賛美歌が豪雨の中に聞こえる。雨に濡れるマリア像は泣いているようだ。天主堂の前の道を黒い傘の男が歩いてゆく。喪服姿の奇妙な男だ。と、そこに、

雨N（ナレーション）「十年後の約束？」

太陽N「うん。十年後の大晦日《おおみそか》、一緒に花火を見に行こうよ。俺の作った花火、見てほしいんだ」

2　大浦海岸通り（真夜中続いて）

開かれた赤い折りたたみ傘が国道に落ちている。
その近くにへたり込む女性・逢原雨《あいはらあめ》。
無数の雨滴《あましだり》に濡れながら、茫然《ぼうぜん》自失の様子である。
彼女の腕の中には気を失った朝野太陽《あさのたいよう》。

雨「……お願い……誰か……誰か助けて……！」

太陽の頭からは鮮血《せんけつ》が流れ、雨の中に溶けてゆく。ぐったりした太陽を抱える雨。二人はまるでピエタ像のようだ。
そんな彼らに、近づいてくる黒い靴。

太陽N「それまでには一人前の花火師になってるよ」

雨Ｎ「なら、わたしも一人前のパティシエになる。胸を張って逢《あ》えるように」
太陽Ｎ「じゃあ、約束」
雨Ｎ「約束……」
　黒い傘の男・日下が、彼女の前で足を止めた。
日下「私は案内人の日下です。朝野太陽君を迎えに来ました」
雨「案内人……？」
　雨は、この男が天からの使者だと察した。
　太陽を守るようにぎゅっと抱きしめ、何度も何度も首を振る。
雨「助けてください……なんでもします……だから……」
日下「なんでも？　ならば、あなたに〝奇跡〟を授けましょう。受け入れるのなら、彼の命は助けます」
雨「奇跡……？」
日下「奪わせてください」
雨「奪う？　なにをですか？」
日下「あなたの、心です」
雨「心……」
　冷たい雨滴が、彼女の戸惑いを濡らして――。
タイトル『君が心をくれたから』
第一話『赤い傘と花火の約束』

3　(過去)青空の下の長崎の風景(六月)

長崎港を中心としたすり鉢状の地形。斜面に沿うようにして家々が建ち並んでいる。稲佐山《いなさやま》は青々とした緑を湛《たた》え、港内には外国から来た豪華客船が停泊している。三菱《みつびし》造船所のクレーンは首の長い恐竜のようだ。十字架を掲げた教会からは鐘の音が響く。そんな異国情緒あふれる長崎の街を、青空から降る美しい雨が、優しく、鮮やかに、染めている。

T(テロップ)『2013年』──。

4　(過去)長崎県立長崎高等学校・外観

その雨滴が、屋根窓の校舎を濡らしている。

5　(過去)同・廊下

いくつもの雨が線になって窓に走っている。

一年一組の教室を出た雨が、鞄《かばん》を肩にかけ、濡れた窓の横を歩いてゆく。

その鞄には雨粒のワッペンが縫いつけられている。

男子生徒1「うわ、雨降ってんじゃん!」

男子生徒2「マジかよ!　おい、ザー子のせいだぞ!」

そんなヤジを飛ばされ、雨は俯《うつむ》いてしまう。

駆けてきた女子生徒と肩がぶつかった。

女子生徒「あーもう、邪魔！」

雨「す、すみません……」

男子生徒1「ザー子って、ジメジメしてて暗いよな」

男子生徒2「ほんと名前の通りだな。逢原雨──変な名前」

雨の小さな背中が遠ざかってゆく。

6（過去）同・下駄箱・外

突然の雨に慌てて帰る生徒たち。

そんな中、雨が一人、庇《ひさし》の下で雨滴を見上げている。

隣に誰かが並び立った──制服姿の太陽だ。

雨「（隣同士が気まずくて）………」

雨は、帰ろうと一歩を──、

太陽「逢原さん」

その声に驚き、雨は足を止めた。

太陽「逢原さんだよね？　俺、三年の朝野。朝野太陽」

雨「太陽……？」

太陽は、赤い折りたたみ傘を彼女に見せて、

太陽「あのさ、もしよかったら、入らない……？」

雨「………」

7（過去）オランダ坂

青空から降る雨が艶《つや》やかに赤い傘を輝かせている。
その下で、並んで歩く雨と太陽。二人は無言だ。
雨は、手の中の雨粒のワッペンが縫いつけられたハンカチをぎゅっと――不意に太陽と肩が触れた。
ドキリとする雨。気まずい二人。

雨「（間が持たず）……は、派手な傘ですね……」
太陽「やっぱり派手かな、これ」
雨「え？」
太陽「実は女性ものなんだ。母さんの形見で」
雨「………」

8（過去）路面電車の停留所　～　路面電車・車内

路面電車の停留所に差しかかった二人。

雨「わたし、電車なので。傘、ありがとうございました」
ぺこりと頭を下げて、傘から出ようとすると、
太陽「知ってる⁉　こういう晴れた空から降る雨のことを、天が泣いているって書い

雨　て『天泣《てんきゅう》』っていうんだ」

太陽「天泣？」

雨「天泣には変な迷信があってさ。晴れた空から雨が降っているとき、赤い傘に入っていた二人は――」

　彼の背後を路面電車が通り過ぎると、

太陽「運命の赤い糸で結ばれるんだって」

雨「――――」

　赤い傘の下で見つめ合う二人。

　向こうでは、到着した路面電車のドアが開く。

雨「あの……わたし……その……す……す……」

太陽「す……（き？）」

雨「すごく迷惑です！　気持ち悪いです！　そういうの！」

　雨が路面電車に逃げ込むと、同時にドアが閉まった。

　走り出した電車の車内――。

　雨は、窓の向こうに目をやる。

　傘の下で落ち込む太陽。

　赤い傘が小さくなってゆく。

　雨はちょっとの罪悪感と高揚で、小指を撫《な》でて、

雨「……赤い糸……」

走り去る電車で――。

9　（現在）同・路面電車の停留所（十二月二十四日）

T『2023年』――。
その停留所に、路面電車が今まさに到着した。
キャリーケースを手に下りてきた二十六歳の雨。

雨「（懐かしさを込めて）……」

10　大浦天主堂近く・グラバー通りの商店街

大浦天主堂へと続くなだらかな坂には土産物屋《みやげ》が並んでおり、店先にはクリスマスツリーが出ている。街はクリスマスムード一色だ。
雨が、観光客に交じって歩いていると、

男の声「すみません！　拾ってください！」
見ると、何枚ものチラシが風に飛ばされてきた。
チラシを追いかけてきたスーツの男性・望田司《もちだつかさ》。

司「そこのお姉さん！　手伝って！」

雨「（わ、わたし？）」
と、思いつつ、チラシを拾おうとする。
が、キャリーケースも転がってしまって大慌てで……。

11　坂道をゆく社用車・車内（夕）

『長崎市役所』と書かれた車が坂道を上ってゆく。

雨「わざわざ送っていただいてすみません……」

司「とんでもない。チラシを拾ってくれたお礼です」

雨は、手の中のチラシを広げる。それは大晦日に行われる『ながさき年越しまつり』のチラシだった。そこに書かれた〝ある文字〟を見て、

雨「………」

司「長崎には旅行で？」

雨「え？　帰省です。祖母に会いに。それと大晦日の……」

司「花火？　年越しまつりの」

雨「まぁ……」

司「僕、その花火大会の運営をしてて。市役所の地域振興課で働いている望田司といいます。あ、お名前は？」

雨「逢原です。逢原……雨」

司「雨？　珍しい名前ですね。あれ？　逢原って……」

雨「え？」

12　長崎湾を望む坂の上の古い家屋・外観（夕）

13　同・玄関・中（夕）

司がキャリーケースを手に入ってくる。

司「雪乃《ゆきの》さーん。お孫さん、帰ってきましたよー」

ややあって、奥から逢原雪乃がやってくる。

雪乃「あら、司君？」

雨「あの……祖母とはどういった？」

司「ああ、雪乃さん、市役所のフラダンス教室に通ってて。そういえば、最近来てないですね」

雪乃「ちょっと忙しくてね……。それより雨、八年ぶりなんだから、ちゃんと顔を見せて」

雪乃、雨の頬《ほお》を両手で優しく包んで、

雪乃「お帰りなさい」

雨「ただいま。ばあちゃん」

14　同・居間（夕）

雪乃がテーブルに紅茶とカステラを置くと、

司「すみません、僕まで」

雪乃「なに言ってるの。雨を送ってくれたお礼よ。――ねぇシンディー。暖房の温度、1℃上げてちょうだい」

その声に、部屋のスマートスピーカーが反応して、

シンディー「カシコマリマシタ」

雪乃「雨、仕事は？」

雨「休みもらえた。いつも頑張ってるから特別にって」

雪乃「そう（と、嬉《うれ》しそう）」

雨「…………」

司「雨さんは、なんのお仕事を？」

雨「え……」

雪乃「この子、すごいの。東京の有名なお菓子屋さんでパティシエをしているのよ。『レーヴ』ってお店。知ってる？」

司「すごい。有名店だ。この間もテレビに出てましたよ」

雨「……わたし、二階に荷物置いてくる」

と、そそくさと逃げてゆく雨で……。

15　同・二階・雨の部屋（夕）

荷物を手に入ってきた雨。

浮かない表情でコートを掛けようと——ポケットからチラシが落ちた。

雨「（拾って、開き）…………」

そこには、『協力・朝野煙火《えんか》工業』の文字。

雨は、『朝野』の字を指先でそっと撫でて。

16 (過去)同・居間(夜・S#8の後)

雨が呆《あき》れ顔をすると、向かいに座って夕食を摂《と》っていた雨がムスッと口を尖《とが》らせた。

雪乃「バカねぇ〜」

雨「バカって言わないで……」

雪乃「赤い傘に運命の赤い糸──。ロマンチックじゃないの。それなのにあんたは。明日ちゃんと謝りなさいよ」

雨「でも……」

雪乃「でもじゃない。年頃の男子は敏感なの。女の子の何気ないひと言が一生のトラウマになったりするものよ。それが好きな子の言葉なら尚更《なおさら》よ」

雨「す、好きな子⁉」

雪乃「そりゃあ、そうでしょ。きっとその子、雨の運命の人になりたいのよ」

雨「ち、違うよ! そんなことない! 絶対ない!」

雨は「ごちそうさま」と席を立つ──と、

雪乃「ねぇ、雨? 少しは友達できた?」

雨「……必要ないよ。友達なんて(と、出て行く)」

雪乃「………」

17　（過去）長崎県立長崎高等学校・廊下（日替わり）

放課後——。廊下掃除をする生徒たち。

太陽が、ほうきを手に歩いてくる。その背後を雨が恐る恐るついてゆく。

バレそうになると物陰に隠れ、またこっそりとついてゆく。

18　（過去）同・放送室

一人、掃除をしている太陽。

そこに雨がやってくる。声をかけようか迷う——が、決意して、

雨「あ、朝野先輩！」

太陽が驚いて振り返る。

太　陽「逢原さん⁉（と、思わず後ずさる）」

と、機材に手が触れ、スイッチがオンに。

19　（過去）同・学校の至る所

雨の声「あの……わたし……お話が……」

掃除をしていた生徒たちの手がピタリと止まる。

＊

太陽の声「お、お話？　俺に……？」

グラウンドでサボっていた生徒たちも顔を上げ、
男子生徒1「告白⁉」
男子生徒2「マジ？　つか、この声、ザー子じゃん！」

20　(過去)同・放送室

雨「あの……その……わ、わたし……わたし！」
男子生徒1の声「ザー子、がんばれー！」
ハッとした二人が窓の外を見ると、
雨・太陽「⁉」
生徒たちが校庭に大集合している。
雨・太陽「！！？」
男子生徒3「ピーカン！　付き合っちゃえ！」
太陽「お、おい！　やめろ！　やめろって！」
男子生徒4「早く告白しろぉ！」
太陽はスイッチがオンになっていることに気づいた。
慌てて切って雨を見ると、彼女の肩は震えていた。
太陽「ち、違うよ？　わざとじゃないからね？」
雨は、脱兎《だっと》の如《ごと》く放送室から飛び出した。
太陽「逢原さん‼（と、追う）」

21 （過去）長崎水辺の森公園

長崎港を望む公園――。
息を切らして太陽がやってくると、芝生の上で膝《ひざ》を抱える雨を見つけた。
太陽「さっきはごめん、あんなことになって。でも本当にわざとじゃ――」
雨「退学します」
太陽「えぇ!? なんで!?」
雨「恥ずかしくてもう学校に行けません。誰も知らないどこかの街で、一人でひっそり生きてゆきます……」
太陽「お、大袈裟《おおげさ》だって」
雨は立ち上がり、会釈して去ろうとする――と、
太陽「ねぇ！　さっきなんだったの？　大事な話って……」
雨は足を止めて振り返ると、太陽に頭を下げて、
雨「昨日はすみませんでした。ひどいこと言って」
太陽「ああ、それ……（と、がっかり）。あ！　てことは！　それほど迷惑だったわけじゃ――」
雨「迷惑でした」
太陽「だ、だよね……」
雨「でもちゃんと謝るべきだって。だから、ごめんなさい」

太陽「なら、お詫《わ》びにいっこお願いがあるんだ」
雨「お願い？」
太陽「俺と友達になってよ！」
雨「と、友達⁉ わたしと？」
太陽「（うんうん）」
雨「どうして？ わたしなんて暗いし、友達もいないし、それに変な名前だし……」
太陽「変な名前？」
雨「雨……って、ひどい名前だから」
太陽「そうかなぁ？」
雨「そうです。雨なんてみんなに嫌われてます。降るとジメジメするし、鬱陶《うっとう》しいし、気分だって沈むから……」
太陽「好きだよ」
雨「え？」
太陽「俺は大好きだよ、雨のこと」
雨「――――」
太陽「だってほら、雨がないとお米とか野菜も育たないし」
雨「ああ……（そっちか）」
太陽「あと、ダムに貯《た》まれば飲み水にもなるし、雨音を聴くと優しい気持ちにもなれる。だから――」

太陽は優しく微笑《ほほえ》んだ。

太陽「雨は、この世界に必要だよ」

その笑顔に見入ってしまう雨。が、しかし、

雨「そ、そんなの、大袈裟です……！（と、逃げ出した）」

22（過去）逢原家・雨の部屋・ベランダ（夜）

雨が手すりにもたれ、降り落ちる雨滴を見ている。

雨「（ぽそりと）……雨はこの世界に必要……」

ご飯に呼びに来たエプロン姿の雪乃が、

雪乃「（背後から）いいことでもあった？」

雨「どうして？」

雪乃「背中、嬉しそう」

雨「そんなこと……まぁ、ちょっとだけ」

雪乃「なあに？」

雨「……友達、できたかも」

雪乃「あら、よかったね。どんな人？」

雨は恥ずかしそうに、そっと微笑み、

雨「太陽みたいに笑う人かな……」

23　（現在）朝野煙火工業・全景（十二月二十五日）

ひと気のない山中の施設。フェンスには『火気厳禁』『立ち入り禁止』などとある。立派な門扉の脇には『朝野煙火工業』の年季の入った一枚板看板。
その奥は、モルタル造りの小屋が点在している。

24　同・事務所

二十八歳の太陽が朝野陽平《ようへい》に封筒を向けた——辞表だ。

太陽「辞めます、花火師」
一同「え!?」
陽平は、ややあって辞表を受け取ると、
陽平「大晦日の花火大会のことか？」
太陽「どうして作らせてくれないんですか、花火……」
陽平「あんな『星』じゃ半人前もいいところだ。お前にはまだ任せられない」
太陽「ダメなのって……色ですか？」
無言の陽平。太陽は痺《しび》れを切らして、
太陽「……失礼します」
竜一「待てよ、ピーカン！　落ち着けって！」
雄星「そうですよ！　ピーカンさん！」

達　夫「ったく。バカか、お前は。もうすぐ年越しまつりだろ」
純「せめてそれまでは続けろって」
太　陽「でも――」
　朝野春陽《はるひ》が太陽の脇腹を肘《ひじ》で突いた。
春　陽「バカ兄貴。ちょっち頭冷やし行くよ」
太　陽「…………」

25　海を望む高台の墓地

　噴出花火が勢いよく閃光《せんこう》を放った。
　墓前で手持ち花火をする太陽と春陽。
太　陽「頭冷やすって、墓参りかよ……」
春　陽「今日はお母さんの命日だもんね。顔見せないと可哀想《かわいそう》じゃん。でも、お母さん
　ってどんな顔だったんだろ」
太　陽「俺もなんとなくしか覚えてないや……」
春　陽「だよね。ったく、おとうってば、写真一枚くらい残してくれてもよかったのに。
　全部燃やすかね、普通」
太　陽「辛《つら》かったんだよ。母さんの顔を見るのが」
春　陽「自分の不始末で起きた火事だからって、そこまでする？　そんなに辛かったの
かなぁ」

太陽「……辛いよ、そりゃ」
　片付ける手を止め、爆竹を見つめる。
太陽「逢いたくても逢えないのは……」
　太陽は、上着のポケットに爆竹を入れて——。

26　逢原家・玄関
　雨が玄関で靴を履いている。
雪乃「あら、出かけるの？　八年ぶりだし友達にも会いたいか」
雨「友達？」
雪乃「ほら、いたじゃない。ええっと、そうそう、太陽君！」
雨「…………」
雪乃「彼、花火師になったかしら。あ、大晦日、あの子の花火も上がるかもよ。見に行ってくれば？」
雨「……でも人多いから。そろそろ行くね」

27　祈念坂《きねんざか》
　浮かない表情の雨が、風情ある坂道を下っている。
　その脳裏に、かつての黒い記憶がよぎる——。
先輩1（先行して）「馬鹿野郎!!」

28　（回想）パティスリー『レーヴ』・厨房《ちゅうぼう》　※モンタージュ

ガナッシュ作りをしている雨。

先輩1「だから分離するって言ってるだろ⁉」

雨「すみません……」

＊

別の日、雨が包丁を手にオレンジの皮を剝《む》いている。

先輩2「下手くそ！　それじゃ使い物にならないだろ！」

雨「すみません……！」

先輩2「才能ないよ、お前」

雨「（やるせなく）…………」

＊

雨は、何度も何度も失敗を繰り返して、何度も何度も「すみません！」と謝り続ける。そんな日々が彼女の胸を黒く濁らせてゆく……そして、

＊

パティシエの田島守《たじままもる》が雨に向かって、

田島「君はもう、うちには必要ないよ」

雨「――――」

雨は、雨粒のワッペンのハンカチを握りしめ……。

29 （回想戻り）祈念坂

雨は足を止め、ぽそりと、

雨「見に行けるわけないよ……」

30 イタリアンレストラン・店内

春陽が嬉々《きき》としてカルボナーラを食べている。

一方の太陽はアイスコーヒーのみ。

と、そこに、ジェノベーゼピザが届いた。

春陽「いただきまぁ～～す！」

太陽「春陽、お前ジェノベーゼって嫌いじゃなかったっけ？」

春陽「は？　マルゲリータピザですけど？」

そのピザは真っ赤なマルゲリータピザで……。

太陽「……食べ過ぎだって。今夜、医者との合コンなんだろ？　クリスマスに合コンとか元気だな」

春陽「異業種交流会。てか、おにいはオスとしてオワコンよね。二十八のくせにクリスマスに独り身でさ。彼女作れば？」

太陽「別に、必要ないよ……」

春陽「あ～～なるほどねぇ～。おにいの恋が大体いつも三ヶ月で終わるのは、あの子

太陽「なんで忘れられないの？　付き合ってなかったんでしょ？　おまけに仕事が忙しいから、もう連絡しないでって言われたくせに」

のせいか〜。……雨ちゃん！」

春陽「（うっ）………」

太陽「（ぽそりと）……約束したから」

春陽「約束？」

太陽「なんでもない。先、帰るよ（と、伝票を取る）」

春陽「ごっちゃんでーす」

太陽「………」

31　眼鏡橋《めがねばし》

石造二連アーチが美しい橋の脇に雨の姿がある。
川面《かわも》には飛び石があり、高校生の頃の自分と太陽がその上でじゃんけんをしている。二十六歳の雨は、そんな二人を見つめて――。

32　（過去）同・飛び石のあたり（夕・二〇一三年八月）

じゃんけんに勝ったたび、両岸から真ん中へと一歩ずつ進み、質問をする――というゲームをする二人。じゃんけんに勝った太陽がまた一歩進んだ。
飛び石をひとつ挟んで二人は川の中央で向き合う。

太陽「じゃーんけん！　ぽん！」
　雨が勝った。一歩進むと、
太陽「質問、なんかある？」
雨「朝野先輩は、その……花火師になりたいんでしたっけ？　家業だからですか？」
太陽「それもあるけど、一番は母さんの言葉かな」
雨「言葉？」
太陽「『いつかたくさんの人を幸せにするような、そんな花火を作ってね』って言われたんだ。それが母さんとの唯一の想《おも》い出。その約束、叶《かな》えたいんだ」
雨「羨《うらや》ましいです……。そんなふうに堂々と夢を話せて」
太陽「そんなことないよ。実際ちょっと前まで諦《あきら》めてたし」
雨「そうなんですか？　どうして？」
太陽「色々あって」
雨「色々？」
太陽「(ぽそりと)……でも、思ったんだ……」
雨「え？(川の音で聞こえない)」
太陽「なんでもない！　次ね！　じゃんけん、ぽん！」
　勝ったのはまた雨だ。しかし目の前には太陽がいる。
　行けば密着してしまう。戸惑う雨。
　すると、太陽が半歩後ろへ下がった。

微笑む彼。その顔を夕陽《ゆうひ》が照らす。

雨は、手をぎゅっとした。

そして、勇気を出して一歩を踏み出す……が、バランスを崩してしまった。

太陽はそんな彼女を抱える。密着する二人──そのとき、

太陽「……思ったんだ」
雨「？」
太陽「君を幸せにする花火を作りたいって……」
雨「…………」
太陽「そう思った……」

彼の顔が赤いのは夕陽のせいじゃない。雨の頬もまた赤かった。

川面が陽光で橙色《だいだい》に輝いている。

二人の時間は止まったようだ。

しかし、次の瞬間、太陽は川に落ちてしまった。きっと恥ずかしくて、わざと落ちたのだろう。雨の鼓動は高鳴っていて……。

33　**（過去）同・近くのベンチ（夕）**

ずぶ濡れの太陽が、雨のハンカチで顔を拭《ふ》いている。

太陽「うわ、びしょびしょ。ハンカチ洗濯して返すね」
雨「……は、はい」

太陽「あのさ、そろそろ敬語やめない？」
雨「む、無理です！　だって、先輩だし……」
太陽「そんなの関係ないって。じゃあ俺、今日から『雨ちゃん』って呼ぶね」
雨「……」
するとどこからか爆竹の音が聞こえた。精霊船《しょうりょうぶね》がやってきたのだ。
太陽「あ、精霊流しだ」
雨「どうして爆竹なんだろう？」
太陽「魔《ま》除《よ》けだよ。ああやって船が通る道を清めるんだって。でも俺、あの爆竹は〝呼ぶため〟だって思ってたんだ」
雨「呼ぶため？」
太陽「うん。天国から大事な人を呼ぶために鳴らすのかなって。すごい音じゃん。どこにいても気づきそう」
雨「たしかに」
太陽「あ！　雨ちゃんとはぐれたら爆竹を鳴らすよ！　スマホ持ってないでしょ」
雨「子供じゃないから、はぐれたりしないよ」
思わずタメ語が出てしまい、ハッとする雨。
太陽を見ると、彼は嬉しそうに笑っていた。
雨「（恥ずかしくて）……」

34　（現在）常盤橋《ときわばし》

眼鏡橋の近くの橋にやってきた太陽が、橋の真ん中で止まる。
眼鏡橋の下に目を向けると、

太　陽「!?」

見覚えのある女性の背中がある。
そのとき、静かに雨が降り出した。
眼鏡橋の下の女性は、鞄からあるものを出す。
それは――赤い折りたたみ傘だった。

太　陽「――」

傘を差して女性が歩き出すと、太陽は走った。

35　眼鏡橋～近くの道

駆けてきた太陽だが、そこに雨の姿はない。
彼女は階段を上り、去ろうとしている。
太陽も階段を駆け上がって辺りを捜す。

太　陽「（しかし見当たらず）……」

走り出す太陽。

36　路面電車『めがね橋停留所』近くの道
　　太陽、路面電車に乗り込もうとする女性を見つけ、
太　陽「――」
　　ドアが閉まり、電車が走り出す。
　　太陽は猛然と路面電車を追いかけた――が、
　　×　×　×
　　※フラッシュ
　　高校生の二人が芝生の上で約束を交わしている。

雨「十年後の約束？」

太　陽「うん。十年後の大晦日、一緒に花火を見に行こうよ。俺の作った花火、見てほしいんだ」

　　×　×　×

　　その言葉が胸をよぎって、足が止まってしまった。

陽平（回想）「あんな『星』じゃ半人前もいいところだ」

　　電車を見送る太陽。踵《きびす》を返して歩き出す――と、黒い傘の男とすれ違った。

　　男が傘を上げる。それは、日下だった。

日　下「………」

37　新地《しんち》中華街の風景（夜）

38　同・中華レストラン（夜）

三対三の合コンが行われている。

春陽「え〜！　佐田《さた》さんって目医者なんですかぁ〜」

佐田「……眼科医ね？」

春陽「どうりで品があると思ったぁ。わたし普段、品性の欠片《かけら》もない下劣な連中と一緒にいるから、紳士な人って緊張しちゃ〜う。てか、目ん玉ってエモくていいですよね！」

佐田「……め、目ん玉……」

春陽は、ふとエビチリの赤い色が目に留まって、

春陽「はいはーい！　いっこ質問いいですかぁ⁉」

39　繁華街（夜）

カップルで賑《にぎ》わうクリスマスの繁華街に、太陽の姿。太陽は、ポケットからスマホを出す。ＬＩＮＥを開き、雨とのやりとりを見返す。

雨『今は仕事に集中したいから、もう連絡してこないで。ごめんなさい』

太陽『分かったよ。仕事がんばって』

太陽「………」
　連絡は二〇一六年のクリスマスで途絶えている。

40（過去）逢原家・居間（夜・S#33続いて）
　窓辺で、太陽の濡れた服が揺れている。
　彼は今『Endless Summer』と書かれたピチピチのダサいTシャツを着ている。
　雪乃のものだ。
　太陽は、雨の手作りケーキを食べて、
太陽「ん！　美味《うま》い！　めちゃくちゃ美味いよ！」
　隣の雨は、照れに照れている。
雨「昨日、適当に作ったやつだけど……」
太陽「適当に⁉　それでこんなに美味《おい》しいなんてすごいよ！　雨ちゃんには、お菓子作りの才能があるよ！」
雨「────」
太陽「どうかした？」
雨「……ないよ、才能なんて」
　雪乃は、俯きがちの雨を見て、
雪乃「ねぇ、雨……。あんた本当はパティシエになりたいんじゃないの？　東京のお店で働きたいんでしょ？」

雨「………」
太陽「東京……。なれるよ！　だってこんなに美味しい――」
雨「無理だよ」
太陽「………」
雨「わたしなんかじゃ……」
そう言うと、雨は立ち上がって出て行った。
太陽「………」

41（過去）祈念坂（夜）
オレンジ色の街灯の下、太陽と雪乃が歩いている。
雪乃「雨、母親に虐待されていたの。わたしの娘に」
太陽「虐待……？」
雪乃「女優になるって十八のときにこの街を飛び出してね。でもすぐにあの子を産んで夢を捨てたの。それで――」

42（回想）アパートの一室（二〇〇五年・秋）
母・逢原霞美《かすみ》が、小学二年生の雨を平手打ちした。
霞美「クレヨン使うときは机を汚すなって言っただろ‼」
何度も何度も叩《たた》かれ、泣き出す雨。

霞美は雨の腹を何度も蹴《け》る。

霞　美「夢も男も全部ダメになった！　あんたのせいで人生台無しよ！」

啜《すす》り泣く雨。霞美はその泣き声に苛立《いらだ》ち、舌打ち。

果物ナイフをテーブルに見つけた。

ナイフを手に迫る母。雨は怯《おび》えて後ずさり、

雨「ごめんなさい……許して……お母さん……」

霞　美「あんたなんていらない。必要ない……」

雨「――――」

霞美は、ふと冷静になり、足を止めた。ナイフを床に落とし、自分の手を見つめている。そして、部屋を飛び出していった。

雨は過呼吸に陥り、苦しみ出す。すると、床に転がっていた母のガラケーを見つける。電話帳を開くと『おかあさん』という登録を見つけて、

雪乃（オフ）「それで、わたしに連絡を……」

43（過去）（回想戻り）祈念坂（夜）

雪　乃「さっき言ってたわね。お菓子作りの才能があるよって。それ、母親にも同じことを言われたみたいなの」

44（回想）逢原家・居間（二〇〇六年・冬）

雪乃が、雨が作ったみかんゼリーを食べた。

雨は不安そうに反応を気にしている。

雪乃「美味しい！　ありがとう、雨。ばあちゃんのためにこんなに美味しいゼリーを作ってくれて」

雨「……………」

雪乃「どうしたの？」

雨「……お母さんも言ってくれたの……」

雪乃「え……？」

雨「美味しいって……雨にはお菓子作りの才能があるよって……そう言ってくれたの……でも――」

雨は、悲しげに顔を伏せた。

雨「お母さん、変わっちゃった……わたしのせいで……」

雪乃「雨のせいで？　どうして？」

雨「ダメな子だから……」

雪乃「――――」

雨「わたしがもっと美味しいお菓子を作ってあげたら……」

雨は、ぽろぽろと涙をこぼす。

雨「クレヨン、きれいに使えてたら……お母さん、あんなに怒らなかったのかなぁ……」

雪乃は雨を抱きしめた。

45 （過去）（回想戻り）大浦天主堂・前（夜）

雪　乃「あの子は自分には価値なんてない、必要ないって思ってるの……」

その話を聞き、太陽は立ち止まった。

太　陽「俺、去年の夏の花火大会で偶然彼女を見かけたんです。雨ちゃん、ちっとも笑ってなくて。寂しそうで……」

46 （過去）逢原家・雨の部屋（夜）

雨は一人、母親との想い出の写真を見ている。

雨も霞美も楽しそうに、幸せそうに、笑っている。

雨「………」

太陽（オフ）「そのとき、思ったんです」

47 （過去）大浦天主堂・前（夜）

太　陽「笑わせたい。俺の花火で幸せな気持ちにしてあげたいって。そう思ったんです……」

太陽はやるせなく顔を伏せた。すると、

雪　乃「ねぇ、太陽君。お願いがあるの」

太　陽「お願い？」

雪　乃「あの子の心、変えてあげて」

太　陽「………」

48　（過去）長崎県立長崎高等学校・屋上（日替わり・九月）

雨が一人、『レーヴ』の特集雑誌を読んでいる。

雪乃（回想）「――あんた本当はパティシエになりたいんじゃないの？　東京のお店で働きたいんでしょ？」

祖母の言葉が胸をかすめて、やるせない表情。

すると、そこに校内放送が流れた。

太陽の声「あーあー、三年三組、出席番号二番、朝野太陽です」

雨「………？」

49　（過去）同・学校の至る所

生徒たちが何事だと顔を上げた。

太陽の声「みんなに聞いてほしいことがあります」

50　（過去）同・放送室　※以下、雨とのカットバックで

太陽が緊張の面持ちでマイクに向かっている。

太　陽「俺には夢があります。花火師になるって夢です。でも高一のとき、一度は諦めたんです。それからずっと思っていました。俺にはなんの価値もないのかなっ

て……」

雨「……」

太陽「だけど、ある人と出逢ってその気持ちは変わりました。思ったんです……諦めないぞって」

雨「……」

太陽「だからみんなに宣言します。俺は一人前の花火師になります。十年後、立派な花火を空に上げてみせます。みんなを幸せにする花火を。そう思わせてくれたのは、他の誰でもない君がいたからです。だから――」

雨「……」

太陽「君には価値がある」

雨「……」

太陽「絶対にある。君がないって思っても、俺は何回だって言います。百回でも、千回でも言います」

雨「……」

太陽「君には、誰にも負けない素敵な価値があるよって」

雨「――」

太陽「だって、俺の人生を変えてくれたから」

雨「……」

太陽「雨は、この世界に必要だよ」

と、そこに教師たちが乗り込んできた。
羽交い締めにされる太陽。
太陽「だから自信持ってよ！　名前が嫌だったら、裁判所が変えてくれる！　住む場所だって、おばあちゃんが変えてくれる！　でも！　だけど！」
太陽はマイクに齧《かじ》りつくようにして、
太陽「君の心は君にしか変えられないよ！」
雨「――」
太陽「大丈夫！　君なら変われる！　絶対変われるから‼」
雨「…………」

51　(過去) 同・下駄箱　～　校庭 (夕)

太陽が項垂《うなだ》れながらやってきた。
靴を履き替えて、外へ出ると、庇の下に女の子を見つけた――雨だ。
太陽「さっきはごめん。変なこと言って……」
雨「……思ったの。あなたって迷惑な人だって」
太陽「……ごめん」
雨「迷惑で、お節介で、大袈裟で、ちょっと気持ち悪いことでも平気で言えちゃう変な人。すごくすごく迷惑な人」
太陽「…………」

雨「でもね、思ったの……」
　彼女が振り向くと、太陽は驚いた。
　雨が笑っている。今までにないくらい鮮やかに。
雨「わたし、太陽さんと友達になれてよかった」
太陽「――――」
雨「変わりたいって、そう思った」
　太陽は喜びを噛《か》みしめるようにして笑った。
太陽「行こう！」
雨「え？」
　太陽は駆け出した。雨も戸惑いながら後に続く。
　校庭を走ってゆく雨と太陽。

52（過去）長崎水辺の森公園（夕）

　長崎港を望む岸壁まで辿《たど》り着いた二人。
　息を切らして芝生に倒れ込んだ。
雨「どうしたの急に……⁉」
太陽「笑ったから！」
雨「……？」
太陽「君が笑ったから！」

雨「………」
その言葉に、彼の笑顔に、雨は声を出して笑った。

太陽「（起きて）どうしたの？」

雨「太陽さんって、やっぱり大袈裟だなって」
彼女があまりに楽しそうに笑うものだから、太陽も声を出して笑った。

太陽「そうだ。十年後の約束しない？」

雨「十年後の約束？」

太陽「うん。十年後の大晦日、一緒に花火を見に行こうよ。俺の作った花火、見てほしいんだ」

雨「………」

太陽「それまでには一人前の花火師になってるよ」

雨「なら、わたしも一人前のパティシエになる。胸を張って逢えるように」
太陽は小指を彼女に向けた。

太陽「じゃあ、約束」
雨は照れながらも、その指に小指を絡めた。

雨「約束……」
輝く夕陽が、二人の指を優しく染めて……。

53　（現在）道（夜）

恋人たちが行き交う中、雨が佇《たたず》んでいる。

雨「太陽君……わたしね――」

悲しげなその顔をイルミネーションが照らす。

雨「変われなかったよ……」

54 逢原家・外観（日替わり・十二月二十七日）

55 同・居間

雨「スィーツ教室？」

驚きの表情の雨に、司が真剣なまなざしで、

司「予定していた講師が熱出しちゃって。代わりに講師をやってほしいんだ」

雨「わたしが……!?」

司「言い出しっぺが市長の奥さんで、今更キャンセルできなくて。だからお願い」

雨「む、無理です。わたしなんかじゃ……」

と、お茶を淹《い》れに、逃げるように立つ――が、

司「君が必要なんだ！」

その言葉に思わず足を止める雨。

司「頼むよ。力を貸して」

雨「……………」

太陽（回想）「雨は、この世界に必要だよ」
雨「……分かりました」
司「いいの？　ギャラ安いけど」
雨「お金より、それより……わたし――」
決意のまなざしで、
雨「やっぱり、変わりたくて」

56　朝野煙火工業・事務所

春陽「変わらないの？　気持ち。ガチで今年一杯で辞める気？」
春陽の言葉に、一同が太陽に目を向けた。
部屋の隅にいた陽平も横目で見ている。
春陽「てか、どうして辞めるの？　理由は？」
太陽「それは……才能がないから……」
春陽「嘘《うそ》。わたし分かってるんだから」
太陽「え？」
春陽「わたしのことを振った人を見る目がない下劣な目医者が言ってたの。マルゲリータピザとジェノベーゼを間違える理由……色覚障害かもって」
雄星「色覚障害……？」
純「どういうことだよ、お嬢？」

春陽「見えてないんでしょ、赤い色」
太陽「………」
達夫「ピーカン、本当か？」
太陽「……俺の目、赤い色を感じることができないんです。だからもうこれ以上……」
陽平「辞めて正解だ」
太陽「――」
陽平「もういい。今日限り辞めろ。お前はうちには必要ない」
春陽「おとう！　それガチモンのパワハラ！」
太陽「いいよ。どうせ俺は色を判別できないんだから」
陽平「そうじゃない」
太陽「？」
陽平「自分の目を言い訳にしているような奴《やつ》に、人の心を動かす花火は作れない。絶対にな」
　そう言い残し、陽平は事務所を出て行った。
太陽「………」

57　（過去）鍋冠山《なべかんむりやま》公園・展望台（夜・二〇一三年十月）
　手持ち花火に興じる二人。

いくつもの花火が閃光を闇夜に放つ。

太陽「そうだ、最後に線香花火で勝負しない？　玉が先に落ちた方が負け。勝った方は負けた方になんでもいっこだけお願いできる。どう？」

雨「うん、やってみたい」

＊

二つの線香花火が柔らかな火花を輝かせている。

雨と太陽が座って見守っている。

雨「不思議だな……」

太陽「不思議？」

雨「太陽さんとこんなふうに仲良くなるなんて、すごく不思議。最初の印象、最悪だったから」

太陽「そのことは言わないでよ」

雨「だって変なこと言うんだもん。晴れた空から雨が降っているとき、赤い傘に入っていた二人は……その……運命の赤い糸で結ばれる、だなんて……」

太陽「…………」

雨「でも迷信だもんね。そういうの当たらないから――」

太陽「嘘なんだ」

雨「……え？」

太陽「それ、俺が作った嘘の迷信」

雨　「どうして……？」
太陽「（恥ずかしそうに）………」
　　雨の胸に、祖母の言葉がリフレインする。
雪乃（回想）「きっとその子、雨の運命の人になりたいのよ」
　　雨は彼の顔を見られなくて。無言の二人を、柔らかな橙色の光が照らす。
　　すると、雨の火の玉が先に落ちた。
太陽「勝った。願いごとどうしよう」
　　太陽の火の玉も落ちて、辺りは闇に包まれる。
　　二人の背後には幾千もの夜景の光が広がっている。
太陽「ねぇ、雨ちゃん……」
雨　「………」
太陽「ううん、やっぱちょっと考えさせて」
　　太陽は立ち上がり、別の花火に火をつけた。
　　その光の中、雨はそっと小指を撫でて……。

58　（過去）分かれ道（夜）
　　分かれ道で立ち止まる二人。
太陽「じゃあ、ここで」
雨　「うん」

太陽は鞄から赤い折りたたみ傘を出して、

太陽「雨、降りそうだから（と、差し出す）」

雨「でも大事なものじゃ……」

太陽「いいんだ。雨ちゃんが持ってて。それで、十年後の約束のときに返してよ」

雨「分かった……（と、受け取った）」

名残《なごり》惜しい二人はなかなか動けない。

パラパラと雨が降り出すと、それを合図に、

太陽「また明日」

雨「また明日」

歩き出した太陽。雨は傘を差し、その背を見つめて、

雨「…………」

59（現在）長崎県立長崎高等学校・外観（十二月三十日）

60　同・家庭科調理室

スイーツ教室の参加者の前に立つ雨の姿。

教室の隅では司も見守っている。

雨「こ、こんにちは……逢原雨と申します……」

参加者たち「（声が小さい雨に）？」

雨　　雨は、手の中の雨粒のワッペンを見て、
「（顔を上げ）逢原雨です。よろしくお願いします！」
参加者たちから拍手が起こった。

61　同・同（時間経過）

順調に進むスイーツ教室。
メモを取る者や、笑顔で調理する参加者たち。
雨も緊張が解けた様子だ。

雨　　「では、ここでボトムを十五分ほど冷やすので、その間にガナッシュ作りをしましょう！」
雨は修業時代と同じように作業をする。
手を進める雨――だが、そのとき、

先輩2（回想）「下手くそ！」

雨　　「――」

×　×　×

※フラッシュ・回想（S#28）

先輩1「だから分離するって言ってるだろ⁉」

雨　　「すみません……」
修業時代の怒鳴られた日々が脳裏をよぎる。そして、

田　島「君はもう、うちには必要ないよ」

×　×　×

雨はふらつき、調理台に手をついた。

その拍子に、台の上の器具などが床に落ちる。

若い女性参加者「大丈夫ですか？」

と、落ちていた果物ナイフを拾った。

女性が立ち上がり、雨の方を向くと、

雨「……！」

そこには、あの日の母・霞美（幻覚）がいる。

霞美が果物ナイフを手に迫ってくる。

霞　美「あんたなんていらない。必要ない……」

雨は狼狽《ろうばい》し、その場に尻餅《しりもち》をついた。

雨「ごめんなさい……」

ざわざわとする参加者たち。

雨「許して……お母さん……許して……」

司「雨さん？　どうしたの⁉」

その肩を抱くと、雨は悲鳴を上げた。

雨「やめて！　お願い‼」

過呼吸に陥る雨。苦しみ、そして気を失って……。

62　同・保健室（夕）

目を覚ました雨が、ゆっくりと身体《からだ》を起こした。
部屋の隅にいた司は、安堵《あんど》の表情だ。

司の声「よかった、気がついて」
雨「……スイーツ教室は？」
司「中止に」
雨「ごめんなさい……」
司「急に頼んだ僕のせいだよ」
雨「違くて。わたし、嘘をついていたんです……」
司「嘘？」
雨「お店、とっくにクビになってるんです。五年も前に」
司「…………」
雨「毎日毎日怒られて、最後は必要ないって言われました」
雨は苦々しく笑って、
雨「他の店で働いたりもしたんです。けど、全然ダメで。怒鳴られて、メンタルやられて、逃げ出して。食べていくためにファミレスでアルバイトもしました。でも、そこでも鈍臭《どんくさ》いって高校生にも笑われて……。あいつは使えない、あいつがいると邪魔だって、いつもいつもそう言われていました。どこに行っても

『必要ない』って……」

司「……」

雨「惨めで……情けなくて……ちょっとでも才能あるかもって思った自分がバカみたいで……。だけど、わたし……それでも、わたし……」

雨粒のワッペンをぎゅっと握って、

雨「変わりたくて……」

悔しさが涙となって溢れた。

雨「約束、叶えたくて……」

涙が雨粒のワッペンを濡らす。雨滴のように。

窓に滲《にじ》む夕陽の中、雨は声を殺して泣き続けた。

63　逢原家・居間（夜）

雨がぽつんと座っている。

雪乃の声「ただいまー」

その声に、無理して笑顔を作る雨。

雨「おかえりなさい！」

雪乃「（来て）どうだった？　スイーツ教室？」

雨「うん、喜んでもらえたよ」

雪乃「よかったねぇ～！　さすがは有名店のパティシエね！」

雨「……ばあちゃん、あのね――」
雪乃「じゃあ、お正月に作ってよ。ばあちゃんの退職祝いに」
雨「退職？」
雪乃「実は、明日で仕事を辞めるの」
雨「……どうして？」
　雪乃は一瞬、口ごもる――が、笑顔を作り、
雪乃「ずっと働きづめだったから少し休もうと思って。でも心配いらないよ？　貯金なら多少はあるから」
雨「でも……少しくらい仕送り……」
雪乃「あんたは自分の夢のことだけ考えなさい。いつかお店を持って、ばあちゃんに美味しいスイーツ、いっぱい、いーっぱい食べさせて。それがわたしの一番の夢」
　雪乃の笑顔が、言葉が、今の雨には痛くて……。
雨「………」

64　長崎の街のスケッチ（日替わり・十二月三十一日）
　大晦日がやってきた――。

65　逢原家・居間（夕）
　雨が荷物を手に二階から下りてきた。

その手には白い封筒が。『ばあちゃんへ』とある。

雨「………」

テーブルに手紙を置くと、雨は家を出て行った。

雨の手紙が声となって――。

雨N「ばあちゃんへ――。突然だけど、予定より少し早く長崎を離れることにしました」

66　カステラ屋・前（夜）

キャリーケースを引いてやってきた雨が、店の前で足を止める。

店内には働く雪乃の姿。少し辛そうな顔で、疲れを押して働いている。

雨「………」

雨N「本当はね、花火を見るために戻ってきたの。太陽君の花火を……。でもわたしには資格なんてなかった。そのことが改めて分かったの。わたし、もうパティシエじゃないんだ。夢、諦めたの」

67　朝野煙火工業・事務所（夜）

誰もいない事務所。太陽が印半纏《しるしばんてん》を机の上に置いた。

太陽「………」

雨N「この五年、ずっと自分が嫌いだった。なんの成果も出せなくて、なにをやっても全然ダメで、一人前にもなれなくて……毎日毎日、悔しくてたまらなかった……」

太陽は事務所に一礼して去って行った。

68 逢原家・居間（夜）

雪乃が「ただいまー」と仕事から帰ってきた。
しかし部屋は暗い。怪訝《けげん》に思い、

雪乃「ねぇシンディー、明かりつけて」
部屋に明かりが灯《とも》ると、テーブルの封筒を見つけた。
雪乃は嫌な予感に背中を押されて封を切った。

雨N「ねぇ、ばあちゃん……。もしもわたしがこんな性格じゃなかったら、弱い心じゃなかったら、ばあちゃんに喜んでもらえる自慢の孫になれたのかなぁ……」
時計は十時半を過ぎようとしていた。

69 長崎水辺の森公園（夜）

太陽が、台船で打ち上げ作業をしている花火師たちを見つめている。
複雑な面持ちで、

太陽「…………」
そして、顔を背けるようにして歩き出す。

雨N「例えば、他の世界線があったら、たくさんの人に必要とされる、そんな生き方ができていたのかなぁ……」

70　逢原家・居間（夜）

雪乃が手紙を読んでいる。

71　道（夜）

歩いてきた雨が、ふと立ち止まった。掲示板に花火大会のポスターが貼《は》られてある。『協力・朝野煙火工業』の文字を見つめる雨。

雨「…………」

雨N「ばあちゃん……こんなダメな孫でごめんね。こんな情けない人生で、こんな大人にしかなれなくて、本当に本当に、ごめんね……ごめんなさい……」

雨はポケットからスマホを出す。

そして、どこかへ電話をかけた。

72　長崎水辺の森公園・別の場所（夜）

太陽のスマホが鳴った。ディスプレイを見て、驚きの表情。

そして電話に出た。

太陽は、弾《はじ》かれたように走り出す。

雨N「いつかまた連絡します。それから、最後にひとつだけお願いがあるの。渡してもらいたいものがあって――」

73　逢原家・玄関（夜）

インターフォンが何度も鳴らされる。
やってきた雪乃が扉を開くと、そこには、息を切らした太陽が立っていた。

雪　乃「急に電話してごめんなさいね」
太　陽「いえ、雨ちゃんは……!?」
雪　乃「これをあなたにって……」

そう言って、渡されたもの——それは、赤い折りたたみ傘だった。

太　陽「………」

74　長崎市役所・中（夜）※以下、雨とのカットバックで

花火大会のスタッフジャンパーを着た司が、荷物を運びながらスマホで電話をしている。その相手は、

司「え？　今日の夜行バスで？」
雨「はい。長崎、離れようと思って。その前にもう一度、望田さんに謝りたくて」
司「………」

75　逢原家・玄関（夜）

太陽が雨の手紙を読んでいると、雪乃のスマホが鳴った。

雪　乃「もしもし？　司君？」
司の声「あ、雪乃さん。今、雨さんから電話があって」
雪　乃「雨から電話が？」
太　陽「⁉」
雪　乃「分かった。十二時の博多《はかた》行きのバスね」
　時計を見ると、時刻は十一時半になろうとしていた。
　雪乃は電話を切り、太陽を見て、
雪　乃「太陽君、お願いがあるの」
太　陽「……？」
雪　乃「あの子の心、もう一度、変えてあげて」
太　陽「――」
雪　乃「お願い……」
　太陽は、手の中の手紙を見た。
　そして、踵を返して走り出した。

76　祈念坂（夜）
　太陽が坂を駆け下りてゆく――と、日下とすれ違った。
　日下の隣には、喪服の女性・千秋《ちあき》がいる。
日　下「朝野太陽。彼の命は、今夜終わります」

千　秋「………」
　そんな二人の会話を知らずに猛然と走る太陽。

77　大波止橋の上（夜）
　バス停へと続く道。人が溢れる橋の上で、太陽が雨を捜している。
　雨に電話をかけるが、彼女は出ない。
　焦る太陽。腕時計は十二時に迫っている。

太　陽「………」

78　バス停近くの海を望む交差点（夜）
　やってきた太陽。しかし人が多くて思うように前に進めない。
　時計は十二時を迎えようとしている。

観客たち「59！　58！」
　盛り上がる観客たち。

太　陽「（焦り）――」
　すると、横断歩道の向こうに雨を見つけた。

太　陽「!?」
　雨はバスに向かって歩いている。

太　陽「雨ちゃん！」

しかし、その声はカウントダウンにかき消される。目の前の信号は赤。車の往来も激しい。このままでは雨がバスに乗ってしまう。

観客たち「40！　39！」

焦る太陽——と、ハッとして、ジャンパーのポケットに手を突っ込む。

あるものを出す。それは、墓参りのときの爆竹だ。

かつての二人の言葉が蘇《よみがえ》る。

太陽（回想）「俺、あの爆竹は〝呼ぶため〟だって思ってたんだ」

雨（回想）「呼ぶため？」

太陽（回想）「すごい音じゃん。どこにいても気づきそう」

太陽は、それをぎゅっと握り、

太　陽「（周囲の人に）すみません！　離れてください！」

そして、爆竹に火をつけた。

観客たち「20！　19！」

爆竹を投げる太陽。宙を舞う爆竹——に、二人の言葉が重なる。

太陽（回想）「雨ちゃんとはぐれたら爆竹を鳴らすよ！」

雨（回想）「子供じゃないから、はぐれたりしないよ」

地面に落ちた爆竹。導火線が燃えてゆく。

雨の背中が小さくなってゆく——と、爆竹が激しい音を立てた。

その瞬間、道路の向こうの雨が立ち止まった。

そして、太陽は声の限りに叫んだ。

太陽「雨ちゃん!!」

雨の肩が微《かす》かに震えた。

ゆっくり彼女が振り返る。その瞳は涙で潤んでいるようだ。

道路を挟んで見つめ合う二人。

そのとき、新年を告げる花火が二人の頭上で鮮やかに咲いた。

その光の中、二人は見つめ合って……。

79　交差点～バス停・前（夜）

博多行きのバスが走り去ると、信号が青に変わり、太陽は雨のもとへ。そして、

太陽「ギリギリセーフだ！」

雨「………」

太陽「何度も電話かけたんだ。なのにちっとも出ないから。スマホ持ってるのに、はぐれるんだもん」

雨「………」

太陽は嬉しそうに、あの日のように笑った。

太陽「また逢えてよかった」

雨はその笑顔を直視できず、

雨「太陽君、わたしね……」

言いづらそうに俯く――と、

太陽「俺もなんだ」

雨陽「？」

太陽「諦めたんだ。花火師になること」

雨陽「え……？」

太陽「俺もずっと自分のことが嫌いだった。花火師なのにちゃんと赤い色が見えなくて、どれだけやっても成果が出なくて、一人前にもなれなくて……」

雨陽「…………」

太陽「今夜の花火も俺のじゃないんだ。間に合わなかったんだ。それで結局、花火師も辞めちゃって」

雨陽「――――」

太陽「でも、思ったんだ」

雨陽「？」

太陽「やっぱり俺は――」

太陽は決意のまなざしを浮かべ、

太陽「君を幸せにする花火を作りたい」

雨陽「太陽君……」

太陽「だからもう諦めない。自分の目を言い訳にしたりしない。何年かかっても、君の心に俺の花火を届けてみせるよ」

雨「…………」
太陽「雨ちゃんだってできる」
雨「────」
太陽「変われる。絶対変われる。何度だってやり直せる」
雨の目から涙がこぼれた。
太陽「それでもまた挫《くじ》けたら、俺、何度でも言うから。百回でも、千回でも、一万回でも」
太陽は、あのときと同じ声音で言った。
太陽「雨は、この世界に必要だよ」
雨「…………」

80 逢原家・前（夜）
太陽と共に帰宅した雨。
玄関先で待っていた雪乃が歩み寄ってきた。
雨「（申し訳なく）…………」
雪乃は雨の前に立ち、厳しい視線を彼女へ向けた。
雨「ばあちゃん……」
雪乃「生きてることを、後ろめたく思う奴があるか」
雨「────」

雪乃が手を動かすと、雨は怯えて目を瞑《つぶ》る。

しかし祖母は、雨の頬を両手で優しく包んで、

雪乃「負けるな、雨！」

雨「……………」

雪乃「自分に負けるな！」

雨「ばあちゃん……」

雪乃は、雨のことを抱きしめた。

雪乃「大丈夫、あんたはわたしの孫なんだから」

そのぬくもりに雨は堰《せき》を切ったように泣き出した。

太陽「……………」

81　大浦天主堂・前（夜）

オレンジ色の街灯が照らす中、歩いてくる雨と太陽。

小雨が降りはじめる。

太陽「もうここで。あ、この傘、雨ちゃんが持っていって」

と、赤い折りたたみ傘を雨に差し出す。

雨「でも……」

太陽「大丈夫。濡れちゃうから」

雨は渋々傘を受け取ると、

雨「……太陽君」
太陽「？」
雨「わたしも諦めるのやめる。何年かかるか分からないけど、一人前のパティシエになる。だから――」
と、小指を彼に向けた。
太陽「もう一度……いい？」
雨「もちろん」
太陽は、その指に指を絡めた。
雨「約束……」
太陽「うん、約束……」

82 大浦海岸通り（夜）
強まった雨脚の中、ずぶ濡れになった太陽が横断歩道の前で足を止めた。
信号機が雨に滲んでぼやけて見える。
太陽は不用意に踏み出してしまう。
向こうから迫る車のヘッドライト――。

83 大浦海岸通りの近くの道（夜）
赤い傘を差して歩く雨の姿――と、その耳に、けたたましいブレーキ音が響いた。振り返った彼女は、嫌な予感で走り出した。

84　大浦海岸通り（夜）

開かれた赤い折りたたみ傘が国道に落ちている。

その近くにへたり込む雨。

無数の雨滴に濡れながら、茫然自失の様子である。

彼女の腕の中には気を失った太陽。

雨「……お願い……誰か……誰か助けて……！」

太陽の頭からは鮮血が流れ、雨の中に溶けてゆく。ぐったりした太陽を抱える雨。二人はまるでピエタ像のようだ。

そんな彼らに、近づいてくる黒い靴。

日下が、雨の前で足を止めた。

日下「私は案内人の日下です。朝野太陽君を迎えに来ました」

雨「案内人……？」

雨は、この男が天からの使者だと察した。

太陽を守るようにぎゅっと抱きしめ、何度も何度も首を振る。

雨「助けてください……なんでもします……だから……」

日下「なんでも？　ならば、あなたに〝奇跡〟を授けましょう。受け入れるのなら、彼の命は助けます」

雨「奇跡……？」
日下「奪わせてください」
雨「奪う？　なにをですか？」
日下「あなたの、心です」
雨「心……」
冷たい雨滴が、彼女の戸惑いを濡らして――。

85 慶明《けいめい》大学付属長崎病院・外観（夜）

86 同・手術室・前（夜）

長椅子に座り、項垂れている雨。
その前には日下、そして、千秋が立っている。
日下「紹介します。彼女は――」
千秋「（遮《さえぎ》るように）千秋です」
日下「………。もし奇跡を受け入れたら、今後は彼女もあなたのことをサポートします」
看護師が走ってくる――と、案内人をすり抜けた。
雨「（目を疑い）――――」
千秋「わたしたちの姿は誰にも見えないわ。あなたと、朝野太陽君以外には」

日下「さて、あなたに授ける奇跡について説明します。奪わせてもらうのは、〝五感〟です」
雨「五感……？」
日下「人は五感を通じて心を育んでゆく生き物です。謂《い》わば五感は心の入り口。これから三ヶ月かけて、あなたの五感を奪わせてもらいます。見ること、聞くこと、匂い、味、そして誰かに触れたその感触。それらをひとつずつ」
雨「………」
日下「この奇跡を受け入れるのなら、朝野太陽君を助けましょう。しかし断れば、今から十分後、彼は死にます」
雨「──」
手術室のドアが開き、ストレッチャーに乗せられた太陽が看護師に付き添われて出てくる。遅れて出てきた医師に、雨は縋《すが》るようにして、
雨「先生！　太陽君は⁉」
医師「（頭を振って）ご家族に連絡を」
雨「──」
日下「さあ、決断を。彼に心を、捧《ささ》げますか？」
雨「………」
87　同・廊下（夜）

ストレッチャーで運ばれてゆく太陽。
その脳裏に、かつての想い出が走馬灯のようによぎる。

88 （走馬灯）大波止橋の上（夜）

高校二年生の夏祭り――。
太陽は、独りぼっちの雨を見つけた。
彼女は立ち止まり、笑顔なく花火を見ている。

太　陽「（そんな雨を見つめて）…………」

89 （走馬灯）朝野家・リビング（日替わり）

駆け込んできた太陽が、父の前で両膝を突いて、

太　陽「父さん！　卒業したら俺のこと弟子にしてください！」

90 （走馬灯）長崎県立長崎高等学校・校庭（日替わり・四月）

桜の花びらが舞い散る春の校庭で、太陽が友人らと昼食を摂っている――と、
雨が一人、渡り廊下を歩く姿を見かけた。

太　陽「（友人に）なぁ！　あの子、誰⁉　なんて名前⁉」
男子生徒3「一年だよな」
男子生徒4「あー俺、同中《おな》だわ。確か……逢原雨？」

太陽「……雨」

と、呟き、思わず笑う。

太陽「同じ空だ」

一方の雨に笑みはなく――。

91（走馬灯）同・下駄箱・外（放課後・S#6直前）

雨が庇の下、降り落ちる雨滴を見ている。

太陽「よし……！」

と、気合いを入れて鞄から赤い折りたたみ傘を出す。

そして、雨の隣に並び立った。

晴れた空から降り落ちる美しい雨の雫《しずく》が、若い二人を優しく染めて……。

92（戻り）慶明大学付属長崎病院・病室（夜）

ベッドに横たわる太陽。

その目が、ゆっくりと開かれた――。

93　同・待合室（夜）

ベンチに座る雨。傍らには千秋がいる。

千秋「これでよかったの……？」

雨の腕にはスマートウォッチのような時計がある。奇跡を受け入れた、その証《あかし》だ。ディスプレイでは数字がカウントダウンしている。
千秋「五感を失っても命がなくなるわけじゃないわ。誰とも意思の疎通ができなくなって、たった一人闇の中で死ぬまでずっと生きてゆくのよ。そんなの耐えられるわけ——」
雨「返したかったんです……」
千秋「返したい？」
雨「はい。わたしはもう、十分もらったから」
と、そこに雨の心の声がかかって、
雨M（モノローグ）「太陽君……」

94　同・病室（明け方）
身体を起こす太陽。不思議なことに痛みはない。
太陽「……？」
雨M「わたしと友達になってくれて、ありがとう。あなたと出逢ってからの三年間は、人生で一番嬉しい時間でした」
傍らの床頭台《しょうとうだい》には彼の所持品。財布、スマホ、そして赤い傘。

95　同・廊下（明け方）

雨が病室へ向かって歩いている。

雨M「大袈裟じゃなくて、本当に本当に、そう思ってたの。どうしてなんだろう。きっと太陽君がわたしを必要としてくれたから。たくさん笑ってくれたから。それと――」

96　同・病室（明け方）

静かにドアが開き、雨が入ってきた。

彼女は、ぼんやり座る太陽を愛《いと》おしそうに見つめて思った。

雨M「君が心をくれたからです……」

太陽が雨に気づいて笑みを浮かべる。

雨「よかった、目が覚めて。大丈夫？」

太陽「それがちっとも痛くないんだ。先生も奇跡だって」

雨「……奇跡なんてないよ」

太陽「？」

雨「ご家族、もうすぐ来るって。とにかく無事でよかった。じゃあ帰るね、ばあちゃん心配してるから」

と、去ろうとする――と、

太陽「待って」

雨は、足を止めて振り返る。

太陽「線香花火の勝負、憶《おぼ》えてる?」
雨「うん……」
太陽「あのときのお願い、今使ってもいい?」
太陽は、勇気を振り絞り、
太陽「逢いたい……」
雨「え?」
太陽「また逢いたいんだ」
雨「…………」
太陽「ダメかな」
雨は、窓の外を見た。
まだ微かに小雨が降っている。
雨「その傘、借りていってもいい?」
床頭台の傘を見て、彼女はそっと微笑んだ。
雨「今度は自分で返しに来るよ。これが二つ目」
太陽も嬉しそうに微笑んだ。
雨「赤い傘と、花火の約束」

《第一話　終わり》

1　（過去）朝野煙火工業・てん薬仕込室（二〇〇〇年十二月）

炎が屋根を突き破り、黒煙が空へ吸い込まれてゆく。
少し離れた場所では、柳田達夫《やなぎだたつお》に抱えられた五歳の太陽。
呼吸は浅く、頬は煤《すす》で汚れ、擦り傷も目立つ。

陽平の声「明日香《あすか》!! しっかりしろ!!」

その声に太陽が目を向けると、救急隊員に付き添われ、ストレッチャーで運ばれてゆく母の姿が。母の身体はアルミシートでくるまれており、傍らでは陽平が懸命に妻の名前を呼んでいる。

太　陽「お母さん……」

と、薄れゆく意識の中で母を呼ぶ太陽。

太　陽「お母さん……お母さん……」

そのとき、ぽつり……ぽつり……と、雨滴《あましだり》が彼の頬を叩いた。
その雨は、太陽と燃え盛る小屋を濡らして——。

2　（現在）慶明大学付属長崎病院・病室（一月二日）

目を覚ますと、雨のような涙が頬を伝っていた。
ぼんやりとした意識の中、太陽が身体を起こすと、

春　陽「もうすぐ夕方だよ？　どんだけ寝正月なんよ」

太陽「夢見てた……火事の……」
春陽「火事って、お母さんの？」
太陽「(頷き)………」
春陽「だからお母さん、お母さんって言ってたんだ。てっきり特殊なエッチ動画の内容かと思って引いちゃったよ」
春陽は、太陽の腹の辺りに小さな箱を置くと、
春陽「はいこれ。差し入れのマカロン。なんて優しい妹なんでしょうか。ちな、特別な意味はないからね？」
太陽「特別な意味？」
春陽「忘れたの？『お菓子言葉』よ、お菓子言葉」
太陽「ああ、懐かしいな(と、微笑む)」

3　同・廊下～待合室(夕)

薄暗い廊下を歩く雨の姿──足を止め、あの日の待合室の長椅子《ながいす》を見つめた。

×　×　×

※フラッシュ・回想(第一話S#93)
千秋「五感を失っても命がなくなるわけじゃないわ。誰とも意思の疎通ができなくなって、たった一人闇の中で死ぬまでずっと生きてゆくのよ」

×　×　×

雨の腕にはスマートウォッチのような時計がある。
文字盤には『12:15:58:05』とあり、数字はどんどん減っている。
そして〝ロ〟を示すマークもある。
雨「……………」
春陽の声「雨ちゃん！」
見ると、廊下の向こうから春陽がやってきた。
春陽「昨日はありがとね、おにいのこと助けてくれて！」
雨「わたしはなにも……」
春陽「おにいなら屋上だよ。多分バカみたいな顔でマカロン食べてる。行ってみたら？　夕陽も綺麗《きれい》だし」
雨「うん、ありがと」
春陽「あ、その前に、スマホの番号交換しよ！」
4　同・屋上（夕）
雨の声「――太陽君」
振り返った太陽は、雨が立っているのを見て、喉にマカロンを詰まらせた。
太陽「来てくれたんだ！」
雨「うん。元気そうでよかった」
太陽「さっき先生が今週末には退院できるって――」

と、雨の背後を見て眉《まゆ》をひそめた。
離れたドアの所に喪服の女性・千秋が立っている。
雨は、その視線に気づき、

雨　**陽**「あのね、いっこごめんなさいがあって！」
太　**陽**「なに？（と、視線を戻した）」
雨「赤い傘、退院の邪魔かなって思って持ってこなかったの」
太　**陽**「そっちの方が助かるよ。それに――」
と、見ると、千秋の姿はない。
雨「そ、それに？」
太　**陽**「こうして長崎にまた戻ってきたわけだし、これからは逢いたいときに逢えるなぁって」
雨「逢いたいとき……？」
太　**陽**「あ、マカロン食べる？」
太陽はマカロンをひとつ取って雨へ向ける。
マカロンが陽光を浴びて輝く。
雨は迷った。こ、これは、あーんなのだろうか？
恐る恐る、あーんと口を開く――が、恥ずかしくなって、その手でマカロンを受け取って、
雨「懐かしい（と、笑った）」

太陽「憶えててくれたんだ」

雨「もちろん（と、マカロンを齧《かじ》る）」

彼女の笑顔を夕陽が照らす——と、

雨M「わたしにとってマカロンは、大切な想い出だ」

5　（回想）鍋冠山公園の展望台（朝）

高校生の雨と、太陽がマカロンを齧ると、二人は、ふふっとはにかんだ。

その笑顔を朝日が照らす。

雨M「太陽君がくれた想い出の味」

6　（回想戻り）慶明大学付属長崎病院・屋上（夕）

夕焼けの中、雨と太陽が手すりにもたれて他愛《たわい》ない会話をしている。

二人の笑顔を夕陽が照らす。

雨M「ひと口食べれば、いつも、いつでも、恋と夢の味がする」

笑顔の雨——しかし、時計の数字は減っていて……。

タイトル『君が心をくれたから』

第二話『マカロンは恋と夢の味』

7 逢原家・雨の部屋（夜）

雨が一人、窓辺で長崎の夜景を眺めている。

雨「あれって……あーんだったのかなぁ……」

ちょっと考えてみる――が、苦笑いで、

雨「ないない。ありえないよ」

千秋の声「ありえるでしょ」

雨「⁉」

驚いて振り返ると、千秋の姿が。

雨「もぉ！　いるなら声かけてください！　それに――」

と、雨は千秋をじろっと睨《にら》んで、

雨「彼の前には出てこないでって、言いましたよね」

8 （回想）慶明大学付属長崎病院・待合室（夜・第一話S#93の前）

長椅子に座る雨と千秋。傍らには日下の姿もある。

日下「腕の時計を見てください」

雨は腕の時計に目を向ける。

ロのマークと、『14:06:05:38』とある。

日下「ロのマークは『味覚』を意味しています。その下の数字はタイムリミット。あ

雨　と十四日と六時間五分で、あなたの味覚は奪われます」
日下「……一月十五日の……朝八時？」
日下「（頷き）味覚が奪われたら、翌日の午前0時に次の感覚と、そのタイムリミットが表示されます」
雨「なんだかゲームみたい……」
日下「あなたが五感を失いつつあることは誰かに話しても構わない。しかし奇跡のことや我々案内人のことは口外してはなりません。話せば奇跡は強制終了。そのときは――」
雨「わたしと太陽君は死んでしまう……？」
日下「そうです。真実を話していいのは、彼にだけです」
雨「太陽君に、二人の姿は？」
日下「見えます。あなたのその時計も」
雨「じゃあ、彼の前には出てこないでください」
千秋「雨ちゃん……って呼んでもいいかしら？　わたしは正直に話すべきだと思う。一人で乗り越えられるほど、五感を失うことは簡単じゃない。だから――」
雨「話せば太陽君は自分を責めちゃう。だから隠します。奇跡のことは、絶対に言いません」

9　（回想戻り）逢原家・雨の部屋（夜）

雨「それなのに……。早速見られてましたよね」
千秋「ごめん。どうしても彼を見たくて」
雨「どうしても？」
千秋「雨ちゃんが心を捧げるほど好きな人だもの。興味あって」
雨「⁉ べ、別に……好きなんかじゃ……」
千秋「あら、違うの？」
雨「か、帰ってください」
千秋はくすりと微笑み去ろうとする――と、
雨「味覚がなくなるってことは――」
千秋「（止まり）……？」
雨「今までみたいにお菓子、作れなくなるんですよね？」
千秋「ええ、そうね……」
雨「………」

10 同・同（時間経過・夜）

眠れない雨が、窓辺でぼんやりしている。

雨「………」

11 （回想）アパートの一室（朝・二〇〇五年・春）

仕事から帰ってきたばかりの派手なメイクの霞美。
霞美、小学二年生の雨が作ったカップホットケーキを一口食べて、

霞美「うまい！　雨には、お菓子作りの才能あるよ！」

雨「才能？」

霞美「神様がくれた贈り物。才能がある人は、その力でたくさんの人を幸せにしないといけないの」

雨「じゃあわたし、お母さんをたくさん幸せにする！」

12（回想戻り）逢原家・雨の部屋（夜）

雨は、減ってゆく腕時計の数字を見つめて、

雨「………」

13 慶明大学病院付属長崎病院・病室（夜）

太陽のスマホが震えた。雨からメッセージだ。

太陽「……？（と、手に取ると）」
『遅くにごめんなさい。なんだか眠れなくて』
『俺もなんだ』と返信を打った。

雨『一緒だね』

太陽『うん、一緒だ』

雨『そういえば、昔もこういうことあったね』
太陽は、雨からのメッセージを見て微笑んだ。

14（過去）朝野家・外観（夜）
T『2015年』——。

15（過去）同・太陽の部屋（夜）※以下、カットバックで
スマホが闇夜で光り輝く。
『雪乃さん』とある。着信だ。

太陽「もしもし⁉」
雨の声「もしもし……雨です。ごめんね。明日も仕事なのに」
太陽「いいよ！　起きてたから！　どうしたの？」
雨「心配で眠れなくて……」
太陽「そうだよね。明日、朝一で東京に行って、『レーヴ』の面接受けるんだもんね」
雨「うん、上手《うま》くいかなかったらどうしよう……」
太陽「なら明日の朝、逢おうよ。東京に行く前に。七時に鍋冠山公園でどう？　渡したいものがあるんだ」
雨「渡したいもの？」
太陽は机の上を見た。そこには小さな箱が。

太陽「マカロン。妹のアドバイスでさっき買ってきたんだ」
雨「マカロン？」
太陽「お菓子にはそれぞれお菓子言葉があって……詳しくは逢ったときに言うよ。じゃあ——」
雨「ねぇ、太陽君」
太陽「ん？」
雨「……眠くなるまで、こうして電話してていい？」
太陽「(微笑み)いいよ」
雨「(嬉しくて)………」
　しかし二人は無言になってしまった。
雨「ごめんなさい。長電話って慣れてなくて」
太陽「俺も……。じゃあ花火の話。よく『たまや～』とか『かぎや～』って言うでしょ？　あれは『鍵屋』っていう花火師の一門がいて——って、こんな話、つまらないよね」
雨「ううん、もっと聞きたい」
太陽「よし。それでね——」
　話し続ける太陽。
　雨は嬉しそうに聞いている。

＊

窓の外がうっすらと白みはじめた。
太陽はまだ話している――と、
太陽「もしもし？」

*

雨の部屋――。雨がスマホを手にしたまま眠っている。

*

スマホの向こうから雨の寝息が微《かす》かに聞こえる。
太陽は電話を切ろうとする――が、止まり、
太陽「ねぇ、雨ちゃん……」
そして、そっと伝えた。
太陽「……好きだよ」
途端に恥ずかしくなって電話を切った。
深呼吸をひとつ。それからスマホに微笑みかけて、
太陽「おやすみ……」

16 (現在) 大浦天主堂・外観（日替わり・朝・一月九日）

17 同・中（朝）

賛美歌を唄《うた》う子供たち。参列者が見守っている。

そんな人々の中、千秋と日下も座っている。
千秋「彼女はこの奇跡を乗り越えられるのでしょうか……？」
日下「分かりません。でもそれが？」
千秋「え？」
日下「あなたが担当を名乗り出た際に言ったはずです。感情移入してはならないと」
千秋「でも――」
日下「これは彼女自身の選択です」
千秋「(やるせなく)……」

18　朝野煙火工業・外観（朝）
太陽の声「もう一度、働かせてください！」

19　同・事務所（朝）
太陽が一同の前で頭を下げている。
太陽「一から、いえ、ゼロからはじめるつもりで頑張ります！」
雄星「ピーカンさん、怪我《けが》の具合はもういいんですか!?」
太陽「うん、どこも痛くないんだ」
純「トラックに撥《は》ね飛ばされたのに？」
雄星「悟空《ごくう》じゃないんだから……」

竜一「親方、ピーカンもこう言ってるし戻してやりましょうや」
陽平「(無視して)………」
　気まずい空気が流れると、達夫が箒《ほうき》を太陽へ向けて、
達夫「じゃあまぁ、ここから再スタートだな」
太陽「はい」
　と、箒を受け取りつつも陽平が気になる。
太陽「………」
　なにも言わない陽平を尻目に出て行く太陽。
　仕事に移る花村竜一《はなむらりゅういち》と菊野純《きくのじゅん》、飛岡雄星《とびおかりゅうせい》。春陽も、
春陽「市役所行ってきまーす(と、出て行く)」
　陽平と達夫の二人になると、
達夫「許してやれ。それに、そろそろ教えてやったらどうだ？　星作り」
陽平「俺は教えるのは苦手です」
達夫「星作りは花火師の腕が試される大事な工程だ。師匠のお前が教えてやれ。それから、例のことも」
陽平「例のこと？」
達夫「二十年前の、火事のことだよ」
陽平「――――」

20　逢原家・玄関

雨が靴を履いて出かけようとしている——と、

雪　乃「（来て）ほら、忘れ物だよ。ねぇシンディー、鍵開けて」

シンディー「カシコマリマシタ」

雪乃は、雨粒のワッペンが縫いつけられたハンカチを渡す。

雨「これ、わたしが小学生の頃のだ」

雪　乃「よく分かったね」

雨「縫い目がガタガタだから。ばあちゃんって料理も掃除も得意だけど、裁縫は苦手だったんだね。ちょっと意外」

雪　乃「人には得手《えて》不得手《ふえて》があるのよ」

雨「でもこのワッペンには助けられたな。就職試験のときもずっとぎゅーって握ってたし。わたしのお守り」

× × ×

※フラッシュ

高校の制服を着た雨が面接を受けている。
手の中のハンカチを見つめて、

雨「どこかの街角で、お母さんがわたしのスイーツを見つけて食べて、笑顔になってくれたら……」

そして、笑みを浮かべて、

雨「わたしはうんと幸せです」

×　×　×

雨「……ねぇ、ばあちゃん？　お母さんって、今――」

雪乃「え……？」

雨「ううん、なんでもない。市役所行ってくるね」

雪乃「市役所？」

雨「転入届けを出しに。あ、でも、その前に」

と、雨は笑って、

雨「食べ歩きしようかな！」

21　四海楼《しかいろう》・店内

ちゃんぽんを食べる雨。

雨「うん、美味しい」

22　長崎新地《しんち》中華街

肉まんと、ちまきを食べ歩きしている雨。

雨「うんうん、美味しい〜」

23　ツル茶ん・店内

トルコライスとミルクセーキにご満悦の雨。

雨「ん〜、美味しい〜」

千秋「それにしても、よく食べるわね」

向かいの席で千秋が呆れている。

雨は、辺りに人がいないことを確認すると、

雨「決めたんです。味覚がなくなるなら、今のうちに食べたいものは全部食べようって」

千秋「………」

24　長崎市役所・外観

25　同・地域振興課

仕事をしている司——すると、廊下の向こうに、雨が歩いているのを見つけた。

司「あ……」

26　同・前の広場

キッチンカーが並ぶ広場には、椅子やテーブルが置かれている。

二人はその席に座っていた。

司「新生活はどう？　少しは落ち着いた？」
雨「転入届出したので、だいたいは」
司「なら、よかった。そうだ、いっこ訊《き》いていい？」
雨「なんですか？」
司「パティシエ、本当に辞めちゃうの？」
雨「それは……」
司「僕みたいに後悔しないようにね」
雨「望田さんみたいに？」
司「こう見えて、昔プロのサッカー選手を目指していたんだ。でも高三のときに膝をやっちゃって」
雨「…………」
司「そんな僕からのアドバイス。少しでも可能性があるならあがきなよ。未来に後悔を残すべきじゃない」
雨は、数字が減る腕の時計を見つめて……。
と、そんな二人を見かけた春陽が、
春陽「ふ――――ん」

27　朝野煙火工業・事務所
掃除をしている太陽のもとに春陽が来て、

春陽「それでも地球は回っている」
太陽「は？」
春陽「さっき市役所で雨ちゃんを見かけたの。イケメン職員と仲良くおしゃべりしてた」
太陽「お、おしゃべり？　ただの友達だろ？」
春陽「はぁ？　なに余裕ぶってんのよ。いい？　市役所の連中はモンスター市民を相手にしてるから基本聞き上手なの。安定・イケメン・聞き上手に、金なし・陰キャの花火師見習いが叶うわけないでしょうが」
太陽「!?」
春陽「ったく。雨ちゃんは、おにいのマカロンなんでしょ？」
太陽「…………」

28　（過去）鍋冠山公園・展望台（S#15の翌朝）
制服姿の雨が、朝の長崎の風景を眺めている。
太陽の声「雨ちゃん！」
と、仕事前の太陽が手を振って走ってきた。
太陽「ごめん！　寝坊しちゃった！」
雨「ううん。こっちこそ、これから仕事なのにごめんね」
太陽「全然！　はいこれ、約束のマカロン！」
と、太陽は小さな箱を雨に渡した。

開いてみると、そこには、カラフルなマカロンたちが。
雨「美味しそう」
太陽「電話で話したマカロンのお菓子言葉なんだけどさ――」
太陽、言い淀《よど》んで、
太陽「やば、忘れちゃった……（と、苦笑）。あ、でもこのマカロン食べたら合格間違いなし！　俺が保証する！」
雨「へんなの（と、くすり）」
太陽は、マカロンをひとつ取り、
太陽「雨ちゃんの面接大成功を願って」
雨「（も、取って）願って」
朝日が二つのマカロンを優しく染める。
そして二人は、同時にマカロンを齧った。
雨「甘くて美味しい」
太陽「美味しいね」
雨「ありがとう、太陽君。頑張れそうな気がするよ」

29（過去）長崎空港・ロビー　※以下、カットバックで
雨が、公衆電話で雪乃に連絡をしている。
雨「搭乗手続き終わったよ。ハンカチ？　うん、持った」

雪乃「今日もそのワッペンがあんたを守ってくれるよ」
雨「頑張る。あ、いっこ調べてほしいことがあるの」
受話器をぎゅっと握って、
雨「……マカロンのお菓子言葉、なにかなぁ」
雪乃「お菓子言葉？　待っててごらん」
雨は受話器のコードを弄《いじ》って落ち着かない。
雪乃「あったよ。マカロンのお菓子言葉」
雨「教えて」
雪乃「あなたは――」
ロビーのアナウンスが声にかかる。
祖母の言葉に、雨は恥ずかしそうに俯いて……。

30　（過去）同・展望台

飛行機が抜けるような青空へ飛んでゆく。
雨がベンチでその光景を眺めている。
手には太陽がくれたマカロン。それを見つめて、
雨「ほんとに忘れちゃったのかな……」
雨は照れながら、マカロンを齧った。

31　（現在）パティスリー・店内（夕）

ショーケースに並んだ色とりどりのマカロン。
それを見ている雨は、昔を懐かしんで微笑んだ。
「お待たせしました」と商品を受け取ると、
店員「もしよかったら。今週土曜日開催です」
と、『長崎スイーツマルシェ』のチラシをもらった。
雨「（その参加者に目が行って）――⁉」
動揺でマカロンの入った箱を落とした。
雨のチラシを持つ手が震えている。
そこには、ゲスト『田島守』とある。その人物は、

×　×　×

※フラッシュ・回想（第一話S＃28）
田島「君はもう、うちには必要ないよ」

×　×　×

雨「………」
色とりどりのマカロンが床に無残に転がって……。

32　朝野家・リビング（夜）

ソファで春陽がテレビを見ている。

アナウンサー「今日未明、福岡市内の花火工場で火災が発生しました」

春　陽「あ、これ、田所《たどころ》煙火じゃん。うわぁ～チョー燃えてる」

本を読んでいた太陽もテレビに注目する。

モルタル造りの小屋が燃えている。すると、

燃え盛る炎の映像が、脳裏に鋭く突き刺さり、

太　陽「――!?」

×　×　×

※フラッシュ・回想

そこは、朝野煙火工業のてん薬仕込室。

幼い太陽が星に手を伸ばす――と、

×　×　×

バサリ――と、本が床に落ちて、我に返る太陽。

春　陽「てか、うちの火事って考えたら不思議だよね」

太　陽「不思議？」

春　陽「おとうが静電気の除去をし忘れて起こったんだよね？　でも、あの花火バカがそんな大事なこと忘れるかなぁ」

太　陽「……確かに」

春　陽「しかもお母さんの写真、全部燃やすなんて変じゃない？　顔を見るのが辛いか

らってやり過ぎっしょ。おかげでこちとら、母親の顔すら分からないわけだし」

太陽「…………」

33 出島メッセ長崎・表（日替わり・一月十三日）

入口に『長崎スイーツマルシェ』の貼り紙。
それを見つめる雨は、緊張の面持ち。
雨は腕の時計を見る。『01:19:45:05』とある。
タイムリミットまであと一日と十九時間——。

雨「…………」

雨は、意を決して会場へと足を踏み入れた。

34 長崎市立図書館・中

自動ドアが開き、緊張の面持ちの太陽が入ってきた。

太陽「…………」

35 出島メッセ長崎・ホール

いくつもの有名店が出店する会場内。
多くの人が訪れ、盛況の様子だ。
その中を歩く雨。

女性客の声「田島さん！　サインください！」
目を向けると、女性客らに囲まれた田島の姿。
雨「………」
勇気を出して一歩を踏み出す。
田島は、やってきた雨に気づく。
雨は恐る恐る頭を下げて――。

36　橋の上
雨と田島が並んで立っている。
雨「田島さんに謝りたくて来ました」
田島「謝る？」
雨「ちゃんと挨拶もせずに逃げるように辞めてしまったので。過去にけじめをつけて、夢を諦めようって思って」
田島「……確かに君はうちの店が求める水準には達しなかった。でも、パティシエとしての見込みはあったよ」
雨「え？」
田島「前に一度、バレンタイン・デーにマカロンを作ってきたことがあったね？　あれはなかなか美味かった」
雨「――」

田島「磨けば立派なパティシエになる。そう思って、あえて厳しく接したんだが……
　辛い思いをさせてしまったね」
雨「………」
田島「でも逢原君はまだ若い。時間だって十分ある。夢を諦めるのにはまだ早いと思うよ。いつでも連絡してきなさい」
　田島が去ると、雨はハンカチを強く握りしめた。
雨「今更そんなこと言われても……」
　時計の数字は『01:18:45:05』とある。
雨「遅すぎるよ……」

37　朝野煙火工業・事務所（夕）
　太陽が呆然《ぼうぜん》と事務所に入ってきた。
春陽「もぉ、遅い！　仕事さぼってどこほっつき歩いてたの？」
　太陽は陽平を見た。そして、
太陽「俺が母さんを殺したの？」
陽平「？」
太陽「あの火事、俺が起こしたんだろ？」
陽平「なんだ、藪《やぶ》から棒に……（俄《にわか》に狼狽する──と、）」
　太陽は地方紙の記事のコピーを父に向けた。

太　陽「図書館で調べたんだ」
　二〇〇〇年十二月二十六日の朝刊記事だ。
　見出しには『長崎市・朝野煙火工業で火災』の文字。『亡くなったのは従業員の朝野明日香さん』、『子供の火遊びが原因とみられる』とある。
太　陽「正直に言ってよ」
　陽平は頭を振ろうとするが、達夫と目が合った。
達　夫「…………」
陽　平「……そうだ。火事のきっかけはお前だ。あの日、俺たちはみんな出払っていてな……」

38　（回想）同・表～てん薬仕込室
　五歳の太陽が、てん薬仕込室へ向かって走っている。
陽平（オフ）「お前は静電気の放電をしないまま……」
　太陽は静電気の放電をしないまま中へ――。

39　（回想戻り）同・事務所（夕）
陽　平「戻ってきた明日香は、お前を助けるために火の中に飛び込んだ。なんとか助け出したはいいが、一酸化炭素を大量に吸っちまってな。それで……」
太　陽「じゃあ、母さんの写真を燃やしたのは？」

陽　平「それは俺だ。明日香の顔を見るのが辛くて――」
達　夫「もういいだろ、陽平。教えてやれ。親父《おやじ》の務めだ」
陽　平「…………」
息子のまなざしに、陽平は、
陽　平「目を覚ましたお前は火事のことを忘れていたよ。心が無意識に自分を守ったんだろうな。でも、明日香の写真を見ると過呼吸を起こすようになった。このままじゃ、きっとお前は一生苦しむ。だったら明日香のことは心から消した方がいい。そう思って――」

40　（回想）打ち上げ試験場（夕）

何冊ものアルバムに灯油がかけられた。

マッチを手にする陽平。

しかし、ためらいの表情。

達　夫「なにもそこまですること……」

陽平はマッチを擦った。そして、
陽　平「明日香が残してくれたあの子たちは、なにがあっても守ります。どんな嘘をついてでも」

アルバムに投げると、一気に火の手が上がった。

陽平の悲しげな表情を橙色の炎が照らして……。

41 （回想戻り）朝野煙火工業・事務所（夕）

陽平「でも、母さんとの約束だけは憶えていたな……」
　太陽の目から涙が落ちた。
太陽「全部、俺のせいだったんだ……」
陽平「…………」
太陽「春陽が母さんの顔を知らないのも全部……」
春陽「おにい……」
　太陽は泣き崩れるようにして父と妹に頭を下げた。
太陽「二人ともごめんなさい……本当にごめんなさい……」

42 眼鏡橋（夜）

　佇む雨は、やるせなくハンカチを握りしめて、
雨「…………」

43 （回想）パティスリー『レーヴ』・店内

　面接が行われている。
　田島と数人のパティシエの前に座る高校生の雨。緊張している。
雨「わたしには、お母さんがいました」

雨　ハンカチをぎゅっと握って、

「母は毎日わたしのために一生懸命働いてくれていて……。だから小学生のとき、ありがとうって伝えたくて、カップホットケーキを作ったんです。そしたら、すごく喜んでくれて……それが嬉しくて……。でも――」

雨は表情を暗くした。

雨「母は、わたしを叩くようになりました」

田島「…………」

雨「それでも思っていました。いつかまた、わたしのスイーツでお母さんを幸せにしたい。笑顔にしたいって。だけど、そんな日は来ませんでした……」

田島「…………」

雨「きっともう母に会うことはないと思います。生きているかどうかも分かりません。だから、わたしはこれから出逢う人たちを幸せにします。でも、もし――」

雨はハンカチを見つめて、

雨「どこかの街角で、お母さんがわたしのスイーツを見つけて食べて、笑顔になってくれたら……」

そして、笑みを浮かべて、

雨「わたしはうんと幸せです」

44　（回想戻り）眼鏡橋（夜）

減り続ける腕時計の数字を見ている雨。

司（回想）「——少しでも可能性があるならあがきなよ。未来に後悔を残すべきじゃない」

雨「…………」

するとスマホが鳴った。春陽からの着信だ。

雨「（出て）春陽ちゃん？」

春陽の声「もしもし！　今おにいと一緒!?」

雨「え……？」

45　太陽を捜す雨のモンタージュ（夜）

路面電車と併走するように走る雨。

春陽（オフ）「お母さんの火事の原因、おにいだったの」

＊

人ごみの中に太陽の姿を捜す雨。

太陽に電話をするが応答はない。

春陽（オフ）「それでショックを受けて出て行っちゃって……」

＊

息を切らして太陽を捜している雨。

スマホの時計は十時過ぎを指している。

太陽に電話をかける——と、繋がった。

雨「もしもし太陽君⁉ 今どこ⁉ わたし、春陽ちゃんから全部聞いて！ それで！」

太陽の声「ごめん……。あの約束、叶えられそうにないや」

雨「え？」

太陽の声「俺、花火を作る資格なんてないんだ。だから――」

電話の向こうでなにかが聞こえた。

雨「…………」

太陽の声「ごめん、雨ちゃん……」

電話が切れると、雨は意を決して走り出した。

46 朝野煙火工業・事務所（夜）

陽平と春陽が残っている。

春陽「ねぇ、おとう……。おとうの務めは、わたしたちに事実を教えることじゃないと思う」

陽平「じゃあなんだ？」

春陽「花火を教えることだよ」

陽平「――――」

春陽「お母さんが命懸けで助けたあのバカを、立派な花火師にすること」

陽平「…………」

47　大浦天主堂・前（夜）

賛美歌が聞こえる天主堂の石段に太陽の姿――と、

雨　「太陽君!!」

太陽「（立ち上がり）どうして……」

雨　「賛美歌が聞こえて。ここかもって思って……」

太陽「雨ちゃん……さっき電話で言ったけど――」

雨　「どうでもいいじゃない」

太陽「？」

雨　「資格なんてどうでも。それより大事なものを太陽君は持ってるでしょ……なのに……それなのに……」

時計の数字が、雨の時間が、減っている――。

雨　「どうしてもっと頑張らないのよ！　自分の作ったもので、たくさんの人を幸せにしたいって思ったんでしょ!?」

太陽「――」

×　×　×

※フラッシュ・回想（第一話S＃32）

太陽「『いつかたくさんの人を幸せにするような、そんな花火を作ってね』って言われたんだ。それが母さんとの唯一の想い出。その約束、叶えたいんだ」

雨「だったら……」

× × ×

雨「どこかの街角で、お母さんがわたしのスイーツを見つけて食べて、笑顔になってくれたら……」

※フラッシュ・回想（S＃43）

× × ×

そして、笑みを浮かべて、

雨「わたしはうんと幸せです」

× × ×

雨「だったら、どうして簡単に挫けたりするのよ‼」

太陽「…………」

雨「許さないから……」

雨は強いまなざしを太陽にぶつけた。

雨「今度挫けたら、わたし、あなたのこと絶対許さない」

太陽「……雨ちゃん」

雨「わたしは逃げない。逃げずに最後まであがく。だから、お願い。太陽君も逃げないで……」

太陽「…………」

48　逢原家・玄関（夜）

雨が帰ってくると、奥から心配そうに雪乃が来て、

雪乃「随分遅かったね。なにかあった？」

雨「ねぇ、ばあちゃん。お母さんの居場所、知ってる？」

雪乃「どうして？」

雨「わたし、お母さんに会う」

雪乃「………」

雨「会いたいの。だからお願い、教えて」

49　同・前（日替わり・一月十四日）

雨と太陽、そして雪乃が立っている。

雨「ごめんね、付き合ってもらって」

太陽「ううん、今日は休みだから」

と、そこに車のクラクション。

運転席の窓から手を振って司がやってきた。

司「お待たせ」

と、車を停《と》めて出てくる。

雨「車、ありがとうございます。（太陽に）あ、紹介するね。市役所で働いてる望

田さん」
太陽「市役所……」
司「司でいいよ」
雨「それから、彼は太陽君。わたしの高校時代の友達」
司「よろしくお願いします、太陽君」
太陽「(会釈で)………」
司「それで今日は? どうしたの?」
雨「あがいてみようと思って」
司「?」
雨「未来に後悔を残さないように」

50 道をゆく車・その車内

雨が、腕の時計をこっそり見た。
数字は、残り二十四時間を切っている。

51 とある施設の駐車場 〜 道

車が停車すると、一同は降車した。
雪乃「こっちよ(と、歩き出す)」
続く三人。雪乃は歩きながら、

雪　乃「ねぇ、雨……。ばあちゃんに初めて電話してきたときのこと覚えてる？」

×　×　×

※フラッシュ・回想（第一話S#42）

ナイフを手に迫る母。雨は怯えて後ずさり、

雨「ごめんなさい……許して……お母さん……」

霞　美「あんたなんていらない。必要ない……」

雨「――――」

霞美は、ふと冷静になり、足を止めた。ナイフを床に落とし、自分の手を見つめている。そして、部屋を飛び出していった。

×　×　×

雪　乃「あのとき、霞美からも電話があったの」

雨「お母さんから……⁉」

雪　乃「あの子、泣きながらわたしに言ったわ。『とんでもないことをしちゃった。このままじゃ雨を殺しちゃう。お願い、わたしからあの子を助けて』って。だから――」

雪乃は立ち止まった。

雪　乃「わたしはあんたを引き取って、霞美をここに入れたの」

そこは、『佐世保《させぼ》こころの病院』という施設だった。

52　病院・中庭へ続く道

雪　乃「あれから十八年、あの子は入退院を繰り返しながらここで治療をしているの。いつか、雨に許してもらうことを夢見て……」

雨「え?」

雪乃が立ち止まった。
その視線の向こう、中庭のベンチに一人の女性がいる――雨の母・霞美だ。

雪　乃「あのハンカチ、持ってる?」

雨は、雨粒のワッペンのハンカチを出した。

雪　乃「そのワッペンね、霞美が縫ったものなの」

雨「――」

雪　乃「十八年前、わたしはあの子に言ったわ。どんなに不格好でもいい。時間がかかってもいい。雨の服に、持ち物に、ひとつひとつ心を込めてこれを縫いなさいって。雨が自分を好きになれるように、幸せでいられるようにって願いながら……」

雨「…………」

太陽・司「…………」

雪　乃「最初はうんと下手で縫い目もガタガタだったよね。でも」

雪乃は涙ながらに微笑んだ。

雪　乃「ちょっとずつ、上手になったと思わない?」

雨　乃「(込み上げる思いと共に頷き)……」
雪　乃「あの子、頑張ったの。家事なんてなんにもできなかったのに、それでも一生懸命、挫けずに頑張ったの」
雨　乃「……」
雪　乃「霞美があんたにしたことは簡単に許されることじゃない。親が怒りに任せて子供を叩くなんて絶対にダメ。でもね、それでも思うの。許されない罪はないって……」
太　陽「——」
雪　乃「だから、雨……。いつかあのバカな母親を……わたしの娘を……どうか許してあげてほしいの……」
雨　乃「……」

53　同・中庭（夕）

雪乃が一人、霞美が座るベンチにやってきた。

雪　乃「今日、雨も一緒に来ているの」
霞　美「——」
雪　乃「でも先生がまだ会わない方がいいって。だから——」
と、小さな箱を娘に渡した。
雪　乃「これ、雨からよ。霞美のために作ったんだって」

霞　美「――」

　　霞美は震える手で箱を開ける。そこには――。

雪　乃「マカロン……」

　　オレンジ色のマカロンが入っていた。

霞　美「……？」

雪　乃「お菓子には、それぞれお菓子言葉があるの」

54　石岳《いしだけ》展望台園地（夕）

　　九十九島《くじゅうくしま》を望む展望台に雨と太陽、司がいる。

雨「……」

雪乃（オフ）「マカロンのお菓子言葉は……」

55　（回想）長崎空港・ロビー（S＃29）

雪　乃「あったよ。マカロンのお菓子言葉」

雨「教えて」

雪　乃「あなたは――」

56　（回想戻り）石岳展望台園地（夕）

　　雨はふっと微笑んで、

雨「……特別な人……」

57 病院・中庭（夕）

雪乃「マカロンは、なにかに挑戦しようとしている特別な人に、『頑張れ』って気持ちを込めて贈るものなの」

霞美は、マカロンを齧って涙をこぼした。

雪乃「だから、頑張ろうね……。いつかまた、もう一度、あの子の特別な人になれるように」

霞美「なれるかな……わたしなんかに……」

雪乃は娘の手を優しく握った。

雪乃「大丈夫。お母さんがついてる」

霞美「…………」

雪乃「あんたは独りじゃないよ」

58 石岳展望台園地（夕）

雨のスマホが鳴った――雪乃からだ。

雨「多分お母さんからだと思う。でも、ちょっと怖くて……」

太陽「（頷いて）」

雨は恐る恐る電話に出てスピーカーにする――と、

霞美の声「雨……？」
雨「うん」
霞美の声「マカロン、ありがとう」
雨「うん」
霞美の声「美味しかった」
雨「……うん」
霞美の声「すごくすごく、美味しかったよ」
雨「……うん」
霞美の声「お母さんの言ったとおりだったね」

雨の瞳から涙がこぼれた。

霞美の声「雨には、お菓子作りの才能があるのね」
雨「……」
霞美の声「お母さんも頑張る。頑張るから……」
雨「……」
霞美の声「だから雨も、これからも、その力でたくさんの人を幸せにしてあげてね……」
雨「……」
霞美の声「今日は、来てくれてありがとう……」

電話を切ると、雨はやるせなくて唇を噛んだ。
時計の数字は今も減っている。

タイムリミットまで、あと十五時間――。
もうすぐその才能を失おうとしている。
そのことが悔しくて、悲しくて、雨は涙をこぼした。
太陽も司も、彼女の涙の意味を知らなくて……。

59　朝野煙火工業・事務所（夜）

陽平が一人、春陽の言葉を反芻《はんすう》している――と、

太陽「（来て）……父さん」
陽平「なんだ？」
太陽「俺に星作りを教えてください」
陽平「…………」
太陽「母さんとの約束、叶えたいんだ」
陽平「……だったら、ひとつ条件がある」
太陽「条件？」
陽平「花火作りは執念だ。なにがなんでも良い花火を作ってやる。毎日そう思いながら星を作る。でも簡単には辿り着けない。躓《つまず》いてばかりだ。だから――」
陽平は息子に真剣なまなざしを向けた。
陽平「挫けるな。なにがあっても」
太陽「はい……！」

60　逢原家・台所（夜）

台所に立つ雨が深呼吸をひとつ。
意を決し、スイーツを作りはじめる。
しかし、その顔には微塵《みじん》も笑みはない。

61　鍋冠山公園・展望台（日替わり・朝・一月十五日）

雨が、朝の長崎の風景を眺めている。
時計を見ると、残り時間はあと二分だ。

太陽の声「雨ちゃん！」

太陽が手を振って走ってきた。

太　陽「ごめん！　寝坊しちゃった！」
雨　「突然ごめんね。どうしても渡したいものがあって」
太　陽「渡したいもの？」

雨は小さな箱を彼に向け、

雨　「マカロン。太陽君にも」
太　陽「ほんとに⁉　嬉しいよ！」

時計の数字が一分を切った。

雨　「食べてみて。これがわたしの、人生最後の最高傑作」

太陽「人生最後の？」
　雨は、誤魔化すように笑って頭を振る。
　太陽は、箱の中からマカロンを出す。
　オレンジ色の綺麗なマカロンだ。
太陽「（齧って）うん！　美味しい！」
雨「よかった……」
太陽「あ、ひとつ食べない？」
　太陽が箱をこちらへ向けた。
雨「でも今、手、汚れてるから」
太陽「……じゃあ、もし嫌じゃなかったら」
　太陽はマカロンをひとつ摘《つ》まんで、こちらへ向けた。
　時計の数字は残り十五秒を切った。
　雨は、薄く微笑み、頷いた。
　それを合図に、太陽がマカロンを雨の口へと運ぶ。
　眩しい朝日がオレンジ色のマカロンを染める。
　雨は、くちづけをするように、そっと口を寄せた。
　時計が五秒を切った――。
雨M「わたしにとってマカロンは、大切な想い出だ」

62（回想）長崎空港・ロビー（S#29続いて）

雪　乃「あったよ。マカロンのお菓子言葉」

雨　「教えて」

雪　乃「あなたは――特別な人」

雨は、驚きつつも、嬉しくて。

雨M「特別な人がくれた、想い出の味」

63（回想戻り）鍋冠山公園・展望台（朝）

時計の数字が今――ゼロになった。

雨がマカロンを齧った。

雨M「ひと口食べれば、いつも、いつでも――」

64（回想）長崎空港・展望台（S#30）

雨　「ほんとに忘れちゃったのかな……」

雨は照れながら、マカロンを齧った。

雨M「恋と――」

65（回想）石岳展望台園地（夕）（S#58）

霞美の声「雨には、お菓子作りの才能があるのね」
雨M「夢の味が――」
66（回想戻り）鍋冠山公園・展望台（朝）
雨の頬を一筋の涙が伝った。
雨M「していたのに……」
太陽「雨ちゃん？　どうしたの……？」
太陽は、涙する雨に驚いた。
雨「……思ったの」
雨は、精一杯笑って、
雨「甘くて美味しいなぁって……」
その拍子に涙がまたこぼれた。
雨「自画自賛して泣いちゃったよ」
雨M「今はもう、なにも感じない……」
67同・同（時間経過・朝）
手を振って去ってゆく太陽。
雨は笑顔で手を振り返す。そして、
雨「さっき、なんの味もしなかったとき、思ったんです」

悔しさが涙となって溢れた。

雨「わたしの夢は終わっちゃったんだなぁって……」

千秋「…………」

雨「もっと頑張ればよかった」

次々と流れる涙。

雨「あと一時間、ううん、三十分でもいいから寝るの我慢して勉強すればよかった……動画見たり、スマホ触ってる時間があるなら、もっと必死に……もっと精一杯……」

こぼれ落ちた涙が朝日に染まる。

雨「必要ないって言われても、頑張ればよかった……それなのに……どうして……どうしてあのとき……」

雨は顔を歪《ゆが》めて涙した。

雨「簡単に挫けちゃったんだろう……」

千秋「…………」

68 同・同・近くの坂道（朝）

太陽が坂を下っている——が、その足を止めた。

雨が気になり、踵を返す。

太陽「…………」

69　同・同・前（朝）

展望台から下りてきた千秋に、日下が、

日下「人は後悔と共に生きています。なにかに失敗するたび思うんです。もっと頑張ればよかったと。でも、だんだんと後悔すらしなくなる。人生を諦めてゆく。彼女もじきにすべてを諦めますよ」

千秋は、ぎゅっと拳《こぶし》を握り、

千秋「でも、わたしは――」

と、その目が大きく見開かれた。

視線の先に、息を切らせた太陽が立っている。

千秋「………」

太陽は急ぎ足で通り過ぎてゆく――が、

太陽「(振り返り)あの……確か前に、病院の屋上で……」

千秋「――」

太陽「あなたたちって、もしかして――」

《第二話　終わり》

1　（過去）逢原家から望む長崎の風景（朝）

T『2014年・1月』――。

2　（過去）逢原家・居間（朝）

雨「……手？」

制服姿の雨が目をパチパチさせた。

雪乃「そう、手。太陽君とはもう繋いだの？」

雨「な、なに、急に……」

と、気まずそうに朝食の味噌汁《みそしる》をズズと啜る。

雨「繋いでないよ。付き合ってないんだし……」

雪乃「まったく、あんたたちウブねぇ～。彼、あとひと月ちょいで卒業でしょ？　手くらい繋いで想い出作れば？」

雨「想い出……（と、ちょっと頬が緩んでしまうが）もぉ、そういうことに首突っ込まないで！　ごちそうさま！」

3　（過去）長崎孔子廟《こうしびょう》・近くの道（夜）

下校中の雨と太陽。オレンジ色のランタン（提灯《ちょうちん》）が吊《つ》るされている道。

長崎ランタンフェスティバルの準備が進んでいた。

　その光景は圧巻で、観光客たちは提灯を写真に収めている。
　しかし雨はランタンには目もくれず、隣の太陽の手をチラチラ見ている。

雨「……手」
太陽「――ちゃん？　雨ちゃん？」
雨「え⁉　な、なに？」
太陽「もうすぐランタンフェスティバルだね。うちの学校でもランタン祭りやるけど……実行委員、一緒にやらない？」
雨「実行委員？　どうしてわたしも？」
太陽「想い出だよ」
雨「想い出？」
太陽「俺、もうすぐ卒業だからさ。今のうちに雨ちゃんと想い出いっぱい作りたくて」
　想い出――という言葉にドキリとする雨。
雨「そ、そうですか……か、考えとく……」
太陽「うん、前向きに――あ、恋ランタンだ」
　そこは長崎孔子廟の前。門の向こうには祈禱《きとう》所があって、小さな赤い球体がいくつもぶら下がっている。球体の先の祈縁牌《チウエンパイ》が風に揺れている。ランタンフェスティバルの名物のひとつ『恋ランタン』だ。
太陽「行ってみようよ」
雨「うん！」

4　（過去）同・恋ランタン祈禱所（夜）

太陽「（祈縁牌のひとつを手にして）ここに恋の願いごとを書いて吊るすと叶うんだ
　よね。俺たちも書いてみる？」

雨「で、でも、どうせ叶わないよ……」

太陽「そんなことないって。叶ったよ、小学生の頃」

雨「（ピクリと）小学生の頃？」

太陽「初恋の人と隣の席になれますように！　とか子供っぽいことだったけどね」

雨「（またもやピクリと）初恋……。あ〜、あったなぁ〜。わたしも初恋の先生に
　褒められたいって思ったこと」

太陽「先生……」

雨「なんか言った？」

太陽「ううん、なんでも。どうする？　書いてみる？」

雨「いいかな。願いごと、特にないし」
　と、背を向けて歩き出す雨で。

5　（過去）逢原家・居間（夜）

雨「バカ……」
　と、縁側でため息を漏らす雨に、

雪乃「どうしたの？　ため息なんてついて」

雨「しょうもない嘘ついたりしてバカだなぁって思って。初恋、先生じゃないのに」

雪乃「初恋？」

雨「でもなんか悔しくて……」

雪乃「なるほどね。初恋の人の初恋になれなかったことが悔しかったんだ」

雨「ち、ちがうよ」

雪乃「でもね、雨。恋にとって大事なのは、最初の人になるかどうかじゃないわ」

雨「じゃあなに？　最後の人になること？」

雪乃「ううん、それはね――」

その言葉の続きを聞き、雨の瞳が輝いた。

6（過去）ランタンが輝く街の景色　～　長崎孔子廟・前（夜）

赤く輝くランタンが、いくつも、どこまでも続く美しい道。その輝きの中を、雨が懸命に、必死に走っている。彼女は通行人にぶつかって、

雨「す、すみません！」

と、謝るも、息を切らして全力で走ってゆく。

そして、閉まりかけの長崎孔子廟に辿り着くと、

雨「（係員に）あの！　恋ランタン、ひとつください！」

7　（過去）長崎孔子廟・恋ランタン祈禱所（夜）

雨が祈縁牌に願いごとを書いている。

雨M「ドキドキしながら書いた恋ランタン」

祈禱所の隅っこに自身の恋ランタンをそっと吊るすと、ランタンは笑うように風に揺れて輝いた。

雨M「いつかこの願いが叶ったら――」

雨、恋ランタンに向かって柏手を打ち、

雨M「この初恋が実ったら――」

そして、恥ずかしそうにはにかんだ。

雨M「わたしはきっと、うんと幸せ……」

雨の願い、それは――、

『好きな人の、最愛の人になれますように』

タイトル　『君が心をくれたから』

第三話　『初恋の想い出』

8　（現在）逢原家から望む長崎の夜景（夜・一月十五日）

T『2024年1月』――。

9　逢原家・居間（夜）

雨「……手？」
　夕食の席で、二十六歳の雨が目をパチパチさせた。
雪乃「そう。つけてないじゃない、手。ほら」
　雨の前には、手つかずのおかずの数々。
雨「食欲なくて……」
雪乃「元気もないみたいだし。なにかあった？」
雨「…………」
　×　×　×
　※フラッシュ・回想（第二話S#67）
雨「さっき、なんの味もしなかったとき、思ったんです」
　悔しさが涙となって溢れた。
雨「わたしの夢は終わっちゃったんだなぁって……」
　×　×　×
雨「ううん、さっきお菓子食べちゃって！」
雪乃「まったく。どっか悪いのかと思って心配したじゃない」
雨「ごめん。どこも悪くないよ」
雪乃「なら、ばあちゃんからのリクエスト。お正月休み、そろそろ終わらせてくれると嬉しいんだけど？」
雨「（うっ……）」
雪乃「仕事、どうするつもり？」
雨「それは……」
雪乃「健康な心と身体があるんだからちゃんと働きなさい。若い頃の一日は、ばあちゃんみたいな年寄りの一年以上の価値があるのよ。時間を無駄にしたら勿体《もったい》ないわ」
雨「無駄になんかしてないよ！」
雪乃「――」
雨「ごめんなさい……」
雪乃「ばあちゃんこそごめん。まぁ、ゆっくり考えましょ。雨にはまだまだ時間があるから。お茶、淹れようかしらね」
　雪乃が立ち上がり奥の台所へ。
　腕時計を見る雨。現在はカウントダウンしておらず、すべてが0の表示になっている。雨は腕時計をぎゅっと手で包み――。

10　同・台所（夜）
　茶筒を手に取る雪乃――だが、落としてしまった。
　床に不吉に散らばる茶葉。
　雪乃は激痛に顔を歪め、腰の辺りを押さえている。

雪乃「…………」

11　同・雨の部屋（夜）

ベランダでぼんやり夜景を見ている雨。すると、

千秋「おばあさんにも五感のこと、話さないつもり？」

雨「…………」

千秋「奇跡のことは太陽君以外に言ってはダメ。だけど、五感を失いつつあることは
誰かに話しても構わないのよ？」

雨「言えませんよ。お母さんが治療中なのに、その上、孫まで五感を失うなんて。
ばあちゃんが可哀想で……」

千秋「でも――」

雨「できるところまでは一人で耐えます。メンタルあんまり強くないけど、まだまだ
頑張れると思うから。しつこいようだけど、太陽君に見られないでくださいね？」

千秋「（うっ……）」

雨「（じろりと）なんですか？　今のリアクション」

千秋「そのことなんだけど……」

12　（回想）鍋冠山公園・展望台・前（朝・第二話S＃69後）

戻ってきた太陽が、千秋と日下を見つけた。

千秋「(太陽に驚き)……」
　太陽は急ぎ足で通り過ぎてゆく――が、
太陽「(振り返り)あの……確か前に、病院の屋上で……」
千秋「――」
太陽「あなたたちって、もしかして――葬儀屋さんですか?」
千秋「え?」

13 (回想戻り) 逢原家・雨の部屋(夜)
雨「(ため息で)また見られたんですか?」
千秋「はい、また見られました……。でも安心して。正体はバレてないわ。彼、意外と天然で助かったの」
雨「千秋さんって、一見しっかりしてるけど、案外、結構、ううん、かなぁ～りドジですよね」
千秋「それは嫌味?」
雨「はい、嫌味です」
千秋「はっきり言うのね。ごめんなさい。だけど太陽君、あなたのこと心配してたわ。だから戻ってきたのよ」
雨「――」

×　×　×

※フラッシュ・回想（S＃12続いて）
展望台までやってきた太陽。しかし雨の姿はない。

展望台の下では、雨が背を向け歩いている。

お互い気づかず、すれ違う二人で――。

×　×　×

千　秋「ねぇ、雨ちゃん。心って、すごく脆いの。だから支えは絶対に必要よ。特に、今のあなたには」

雨　「…………」

日下の声「そろそろ0時になります」

その声に振り返ると、そこに日下が立っている。

雨は驚き、置き時計を見る。

あと一分で日付が変わろうとしていた。

日　下「ひとつの五感が奪われると、翌日の深夜0時に次の感覚と、そのタイムリミットが表示されます。あなたに残された感覚はあと四つ。視覚、聴覚、嗅覚《きゅう》、そして触覚。次はそのいずれかが奪われます」

雨は息を呑《の》み、時計の針に注目する――が、怖くなって目を閉じた。

そして、針が0時を指した。恐る恐る目を開き、腕の時計を見る……と、
そこには鼻のマークと『11：20：59：50』とある。

日　下「次に奪われるのは嗅覚です。今から十一日後の一月二十七日、午後九時――

雨　　あなたは匂いを感じる力を失います」

雨　「………」

千秋「雨ちゃん？」

雨　「よかったぁ〜〜」

日下・千秋「………？」

雨　「視覚とか聴覚だったらどうしようって思ってたんです。生活に直結するし。だ
　　からちょっとホッとして」

日下「随分余裕ですね。嗅覚はただ匂いを感じるだけのものではありません。そこに
　　はもっと大切な意味があります」

雨　「大切な意味……」

日下「ええ。人に無駄な感覚はひとつとして存在しませんから」

雨　「――――」

14　慶明大学付属長崎病院・廊下（日替わり・一月十九日）
　　ストレッチャーがものすごい勢いで廊下をゆく。
　　その上で苦しむ陽平。寄り添う太陽、そして春陽。

太陽「父さん！　しっかりしろ！」

陽平「た、太陽……俺が死んだら……朝野の花火……頼んだぞ」

春陽「先生、お願いです！　おとうのこと助けてください！」

ストレッチャーが処置室へ入ってゆく。

春陽「どうしよう、おにい……おとう死んじゃったら！」

太陽「大丈夫だって……」

春陽「でもさっき、めちゃんこ苦しんでたんだよ！　トイレの前で脂汗《あぶらあせ》だらだらでぶっ倒れてて！」

太陽「………」

と、そこに、処置室から医師が出てくる。

太陽「先生、父さんは!?」

医師「大変申し上げにくいのですが……恐らく三ヶ月……」

春陽「え!?　余命三ヶ月の花火師ってことですか!?」

医師「いえ、三ヶ月まともに便が出ていなかったようです」

春陽「(舌打ちで)あのクソ野郎……」

15　同・病室

元気を取り戻した陽平がベッドでヨーグルトを食べている——と、そこに太陽と春陽が入ってきた。

陽平「心配かけて悪かったな。おかげでもうこのとおり——」

春陽「ガンだって」

陽平「え……？」

春陽「全身ガンまみれ。もうおとうじゃなくて、ガンが服着て歩いてるみたいなもんだってさ。来世で頑張って」
太陽「春陽バカ！」
陽平「お、おい、太陽……。なんだ、その隠す感じは？」
太陽「隠してないって。便が溜《た》まってただけだって。父さんも先生に聞いただろ？来週には退院できるって」
陽平「そ、そうか、ならよかった……。あ、春陽、明日の夜の打ち合わせ、代わりに頼んだぞ」
春陽「どうしてわたしが便詰まりおじさんの代わりに？」
陽平「分かったよ。なんでも好きなもの買ってやるから」
春陽「ほんと！　ありがとうATMお父さん！　マルニのバッグ！　二十七万！　まいどあり！」
陽平「（苦笑いで）……………」

16　ハローワーク・前
ため息交じりに建物から出てくる雨。傍らの千秋が、
千秋「ダメだったね」
雨「まずは二週間だけ働きたい。その後は状況を見て決めたい……って、そんな仕事あるはずないですよね」

千秋「少し休んだら？　朝からなにも食べてないでしょ？」
雨「味覚がないのって思ったよりもしんどくて。なにを食べてもゴムみたいで気持ち悪くて」
千秋「…………」
雨「ねぇ、千秋さん。日下さんが言ってたこと、どういう意味なんだろ。嗅覚の大切な意味って」
千秋「考え過ぎちゃダメよ。日下さんって意味深に話すから」
雨「また無くすのかな……夢の他に、大切なもの……」
千秋「……そうだ！　仕事なら、あの人を頼ってみたら？」
雨「あの人？」

17　長崎市役所・前の広場

司「結婚式場なんてどう？」
雨「結婚式場？」
キッチンカーのテーブル席に雨と司の姿。
司「明日、マリンガーデン長崎の式場スタッフが足りてないんだ。僕も参加する式なんだけど、担当が学生時代の友達でさ。笑顔が素敵な女性がいないかって相談されてて」
雨「笑顔が素敵？　わたしなんかじゃ……」

司「適任だと思うけどな。素敵だよ、雨ちゃんの笑顔」
雨「え？」
司「あ、条件だけど、急募ってことで時給は一五〇〇円。勤務は午前十一時から夜の七時まで。どうかな？」
雨「時給一五〇〇円……やります！　やらせてください！」

18　教会・中

日下と千秋が並んで座っている。

千秋「嗅覚の大切な意味——あれ、どういうことなんですか？」
日下「心配ですか？　彼女のことが」
千秋「…………」
日下「深入りするべきではありません。逢原雨が五感を失うその日まで、我々はただ見守るだけです」
納得がいかない千秋を見て、日下はやれやれと、
日下「失われた時を求めて」
千秋「え？」
日下「ヒントですよ」
千秋「……？」

19　慶明大学付属長崎病院・廊下

病室を出た太陽と春陽が歩いている。

春陽「あーあ、なんでおとうの代わりに貴重な休日を返上しなきゃいけないのよ。ランタン祭りに行こうと思ったのに」

太陽「ランタン祭り？」

春陽「おにいの母校で毎年やってるじゃん。明日でしょ？　雨ちゃん誘って行ってくれば？」

太陽「…………」

×　×　×

※フラッシュ・回想（第二話S＃66）

雨「……思ったの」

雨は、精一杯笑って、

雨「甘くて美味しいなぁって……」

その拍子に涙がまたこぼれた。

×　×　×

春陽「どうしたの？」

太陽「いや……。そうだな、誘ってみようかな」

春陽「そうそう、積極的にね。ついでに告《コク》っておいでよ」

太陽「告る⁉　いや、でもさ……」
春陽「(背中を叩き)ウジウジしないの！　このウジ虫！」
太陽「痛《い》てぇなぁ……」
春陽「知らないよ？　トロトロしてて市役所マンに奪われても」
太陽「――――」
春陽「初恋が実って結婚までいける確率ってたった1％なの。ほとんどの初恋はいつか想い出になっちゃうんだよ？」
太陽「初恋……？」
春陽「おにいが初めて好きになったのは、雨ちゃんでしょ？」
太陽「…………」
春陽「おにいはまだ1％の可能性を持っている。雨ちゃんも戻ってきた。時は来た。それだけだ。ｂｙ橋本真也」
太陽「…………」
　すると、会計機の前に雪乃の姿を見つけた。
太陽「雪乃さん？」
雪乃「(ハッとして)太陽君……」
太陽「どうしたんですか？　こんなところで」
雪乃「……ああ、友達のお見舞いに来て」
春陽「お見舞い？　ならどうしてお会計？」

太陽「変なこと言うなって。すみません、妹の春陽です」
雪乃「…………」
太陽「どうしました？」
雪乃「……ねぇ、今ちょっと時間あるかしら」
太陽「え？」

20 道

雨が、司に『お仕事、紹介してくれてありがとうございます！』とメッセージを送った。足取りが軽い。ふと、匂いに誘われ、その足を止める。
そこには、クレープを食べ歩くカップルの姿が。

雨「良い匂い……」
と、懐かしさを頬に宿して微笑んだ。

21 （過去）長崎県立長崎高等学校・特別活動室（空き教室）

ランタン祭り実行委員会の会議中。
各クラスの代表生徒に混じって雨の姿がある。緊張している様子だ。
ロの字に並んだ机の向こうには太陽の姿もある。

実行委員長「当日は昼に演劇部の公演。夜六時にランタン点灯。地域の方々も招きます。家庭科部が模擬店を出して――」

男子生徒1「おい、なんでザー子もいるんだよ」
男子生徒2「な、意味分かんねぇ」
雨「(気まずく)………」
実行委員長「――では、今年の企画を決めたいと思います。アイディアある人、いませんか？」
押し黙る一同。
雨はキョロキョロと皆の様子を窺う。
雨「(恐る恐る)あ、あのぉ……」
挙手する雨に一同の注目が集まる。
雨「い、一年の逢原です。企画なんですが、その……こ、恋ランタンをやるっていうのは、どうでしょう？」
しん……と、静まり返る教室。
雨「す、すみません、変なこと言って……」
雨は、気まずくなって俯きかける――と、
男子生徒3「面白そう！　いいじゃん、それ！」
雨「え……？」
女子生徒1「あり！　自分たちで恋ランタン作ろうよ！」
盛り上がる生徒たちに、雨は動揺する――と、
実行委員長「良いアイディアだよ、逢原さん」

雨「（嬉しくて）………」
　見ると、太陽も嬉しそうに笑っていた。
　二人は顔を見合わせて笑った。

22 （過去）公園（夕）

　学校帰りの雨と太陽が歩いている。
　太陽は近くの店で買ったクレープを手にしている。
太陽「でもほんとすごいよ！　よく思いついたね！」
雨「太陽君と恋ランタンを見たのが心に残ってて。だから思いつけたの」
太陽「俺との時間が役に立ったってこと？　尚更嬉しいよ――」
　と、喜んだ拍子に通行人にぶつかり、クレープが崩れて制服が汚れてしまった。
太陽「すみません……うわ、やっちった……」
雨「はしゃぎすぎ」
　雨は、雨粒のワッペンがついたハンカチを出して、太陽の服を拭《ぬぐ》ってあげた。
太陽「いいって、いいって！　ハンカチ汚れちゃうよ！」
雨「平気だよ。良い匂いだから」
　太陽はバツが悪そうに笑いつつ、
太陽「でも実行委員、よくやる気になったね」
雨「想い出……」

太陽「え？」
雨「わたしも想い出、作りたくて」
太陽「そ、それは……俺との？」
すぐ近くの距離で見つめ合う二人──。
雨「ち、違うよ。高校時代の想い出」
と、歩き出し、彼を置いてゆく。
それでも、その顔はうんと嬉しそうだ。
雨「ねぇ、見て」
と、指さす先は、橙色に包まれた美しい海と空。
並んで夕陽を眺める二人。
雨は、目の前の景色に見惚《みと》れている。
雨「大袈裟なこと言っていい？」
雨の笑顔を夕陽が照らす。
雨「今日の夕焼け、今までで一番綺麗……」
太陽は表情を暗くした。そして、
太陽「そうかなぁ？　いつもと同じ夕焼けだけどな」
雨「言ったでしょ、大袈裟だって。でも、そう思ったの」
太陽「どうして？」
雨「それは……内緒」

と、雨は軽やかに歩き出した。

太陽「内緒？　なんで？　教えてよ」

彼女を追いかける太陽が、急ぎ足で雨の隣に並んだ。

雨「イヤ。内緒だよ」

と、走って太陽を振り切る。

彼も負けじと追いかけるが、雨は更に走って逃げてしまう。

太陽「ちょっと！　なんで逃げるの⁉」

雨「だって太陽君、クレープの匂いするから」

逃げては追い抜く。そんな遊びを繰り返す二人。

太陽に追い抜かれた雨は、あることに気づく。

自身の手のひらを見ると、太陽の横に並んだ。

ちょっと距離を開け、同じ歩調で歩く雨。

そして、ふふふと微笑んだ。

太陽「どうしたの？　笑って」

雨「なんでもないよ」

彼に隠れてこっそり後ろを振り返ると、二人の影は、まるで手を繋いでいるようで……。

23　（現在）平和公園

雪　乃「——わたし、もうすぐ死ぬの」

雪乃の言葉に、太陽と、離れて座る春陽が絶句した。

雪　乃「脊椎《せきつい》にガンが見つかってね。もって半年って言われたわ」

太　陽「……半年」

雪　乃「だけど、あれからもう一年。なかなかしぶといでしょ？」

太　陽「………」

雪　乃「でも、近頃は痛みもどんどん増していて。仕事も続けられなくなっちゃった。きっともう永くないわ」

太　陽「雨ちゃんは、知ってるんですか？」

雪　乃「（首を振り）………」

太　陽「………」

雪　乃「心配なの。わたしがいなくなったあとの、雨と、霞美の人生が……」

太　陽「………」

雪　乃「歳《とし》を取るって嫌ね。子供たちのためにできることがどんどん減ってゆく。唯一出来ることがあるとすれば、二人の幸せを願うことだけ」

雪乃は悲しげなまなざしで、

雪　乃「でも、それももうすぐできなくなる……」

太　陽「雪乃さん……」

雪　乃「だから、あなたにお願いがあるの」

太　陽「お願い？」
雪　乃「受け取ってほしくて。雨の幸せを願う気持ちを」
太　陽「……………」
雪　乃「幸せにしてあげてなんて欲張りは言わないわ。ただ願うだけでいい。この世界にたった一人でも自分の幸せを願ってくれる人がいる。それだけで、人生ってうんと幸せだから」
太　陽「……………」
雪　乃「お願い。襷《たすき》リレーみたいで変だけど、わたしはあなたに受け取ってほしいの」
　その言葉に、太陽は思わず顔を俯かせ、
太　陽「……………」
春　陽「……………」

24　朝野煙火工業・事務所（夕）

　病院から戻った春陽。
達　夫「お嬢、陽平は大丈夫だったか？」
春　陽「うん、単に身体が便に浸食されてただけだから」
雄　星「あれ？　ピーカンさんは？」
純「おいおい、サボりか？　あの野郎」
竜　一「ったく、復帰したばっかりだってのによぉ」

春　陽「わたしが帰れって言ったの。おにいには、やらなきゃいけないことがあるから」

25　逢原家・玄関（夕）

雪乃と共に、買い物袋を提げた太陽が入ってくる。

雪　乃「ごめんなさいね。買い物まで付き合わせちゃって。ねぇ、シンディー、明かり点けて」

シンディー「カシコマリマシタ」

雪　乃「お茶くらい飲んでいって」

雪乃が買い物袋を手に奥へと行くと、太陽のスマホが鳴った。取り出すと、春陽からのメッセージ。『おにいは1％に入らなきゃダメだと思う。おばあちゃんのためにも』とある。

太　陽「（決意の表情で）………」

雨の声「――太陽君？」

振り返ると、玄関先に雨が立っている。

太　陽「……雨ちゃん」

26　同・居間（夕）

縁側に並んで座る雨と太陽。

太　陽「この間、大丈夫だった？」

雨「え？」
太陽「いや、泣いてたから心配で……」
雨「もう大丈夫。心配させてごめんね」
太陽「本当に？」
雨「うん……」
　二人の間に沈黙が訪れる。
　雨が少しの気まずさを感じている——と、太陽の小指が目に留まった。
雨「………」

27（過去）長崎県立長崎高等学校・学校の至る所（夜）
　ランタン祭り前夜——。準備が進む夜の学校。
男子生徒1「ランタン吊るし終わったー!?」
女子生徒1「あとちょっと！　終わったら一度テストね！」

28（過去）同・廊下（夜）
　作業を終えた雨が、廊下で疲れて眠る太陽を見つけた。
　ふふっと笑って、太陽の隣にちょこんと座る。
　しばしの沈黙——そして、ぽそりと、
雨「前に夕陽を見たとき、言ったよね。今までで一番綺麗だって。あれってきっと——」

眠っている太陽に、雨はそっと微笑んで、

雨「太陽君がいたからなんだね……」

そのとき、頭上のランタンが灯った。

今まで暗かった廊下が赤い色に包まれる。あの日の夕陽のように。

雨「ありがとう、太陽君……」

雨は、眠る太陽に微笑みかけた。

すると、床の上の彼の手が目に留まった。

辺りを見回し、太陽との距離を少し詰める。

そして、彼の小指に自身の小指をくっつけた。

雨「………」

ほんの少しの触れ合いでも、雨はうんと幸せそうで。

29（現在）逢原家・居間（夕）

雨が恥ずかしそうに小指を撫でている——と、

太陽「ねぇ、雨ちゃん。明日、ランタン祭りに行かない？」

雨「ランタン祭り？　長崎高校の？」

太陽「うん。話があって」

雨「……話？」

太陽「伝えたいことがあるんだ……」

見つめ合う二人。雨は耐えられなくなって、

雨「明日……その……アルバイトがあって！　でも！　終わったら行けるよ！　八時には行ける！　だから――」

雨は、恥ずかしそうに太陽を見上げて、

雨「待っててくれる？」

太陽は、嬉しそうに微笑んで、

太陽「うん、待ってる」

雨も、そんな彼の言葉が嬉しくて。

30　同・雨の部屋～廊下（夜）

雨がベッドの上でぼんやりしている。

雨「さっき太陽君に言われたんです。伝えたいことがあるんだって……。それ、どういう意味だと思います？」

千秋「まぁ、控えめに考えても、愛の告白？」

雨「ですよね……」

千秋「顔、ニヤけてるわよ」

雨は照れつつ、ムスッとすると、

雨「ちょっと一人にして頂けます？」

千秋は微笑み姿を消した。すると雨は布団に潜って、

雨　「やったぁ……」
　と、嬉しそうにバタバタ。それから顔を出して、
雨　「ほんとに叶うかも……」
　×　×　×
　※フラッシュ・回想（S#7）
　恋ランタンに込めた『好きな人の、最愛の人になれますように』という願い――。
　×　×　×
　雨、思わずニヤニヤしてしまう――と、
雪乃の声「随分とご機嫌ね」
　驚いて見ると、戸口に雪乃が立っている。
雨　「……い、いつから？」
雪乃「布団の中でバタバタしてるくらいから」
雨　「ひ、ひどい！　勝手に開けないでよ！」
雪乃「ノックしたわよ。なのにワーキャー騒いでたんじゃない」
雨　「（恥ずかしく）………」
雪乃「興奮が冷めたらお風呂《ふろ》に入りなさい」
　戸を閉める雪乃、ふふっと嬉しそうに微笑んで。

31　マリンガーデン長崎・外観（日替わり・一月二十日）

長崎港に面した瀟洒《しょうしゃ》な結婚式場——。

32 同・控え室 ～ 廊下

制服姿の雨が緊張の面持ちでいると、

千秋「念願の仕事ね。頑張って」

雨「はい……！」

雨は香水の瓶と試香紙を手に廊下へ——と、そこに、

司の声「雨ちゃん」

礼服姿の司が手を上げてやってきた。

司「制服、よく似合ってるよ」

雨「あ、ありがとうございます」

司「それは？（と、手の中の試香紙を見た）」

雨「香水の試香紙です。新郎新婦の発案で、参列者の方に香りをふってお渡しするんです。でも、どうして香水？」

司「『失われた時を求めて』……」

雨「なんですか、それ？」

司「マルセル・プルーストの小説だよ。その冒頭で、主人公がマドレーヌを紅茶に浸したときの香りをきっかけに、子供の頃を思い出す描写があってね。ある特定の匂いを嗅《か》ぐと過去の想い出が蘇る——そういうのを、作者の名前を取って

『プルースト効果』って呼ぶんだ」

千　秋「――――」

司「もしかしたら新郎新婦は、今日という日の幸せな想い出を、香りの中に閉じこ
めたいのかもしれないね」

雨「幸せな想い出……（と、試香紙を見つめて）」

33　朝野家・玄関

太陽が靴を履いている――と、後ろから春陽が、

春　陽「んじゃ、ガチ告白の健闘を祈る」

太　陽「うん……」

春　陽「もぉ、またウジ虫になってるよ。シャキッとしな！」

太　陽「ああ……行ってくる」

34　マリンガーデン長崎・チャペル

海を望むチャペルにオルガンの音色が響いた。
式場後方では、雨が入場する新婦を見守っている。
参列者の中には司の姿。誰の手にも試香紙がある。

新郎・新婦「今日ここに、夫婦の誓いをいたします」

新　婦「豊《ゆたか》さんのために、美味しいご飯を作ることを誓います」

新郎「もちろん僕も手伝います。それに、たくさん味わいます」

新婦「でも、お願いだから太らないでね」

会場から笑いが起こる中、雨はその笑みを消して。

×　×　×

※フラッシュ・回想（第二話S＃67）

雨「さっき、なんの味もしなかったとき、思ったんです」

悔しさが涙となって溢れた。

雨「わたしの夢は終わっちゃったんだなぁって……」

×　×　×

新郎「口喧嘩《くちげんか》をしても、彼女の言葉に耳を傾けます。それで真っ先に謝ることを誓います」

雨「………」

新婦「これからは、一人じゃなくて二人で、彼の隣で同じ景色を眺めます」

雨「………」

新郎「おじいちゃん、おばあちゃんになっても、仲良く手を繋いで歩いていようね」

雨は腕の時計を見た。数字がどんどん減っている。

雨「………」

司会者「では、二人の誓いを香りの中に閉じこめたいと思います」

新郎「この香水、前に瓶を割って、部屋中すごい匂いにしちゃったことがあるんです」

新婦「しかもそれが告白の最中で。だからこの香水の匂いを嗅ぐと、そのときの光景が蘇るんです」
新郎「僕らの恋のはじまり――想い出の匂いなんです」
雨「……想い出の匂い……」

× × ×

※フラッシュ・回想(S#22)
並んで夕陽を眺める二人。
雨「大袈裟なこと言っていい?」
雨の笑顔を夕陽が照らす。
雨「今日の夕焼け、今までで一番綺麗……」

× × ×

太陽「ちょっと! なんで逃げるの⁉」
雨「だって太陽君、クレープの匂いするから」

× × ×

雨「………」
司会者「では皆さん、二人の最後の誓いと共に、一緒に想い出の匂いを味わってください」
新郎・新婦「わたしたちは、ずっとずっとこれからも、二人で一緒に生きてゆくことを誓います」
参列者が試香紙の香りを嗅ぐと、拍手が起こった。

雨「………」
　雨は俯き、腕時計をぎゅっと手で包んだ。

35 長崎県立長崎高等学校・校庭（夜）
　いくつものランタンに美しい光が灯る。
　生徒たちから「わぁ！」という歓声が上がった。

36 同・校門（夜）
　太陽が雨を待っている。スマホを出すと、時刻はもう七時を過ぎていた。

37 マリンガーデン長崎・チャペル・中（夜）
　暗いチャペル内、窓の向こうには夜景が広がっている。
　一番後ろの席でぼんやりとその光を見ている雨。
雨「千秋さん……日下さん……」
　その声に呼ばれ、暗闇から二人が現れる。
雨「嗅覚の大切な意味が分かりました」
日下「………」
雨「この前、街でクレープの匂いを嗅いだとき、高校生の頃の記憶が蘇ったんです。太陽君と一緒に見た夕焼けの景色が。だからきっと、匂いって――」

雨は手の中の試香紙を見つめて、

雨「……想い出なんですね」

日下「そうです。嗅覚は五感の中で唯一、直接、記憶を司《つかさど》る海馬《かいば》に情報が届く。人間の最も原始的で本能的な感覚です。言うなれば、嗅覚は想い出の扉を開く鍵」

雨「じゃあ、わたしはいつかあの夕焼けを……」

日下「鮮明に思い出すことはできなくなるでしょうね」

雨「…………」

日下「想い出を失ったあなたは、光も、音も、言葉もない暗闇の中で、ただ独り生きてゆくのです」

雨「…………」

司の声「――雨ちゃん？」

その声に顔を上げると、入口のところに司がいる。

司「友達、すごく喜んでたよ。よく頑張ってくれたって。このあと、予定あったりする？　一杯どう？」

雨「予定、あったんですけど疲れたからもう帰ります。誘ってくれてありがとうございます」

千秋「…………」

薄く微笑む雨のことが、司は気になって、

司「…………」

38　路面電車の停留所（夜）

誰もいない停留所で、雨が俯きながら座っている。
手の中のスマホが鳴る。太陽からの着信だ。
しかし出ようとしない。
電話が止まると時刻が表示された。八時をとうに過ぎている。
千秋「太陽君のところに行かないの？」
雨「（首を振り）……今日、新郎新婦を見てて実感しました。わたしは幸せにはなれないんだなぁ……って」
雨は、手の中のスマホに力を込める。
雨「味覚のないわたしじゃ、美味しいご飯は作ってあげられないから」
千秋「…………」
雨「声を聞くことも、口喧嘩も、同じ景色を見ることも、手の温度を感じることも、もうすぐなにもできなくなっちゃう……。それだけじゃありません」
雨は悔しげに唇を嚙んだ。
雨「毎日ご飯を食べさせてもらって、トイレも、お風呂も、着替えだってお世話してもらって、どこへ行くにも手を引いてもらわないと生きてゆけなくなるんです。そうやって、好きな人にいつもいつも……死ぬまでずっと……たくさん迷惑かけなきゃ生きられないなんて……」

千秋「…………」

雨「そんな子と一緒にいても……太陽君はちっとも幸せじゃない……だから……幸せになっちゃダメなんです……」

千秋は雨の隣に座った。

千秋「そうね。あなたはきっと幸せにはなれないわ」

雨「…………」

千秋「たった一人、暗闇の中で生きてゆくなんて、そんなの絶対耐えられないもの。だから幸せにはなれない」

雨は悔しそうに俯いている。

千秋「でもね、雨ちゃん……」

雨が顔を上げると、千秋は優しげに微笑んだ。

千秋「それでも、想い出を作る権利は誰にでもあるのよ」

雨「…………」

千秋「人はいつだって想い出を作ることができる。あなたにはまだその時間もある。だから——」

千秋は、雨に心を込めて、

千秋「太陽君と作っておいでよ。うんと幸せな想い出」

雨「でも……意味ないよ……」

千秋「どうして？」

雨「だって……五感をなくして、暗闇の中でずっと独りで生きてたら……きっと全部忘れちゃう……だから――」

千秋「そんなことない」

雨「――」

千秋「ある。きっとある。絶対ある。一生忘れられない想い出は、人生には必ずあるから」

雨の瞳からこぼれた涙が、やってきた路面電車のライトに照らされ輝いた。

×　×　×

※フラッシュ・回想（S#22）

並んで夕陽を眺める二人。

雨「大袈裟なこと言っていい？」

雨の笑顔を夕陽が照らす。

雨「今日の夕焼け、今までで一番綺麗……」

×　×　×

太陽「ちょっと！　なんで逃げるの⁉」

雨「だって太陽君、クレープの匂いするから」

×　×　×

太陽「どうしたの？　笑って」

雨「なんでもないよ」

彼に隠れてこっそり後ろを振り返ると、二人の影は、まるで手を繋いでいるようで……。

××××

雨は立ち上がった。

千秋がその目で背中を押すと、雨は応《こた》えるように微笑んだ。

そして、地面を蹴って、走り出した。

39 光が輝く夜の街 〜 長崎孔子廟・前（夜）

鮮やかに輝く街灯が、いくつも、どこまでも続いている美しい道。その輝きの中を雨が懸命に、必死に走っている。彼女は通行人にぶつかって、

雨「す、すみません！」

と、謝るも、息を切らして全力で走ってゆく。

雨は、長崎孔子廟の横を通り過ぎる。開かれた扉の向こうでは、いくつもの恋ランタンが笑うように風に揺れて輝いている。

40 路面電車の停留所（夜）

千秋が座る椅子の横に、日下が現れる。

千秋「日下さん、前に言いましたよね。深入りするべきじゃないって」

日下「ええ、それが？」

千秋「わたしにはできません」

日下「――――」
千秋「探します。あの子が幸せになれる道を、彼女と一緒に」
日下「………」

41 長崎県立長崎高等学校・校門（夜）

帰りはじめた人たちの中で、太陽が雨を待っている。
スマホの時計は九時を過ぎている――と、そこに、
雨の声「太陽君!!」
その声に振り返ると、息を切らした雨の姿が。
雨「ごめん、遅くなって……!」
太陽「ううん。でも心配したよ。来ないかと思った」
雨「………」
太陽「雨ちゃん？」
雨「……思ったの。やっぱり行きたいって」
そして、雨は満面の笑みを浮かべた。
雨「太陽君と想い出作りたくて！」

42 二人のモンタージュ（夜）

美しいランタンの下、校庭を歩く二人。

綿飴《わたあめ》を美味しそうに食べる太陽。

太陽「食べる? 美味しいよ(と、雨に向ける)」

雨「(苦笑いで)今、お腹《なか》いっぱいだから」

＊

校庭で花火に興じる生徒たち。その姿を眺める二人。

はしゃぐ若者たちに、思わず微笑み合った。

＊

中庭の恋ランタン祈禱所。

たくさんの恋ランタンが吊るされた光景を見ている雨と太陽。

雨は懐かしそうに揺れる恋ランタンを眺めていた。

43 長崎県立長崎高等学校・廊下(夜)

あの頃のように、誰もいない廊下に並んで座る二人。

太陽「覚えてる? 公園で一緒に夕陽を見たこと」

雨「うん……」

太陽「あの日、夕陽が綺麗って言われたとき、俺、その綺麗さが分からなかったんだ。この目じゃ、赤はくすんだ緑色だから。悔しかった。雨ちゃんが綺麗だって思う景色を、好きな色を、俺は一生分かち合えないのかなって」

雨「……」

太陽「だから好きな曲を知りたかった。好きな匂いを、好きな味を知りたかった」
雨「――――」
　太陽が雨の手を握っている。少し震えた手で。
太陽「雨ちゃんのことを知りたかった……」
雨「………」
太陽「そんなふうに思えたのは雨ちゃんだけだよ。だから俺は、世界中の誰より一番、
　人生で一番――」
　太陽が雨の手を強く握った。
太陽「君のことが大好きだ……」
　雨は嬉しそうに微笑んだ。
雨「ありがとう、太陽君」
太陽「うん……」
雨「わたしね……好きな人がいるの」
太陽「え？」
雨「太陽君じゃなくて、他にもっと好きな人が……」
太陽「――――」
雨「だから、あなたの気持ちには応えられない」
太陽「………」
雨「でも――」

溢れそうな涙を堪《こら》えて、

雨「嬉しい……」

太陽「………」

雨「すごくすごく嬉しい……だから──」

太陽の手をぎゅっと握った。

雨「忘れないよ。太陽君が好きって言ってくれたこと」

太陽「………」

雨「ずっとずっと忘れない……」

そして、満面の笑みで、

雨「わたしの一生の想い出」

44 長崎孔子廟・前（夜）

雨が一人、歩いてくる。その背に千秋が、

千秋「どうして断ったの？」

雨「……ただほしかっただけだから」

千秋「え？」

雨「好き……って言葉が」

千秋「………」

雨「その言葉さえあれば、頑張れる気がしたんです……五感をなくしても……暗闇の中で独りぼっちでも……」

雨が、その足を止める。

門の向こうの祈禱所に、高校生の自分を見つけた。

あの頃の雨は、恋ランタンを吊るすと柏手《かしわで》を打って、心から祈った。祈縁牌に

書いた『好きな人の、最愛の人になれますように』という願いが叶うことを。

去ろうとする高校生の雨――足を止める。

雨「(係員に)あの……もうひとつ、もらえますか?」

新しい祈縁牌を手にした雨は、ペンを走らせ、もうひとつの願いごとを書いた。

雨M「ドキドキしながら書いた恋ランタン」

高校生の雨「欲張りかなぁ……」

雨M「いつか、この願いが叶ったら――」

二十六歳の雨は、かつての自分にそっと伝えた。

雨「そんなことないよ……」

雨が書いたもうひとつの願い――それは、

『初恋の人と、いつか手をつなげますように』

雨M「この初恋が実ったら――」

雨は、涙ながらに微笑んだ。

雨「叶ったよ、ふたつとも……」

雨M「わたしはきっと、うんと幸せ……」

雨　「でも——」
　　雨の顔から笑みが消える。
雨　「どうしてだろ……」
　　雨は涙をこぼして、
雨　「悔しいな……」

45　繁華街（夜）
　　降り出した雨粒が太陽を濡らしている。
　　涙のように、頬を伝う雨滴《あましだり》。
太陽「………」

46　逢原家・前（夜）
　　冷雨の中、肩を落として帰宅する雨——と、頭上に傘が差し出された。
　　振り返ると、司が立っている。
司　「さっき辛そうだったから心配で……。なにかあった？」
　　雨は俯き、呟くように、
雨　「……バカみたいなこと、言ってもいいですか？」
司　「え？」
雨　「信じなくていいです。笑ってもいいです。でも、どうしても言いたくて……」

司　「いいよ、言って」

雨　「できるところまでは一人で耐えようって思ったんです。まだまだ頑張れるって、そう思ったんです。だけど……辛くて……」

司　「辛い？　なにが？」

雨　「……もうすぐ五感をなくすことが……」

司　「え？」

雨　「なにも分からなくなっちゃうことが……苦しくて……」

司　「…………」

雨　「想い出だけじゃ……やっぱり怖くて……」

司は、雨を抱きしめた。

雨　「笑っていいですよ」

司　「笑えるわけないよ。だって――」

彼は、雨を強く強く抱きしめた。

司　「雨ちゃんが泣いてるから……」

その言葉に、雨は涙を溢れさせる。

そして彼の胸の中、しばらくの間、泣き続けた。

《第三話　終わり》

1 （過去）逢原家・外観

T『2016年・2月』——。

2 （過去）同・玄関

雨が靴を履いている——と、そこに雪乃が来て、

雪乃「出かけるの？」

雨「うん。東京で一人暮らしだから色々買おうと思って」

雪乃「いよいよ卒業ね。式当日は太陽君も来られるの？」

雨「来ないよ。保護者じゃないんだから」

雪乃「それは残念ね。それに彼、もう卒業してるから第二ボタンももらえないし」

雨「第二ボタン？」

雪乃「昔は卒業の記念に、好きな人の第二ボタンをもらったの」

雨「どうして第二なの？」

雪乃「心臓に一番近い位置のボタンだからよ。好きな人の心をもらうってこと」

雨「心……」

雪乃「でももう雨はもらってるか。太陽君から心を」

雨「（恥ずかしくなって）……い、行ってきます」

と、そそくさと出ていった。

雪　乃「（微笑み）………」

3　（過去）ショッピングセンター・前

観覧車が設置されたショッピングセンター。

雨が観覧車を見上げている。

太　陽「どうしたの？」

雨「あの観覧車、乗ったことなかったなぁって」

太　陽「そうなんだ……。でも観覧車って退屈じゃない？」

雨「退屈？」

太　陽「ぐるぐる回るだけで楽しくないじゃん。それに、恋人たちのものって感じだし。俺には関係ないっていうかさ」

雨「（ムスッと）それもそうだね。わたしたちには無関係だよね。さてと、買い物買い物」

さっさと行ってしまう雨。太陽はそんな彼女を見て、

太　陽「………」

4　（過去）同・アクセサリーショップ

雨が、雨粒を模した小ぶりの指輪を見つけた。

手に取り、笑みをこぼす。

右の薬指にはめると、イミテーションの宝石が光を弾いてキラリと笑った。

雨「可愛《かわい》い……」

　しかし値段を見ると一万円もする。雨は指輪を戻し、

雨「でもちょっと高いや」

太陽「いいの？」

雨「うん。それより一番大事なものを買わなくちゃ！」

5　（過去）同・施設内のカフェ・店内（夕）

　カウンター席に座る二人。傍らには買い物袋の数々。

　そして、テーブルの上には、

　新品のスマホが置いてある。

雨「やったぁ〜！」

雨「卒業間際でようやく手に入った！」

太陽「おめでとう。使い方、分かる？」

　椅子に掛けてあった太陽のコートが落ちた。

　雨は、「落ちたよ」とコートを拾ってあげると、

雨「（コートを見て）…………」

太陽「もしかして……臭《くさ》い？」

雨「ううん、そうじゃなくて。花火の匂いがしたから」

太陽「え？　ああ……仕事場にも着て行ってるからね」
雨「……………」

6（過去）同・中（夜）

雨と太陽が買い物袋を手に歩いている。
太陽「お店の寮に住むんだよね？　引っ越し、いつだっけ？」
雨「卒業式の次の日。もうあっという間」
太陽「そっか……。あ、見送り行くね！　絶対行く！」
雨「でも平日だよ？」
太陽「平気平気。今日だって休みもらえたし。これだけ買ったら荷物運びは必要でしょ。
それに……一緒にいられるの、あと一週間だからさ」
雨「……なんか今、実感しちゃったな。わたしの青春時代、もうすぐ終わるんだなぁって」
しんみりする二人。太陽はその空気を変えようと、
太陽「そうだ！　卒業記念に欲しいものない？」
雨「卒業記念……？」
雪乃（回想）「昔は卒業の記念に、好きな人の第二ボタンをもらったの」
雨「い、いいよ。もう手に入らないし……」
太陽「生産終了したもの？」
雨「そうじゃないけど……」

太陽「他には？　なんでもいいから言ってよ」
雨はある店を見つけた。そして、ふふっと微笑んで、
雨「じゃあ――」

7　（過去）バス停（夜）

並んで座る雨と太陽。雨の腕の中にはマーガレットの小さな花束。
嬉しそうに花たちを見ている雨。

太陽「もっと派手なのじゃなくてよかったの？」
雨「これがいいの。わたしマーガレット好きだから」
太陽「花占いの花だよね？　好き、嫌いって」
雨「うん。この花、新しい品種なんだ。普通マーガレットって良い匂いはしないんだけど、これはすごく素敵なの」
と、匂いを嗅ぐと、太陽に花束を向けた。
太陽「（鼻を寄せて）本当だ。あ、じゃあ、この花の匂いを俺と雨ちゃんの〝想い出の香り〟にしない？」
雨「想い出の香り？」
太陽「さっき言ったよね？　わたしの青春時代、もうすぐ終わるんだなぁって。そんなことないよ、きっと」
雨「そうかな……」

太陽「そうだよ。十年後の約束を叶えるまでは終わらないよ」
雨「………」
太陽「だから春が来るたび、この香りを嗅いで今の気持ちを思い出そうよ」
太陽は笑うと、雨も釣られて笑顔になった。
雨「うん、分かった……！」
マーガレットの花たちも嬉しそうに風に揺れて笑っている——と、そこに雨の心の声がかかり、
雨M「あなたがくれたその花は——」
太陽「じゃあ、もう一回」
その言葉を合図に、二人は花に顔を寄せる。
鼻と鼻を近づけて、甘い匂いを味わうと、
雨M「胸が苦しくなるくらい——」
そして、顔を見合わせ、微笑みあった。
雨M「青い春の香りがした……」
そんな二人の前に、バスが流れ込んで——。

タイトル　『君が心をくれたから』

第四話　『青い春の香り』

8　（現在）朝野家・玄関（夜）
　　ドアが開き、ずぶ濡れの太陽が力なく帰宅した。
太陽「…………」
　　×　×　×
　　※フラッシュ・回想（第三話S#43）
雨「わたしね……好きな人がいるの」
　　×　×　×
　　ため息と共に靴を脱いで中へ。

9　同・リビング（夜）
　　太陽がドアを開けて入ってくる――と、パーン！　というクラッカーの音が鳴り響いた。春陽、達夫、竜一、純、雄星が声を揃えて、
一同「ピーカン、おめでと～！」
　　と、拍手が続く。部屋はどこも派手な飾り付けだ。
純「彼女できたんだろ!?　やったなぁ！」
竜一「ったく、羨ましいなぁ、おい！」
雄星「自分も甘酸っぺえ恋したいっす！」
達夫「でもいいか？　彼女ができても浮かれるんじゃねぇぞ？　花火師として、より

春陽「今そういうのいらないから！　では朝野選手、今日の告白、どうでしたか⁉」
太陽「フラれました」
一同「………」
春陽「今なんつった？」
太陽「あなたの気持ちには応えられないって、フラれた」
春陽「はあぁぁぁ⁉　なんで⁉　つか、どんな告白したのよ⁉　まさかトラックの前に飛び出して、死ぬとか死にませんとか吠《ほ》えたんじゃないでしょうねぇ！」
太陽「吠えてないよ。雨ちゃん、他に好きな人がいるって……」
お通夜みたいになる一同。
太陽「なんかすみません。俺のために集まってくれたのに」
達夫「いや……麻雀《マージャン》するか？」
太陽「もう寝ます。おやすみなさい」
バタンとドアが閉まる――と、春陽は複雑な表情で、
春陽「………」

10　喫茶店・店内（夜）

夜を映す窓ガラスを無数の雨滴《あましだり》が濡らしている。
温かいコーヒーを飲む雨は、少し濡れて寒そうだ。

その向かいには司の姿。

雨「すみません。コーヒー、付き合ってもらって」

司「いや……。さっき言ってたことなんだけど――」

× × ×

※フラッシュ・回想（第三話S#46）

雨「まだ頑張れるって、そう思ったんです。だけど……辛くて……」

司「辛い？　なにが？」

雨「……もうすぐ五感をなくすことが……」

× × ×

なんて説明しようか悩む雨。すると、

千秋「奇跡のことは言ってはダメよ」

雨は傍《そば》にいる千秋に目を向ける。

千秋「もし話せば、あなたも太陽君も死んでしまうわ」

雨「…………」

司「（横を見ている雨が不思議で）どうしたの？」

雨「え……珍しい病気なんです。実はもう味覚もなくて……」

司「――」

雨「信じられませんよね、こんな話」

司「……太陽君はそのこと知ってるの？」

雨「知りません。言うつもりはないんです」

司「どうして？」

　雨は言葉に迷った。しかしそれでも、

雨「好きだから……」

司「…………」

雨「わたし、太陽君のことが好きなんです。高校生の頃からずっと。そしたらさっき夢みたいなことが起こって。告白されたんです、好きだよって。でも──」

司「断ったの？」

雨「（頷き）……わたしといたらきっと迷惑かけちゃうから。それに太陽君には見られたくないんです。五感をなくして、なにも分からなくなった姿なんて……」

司「そうか……。彼のどんなところが好きなの？」

　雨は少し考えた。そして、ふっと微笑んで、

雨「特別扱いしてくれるところかな」

司「特別扱い？」

雨「雨なんて変な名前で、ちっとも冴《さ》えないわたしのことを、太陽君はいつも特別扱いしてくれるんです。たくさん褒めて、励まして、ちょっと恥ずかしいことも、大袈裟なことも、なんでも素直に言ってくれるんです。そんな人、今まで一人もいなかったから──」

　雨は、幸せそうに笑った。

雨「嬉しかったんです。お姫様になれたみたいで」
司「………」
雨「それに、心から思ったんです」
そう言って、微かに少し涙ぐみ、
雨「もしまた生まれ変われるなら、次も彼と絶対出逢いたいって……」
司「………」

11 朝野煙火工業・全景（日替わり・一月二十五日）

12 同・事務所

退院した陽平がやってくると、
陽平「太陽、大丈夫か？」
太陽「（作業の手を止め）なにがですか？」
陽平「いや……なんだ、その……フラれたって聞いてな」
太陽「大丈夫です。俺、なにがあっても雨ちゃんのこと諦めませんから」
陽平「………」
太陽「そうだ、親方。この荷物、倉庫に運んでいいですか？」
陽平「あ、ああ、頼んだ……」
太陽「了解です（と、颯爽《さっそう》と去って行く）」

陽平「（見送り）逞《たくま》しくなったな、あいつ……」
　するの、春陽が陽平の脇腹を肘で突いた。
春陽「なにシジミみたいなツラしてしみじみしてんのよ。息子の傷口に塩塗るなんてデリカシーなさすぎ」
陽平「いやでも元気じゃねぇか、あいつ」
春陽「……んなもん、カラ元気に決まってるでしょ」

13　逢原家・庭
　雨が庭の植物たちに水やりをしていると、白いマーガレットに目が留まった。
　そして、その何本かをハサミで摘む――と、
千秋「マーガレット？」
　振り返ると、千秋と日下が立っている。
千秋「花占いの花だよね？　好き、嫌いって」
雨「はい。大好きなんです、この花」
日下「マーガレットの花言葉は『心に秘めた愛』『恋占い』。なぜ恋にまつわるものが多いかご存じですか？」
雨「え……？（と、首を傾《かし》げる）」
日下「ギリシャ神話の女神・アルテミスは、恋人のオリオンを兄の企《たくら》みで死なせてしまった。その悲恋に捧げる花だから、恋にまつわるものが多いのかもしれませんね」

雨　「悲恋に捧げる花……」
　門扉が開く音に、雨が目を向ける。
　買い物から帰ってきた雪乃が辛そうに腰をさすっている。
雨　「ばあちゃん、大丈夫？」
雪乃　「（ハッと）平気よ。ばあちゃんも歳ね、腰が痛いわ」
　と、そそくさと家の中へ。
雨　「（その様子が気になり）…………」
日下　「五感のこと、おばあさまには伝えておくべきでは？」
雨　「でも……」
日下　「あなたは大事なことを忘れている」
雨　「大事なこと？」
日下　「五感を失ったあと、あなたは二十四時間、三百六十五日、介護が必要になるでしょう。そのときどうするのか？　今のうちに考えておくべきです」
雨　「…………」
雪乃の声　「雨ー、ちょっと手伝ってくれるー？」
雨　「（我に返り）うん！　今行く！」
　と、雨が家の中へと入ってゆくと、
千秋　「どうしてですか？」
日下　「？」

千　秋「わたしたち案内人はただ見守るだけ――いつもそう仰《おっしゃ》っていますよね？　なのに、どうしてアドバイスを？」
日下は少し言葉に迷い、そしてぽそりと、
日　下「気まぐれですよ、ただの……」
日下の表情に暗い影が落ちて――。

14　同・居間（夜）

夕食の席、食事にほとんど手をつけていない雨。
雪　乃「ねぇ、雨……一度病院で診《み》てもらったら？」
雨　「うん……」
日下（回想）「五感のこと、おばあさまには伝えておくべきでは？」
インターフォンが鳴った。
シンディー「オ客サマガ、イラッシャイマシタ」
雪　乃「誰かしら？　こんな時間に」
雨　「わたし行くよ」
立ち上がる雨。表情を曇らせたまま廊下へ。
雨がいなくなると、雪乃は腰を押さえて顔を歪めた。
あまりの激痛に、思わずテーブルに突っ伏して、
雪　乃「………」

15 同・玄関（夜）

雨が扉を開ける——と、そこにいたのは、

春陽「……春陽ちゃん」
雨「…………」
春陽「なにかあった？」
雨「わたし……おにいに聞いて……」
春陽「え？」
雨「雨ちゃんに、他に好きな人がいるって」

16 同・居間（夜）

雪乃は、その言葉に驚いて、

雪乃「…………」

17 道（夜）

雨と春陽が並んで歩いている。

春陽「雨ちゃんの好きな人って、あの市役所の？」
雨「もしかして、司さん？」
春陽「分からないけど……でも、あの人、格好良いし、完熟マンゴーみたいな色気もあるし……。それに比べてうちのおにいは青臭い小僧だから、どうあがいても太刀打ちできないなって。でも――」

春陽は意を決するように顔を上げ、

春陽「信じてたの。それでも大丈夫だって。だって雨ちゃん、高校生の頃、おにいのこと好きだったから」

雨「――――」

春陽「それなのに、わたしのせいで……」

雨陽「春陽ちゃんのせい？」

春陽「わたしがあんなこと言わなかったら、今頃違う世界線だったよ。とっくに恋人同士だったはずなのに……」

雨「………」

18（過去）逢原家・居間（夜・S#7続いて）

雨がマーガレットの花束を花瓶に移した。

その愛らしさに、ふふふと笑みをこぼしていると、

雪乃「あら、可愛いマーガレットね」

と、花瓶から、ひょいっと一本抜き取った。

雪乃「子供の頃よくやったわ。好き、嫌いって」

と、花びらをむしる。

雨　乃「ちょっとぉ！　大事なお花なんだから！」
雪　雨「あと一週間で上京ね。太陽君に気持ち、伝えなくていいの？」
雨　乃「それは……」
雪　雨「意気地なしねぇ。迷ってるならマーガレットに聞いてみたら？　気持ち、伝える？　伝えない？　って」
雪　乃「今時、恋占いなんてしないよ」
雨　「恋する気持ちに時代は関係ないわ。それに、時には人生、花に導いてもらうのも悪くないわよ」
雨　「……………」

19（過去）同・雨の部屋（夜）

雨が、手の中の一輪のマーガレットを見つめている。
雨　「花に導いてもらう……か」
そう呟くと、花びらの一枚にそっと触れて、
雨　「伝える……伝えない……」
×　×　×
※フラッシュ・回想
そこに、太陽との想い出の数々が蘇る。
雨降る校舎で、差し出してくれた赤い傘。

「君を幸せにする花火を作りたい」という言葉。
一緒に並んで見た夕陽。
ランタンの夜の校舎。
マカロンをくれた朝。

×　×　×

雨「伝える……伝えない……」
指さす手を止めると、残りの花びらは一枚。
う〜んと顔をしかめたが、最後の一枚を指して、

雨「伝える！」
抽斗《ひきだし》から赤い封筒と便箋《びんせん》を出すと、そのとき、

雨「あれ？」
と、花瓶が目に留まり、あることに気づいた。

雨「そっか。そうなんだ……！」

20（過去）長崎県立長崎高等学校・外観（日替わり・三月一日）
校門に『二〇一五年度　卒業証書授与』という看板。

司会の声（先行して）「三年三組、逢原雨——」

21（過去）同・体育館

壇上で卒業証書を受け取り、雨が一礼する。
保護者席で、そんな孫娘を見つめる雪乃。

雪乃「（微笑み）……………」

22 （過去）同・教室

卒業式を終えた生徒たちが別れを惜しんでいる。
窓際の席で一人、帰り支度をする雨——と、窓の外を見て、手が止まった。
女子生徒が男子生徒に告白している。
男子は制服の第二ボタンを取って彼女に渡した。
雨は、鞄の中にしまってある赤い封筒を見つめて、

雨「…………」

23 （過去）朝野家・表（夕）

雨がドキドキしながらインターフォンを押す。
ややあって、ドアが開き、春陽が顔を出した。

雨「こんにちは。わたし、太陽君の友達の逢原雨といいます。妹さんですか……？」

春陽「春陽です。おにいならまだ仕事ですけど」

雨「そうですか。あ、じゃあ、表で待っててていいですか？」
春陽、雨が手にする赤い封筒を見て、

春陽「告白するんだ……」
雨「(ドキリと)」
春陽「わたしが口を挟むことじゃないけど、ひと言だけいいですか？　おにいの夢、邪魔しないでくださいね」
雨「え？」
春陽「先週、一緒に買い物行きましたよね？　平日に。あの日、おにい仕事を休んだんです」
雨「────」
春陽「もし二人が付き合ったら遠恋ですよね？　東京と長崎の。そしたら、そういうことももっと増えそうで……」
春陽は雨を睨むようにして、
春陽「おにいには、お母さんとの約束があるんです。だから邪魔しないで」
雨「………」
×　×　×
※フラッシュ・回想（第一話S#32）
太陽「『いつかたくさんの人を幸せにするような、そんな花火を作ってね』って言われたんだ。それが母さんとの唯一の想い出。その約束、叶えたいんだ」
×　×　×
雨は、手の中の封筒を見つめる。そして笑顔で、

雨　「やっぱり帰ります。太陽君には、わたしが来たこと黙っててください」

　そう言うと、踵を返して去って行った。

24 （現在）道（夜・S#17続いて）

春陽「ずっと後悔してたんだ。ゴリゴリの思春期だったとはいえ、二人の邪魔してほんと最低って」

雨　「そんなこと……」

春陽「ねぇ、雨ちゃん……。今更虫がいいことは分かってるの。でも、いっこだけお願いを聞いて」

雨　「お願い？」

春陽「（頭を下げて）おにいにチャンスをあげてほしいの！」

雨　「………」

春陽「おにい言ってた。なにがあっても雨ちゃんのこと諦めないって」

雨　「――」

春陽「だからお願い！　もう一度だけ考えてあげて！」

雨　「………」

25 朝野家・リビング（夜）

春陽「じゃーん！　ハウステンボスのペアチケット！」

と、春陽が二枚のチケットを太陽に向けた。

太陽「いい歳して兄妹で行くのはちょっと……」

春陽、勘の悪い兄の頭をチケットで叩き、

春陽「お〜い、入ってますか〜？　なんでわたしと行くのよ！　雨ちゃんとに決まってるでしょ⁉」

太陽「どういうことだよ？」

春陽「頼んだの。おにいのこと、もう一度考えてって」

太陽「お前……」

春陽「勝手にごめん。余計なお世話だって分かってる。でもわたし、二人に幸せになってほしくて。だから……」

太陽は、妹の優しさに微笑み、

太陽「(頭を撫で) ありがとな、春陽」

春陽「うん！　チケットはわたしからの餞別《せんべつ》ね！　土曜日は恋の敗者復活戦だよ！　気合い入れて行きなよね！」

太陽「ああ……（と、笑顔でチケットを受け取って）」

26　逢原家・雨の部屋（夜）

千秋「でも、よかった。太陽君のこと、もう一度考え直すことにして。わたしもその方が――」

雨「気持ちは変わりません」
千秋「え？　じゃあデートは……？」
雨「諦めさせようと思って」
千秋「――――」
雨「太陽君の心の中にある、わたしを好きって気持ちを」
千秋「雨ちゃん……」
雨「だからうんと嫌われるつもりです。嫌なこととかたくさん言って、ワガママ言って困らせて、この子最低だなって思わせようかなぁって」
千秋「いいの？　それで」
雨「はい。わたしにできることは、ひとつだけだから」
雨は、強がるように笑って、
雨「太陽君の人生の邪魔をしない。それだけです」
千秋「………」
雨「だから土曜日は卒業式です。太陽君からの……」

27（過去）同・同（夜・S#23続いて）
浮かない顔で荷造りをしている雨。
と、スマホが鳴った。太陽からのLINEだ。
太陽『明日は何時の飛行機？』

雨は、スマホのフライト情報を見る。
飛行機の出発時刻は、朝十時だ。
しかし、雨の胸に春陽の言葉がよぎって――、
春陽（回想）「おにいには、お母さんとの約束があるんです。だから邪魔しないで」
雨は『夜の9時だよ！』と返した。
雨「………」
鞄から手紙を出して、ゴミ箱を見る。
しかし捨てることはできず、抽斗の中へ……。

28（現在）同・同（夜）
雨が抽斗を開き、あの日の手紙を出した。
封筒を見つめる雨。
そして、これでいいんだ……と、手紙を破いて、今度こそゴミ箱へ捨てた。

29　同・外観（日替わり・朝・一月二十七日）

30　同・玄関
雨が靴を履いている――と、日下が、
日下「今日は嗅覚のタイムリミットの日です。夜九時、あなたは匂いを感じる力を奪

　われる」
雨「………」
日下「逢原雨さん、あなたは人生最後に、なんの香りを味わいたいですか？」
雨「………」

31　長崎駅前（朝）

　晴れ渡った空の下、駅前広場に雨の姿がある。
　浮かない表情で腕時計を見ると『00:11:58:40』とある。
　タイムリミットまで十二時間を切っていた。
雨「………」
太陽の声「雨ちゃん！」
　と、笑顔で駆けてくる太陽。
　雨は硬い笑顔で手を振り返す。
太陽「遅れてごめん。それに、春陽が無理言って……。でも嬉しいよ。ありがとう」
雨「（微苦笑で）………」
太陽「行こうか！　ハウステンボスって何年ぶりだろ。電車で一時間半くらいだから
　昼前には――」
　背後でクラクションが聞こえた。
　目を向けると車がやって来た。運転席には司の姿。

太陽「(戸惑い)……………」
雨「わたしが誘ったの」
太陽「え?」
司「(車を止めて) お待たせ。乗って」
　戸惑う太陽を無視するように、雨は助手席に乗り、
雨「わざわざ車、出してくれてありがとうございます!」
司「その方が楽だからね。太陽君もどうぞ」
太陽「………」

31A　逢原家・雨の部屋
　洗濯カゴを手に入ってくる雪乃。
　あるものが目に留まり、ふと足を止めた。
雪乃「………?」

32　道をゆく車

33　ハウステンボス・正面ゲート
　やってきた雨と司。後ろに続く太陽。
司「チケット買おうか。二人の分も一緒に――」

太陽「あの！」

太陽、春陽にもらった二枚のチケットを出して、

太陽「俺と雨ちゃんのチケットはあるから……」

司「分かりました。じゃあ僕の分だけ買ってきますね」

と、司がチケット売り場へ向かうと、

太陽「雨ちゃん……どうして？」

雨はぎゅっと拳に力を込める。そして、

雨「期待させても悪いから先に言っておくね」

太陽「え？」

雨「わたし、太陽君のこと考え直すつもりないから」

太陽「――――。なら、どうして今日……」

雨「それは……春陽ちゃんに頼まれて、仕方なく……」

太陽「仕方なく？」

太陽の表情が曇ると、雨の胸が痛くなる――が、

雨は意を決して、

雨「太陽君」

雨「わたしの好きな人、司さんなの」

太陽「――――」

雨「だから今日は太陽君に応援してほしくて。わたしたちが上手くいくように」

太陽「…………」
司「お待たせ（と、二人の様子を見て）どうかした？」
雨「ううん、なにも！　行きましょ、司さん！」
と、雨は司の腕を引いて歩き出す。
太陽「…………」

34　同・フラワーロード

視界を埋め尽くすほどの花々が広がっている。花畑の向こうでは風車が悠然と羽根を回しており、辺りはヨーロッパの田園を思わせる長閑《のどか》な風景だ。
その中を歩く雨と司。太陽は一人で歩いている。
雨は可愛らしい二人乗りのブランコを見つけて、
雨「可愛い！　写真撮りたい！」
と、はしゃいで司の腕を引いてブランコへ。そして、
雨「太陽君、撮ってくれる？（と、スマホを向ける）」
太陽「え……」
雨「お願い」
太陽「う、うん……」
雨と司が、ブランコで肩を寄せ合い座ると、
太陽「じゃあ、撮るよ。ハイチーズ」

　苦笑いでシャッターボタンを押す太陽。

35　同・キッチンカー近くのテーブル

　佐世保バーガーを買った三人が昼食を摂っている。
　雨は相変わらず司にばかり話しかけている。

太陽「(意を決して)……ねぇ、雨ちゃん」
雨「なに？」
太陽「もしよかったら、この後、観覧車に乗らない？」
雨「………」
　太陽の視線の先には白い観覧車が空に聳《そび》えている。
太陽「高校生のとき、乗れなかったから……どうかな？」
　雨はしばらく考えて、
雨「……いいよ」
太陽「(笑顔になる――が)」
雨「観覧車なら三人で乗れるしね！　司さん、これ食べたら行きましょ」
司「僕はどこかで待ってるよ。二人で楽しんできなよ」
雨「………。なら、やめとこうかな」
太陽「………」
雨「(太陽を見て)だって、観覧車は恋人たちのものだもん。わたしたちには関係

　　　ないよね」
太陽「………………」
司「………………」

36　同・タワーシティ（夕）

　高さ一〇五メートルを誇るシンボルタワー・ドムトールンが夕空に映えている。その近くの運河ではクルーズ船が停泊している。三人がやってきて、
雨「司さん、一緒に乗りましょ！（と、腕を引く）」
司「でも——（と、太陽を見る）」
太陽「俺、どっかで待ってます。二人で楽しんできてください」
　太陽が去ると、雨は申し訳なくて、
雨「（俯き）………………」

37　同・クルーズ船・船尾の席（夕）

　雨と司が並んで座っている。
雨「すみません、こんなことに付き合わせて……」
司「構わないよ。でもびっくりしたけどね。『太陽君に嫌われたいんです』って言われたときは」
雨「………………」

司「けど、こんなことで彼は君を嫌いになるかな」
　雨は、雨粒のワッペンのハンカチをぎゅっと握り、
雨「嫌われます。なにをしてでも」
司「………………」
雨「司さん、もうひとつだけお願いがあるんです」
司「お願い？　なに？」
雨「……わたしと、付き合ってくれませんか？」

38　同・運河に架かる橋（夕）
　船が運河を下ってくる。
　船尾では雨と司が真剣な表情で向き合っている。
　橋の上で二人を見ている太陽。
　軽く手を上げるが、雨たちは気づいていない。
太陽「………………」
　船が橋の下をくぐって去ると、太陽はため息で。
　すると、向こうに、とある店を見つける。
　太陽の顔に、小さな笑みが咲いた。

39　同・クルーズ船・船尾の席（夕）

司「僕と雨ちゃんが付き合う……フリをするってこと？」

雨「（頷き）迷惑なのは分かっています。でも司さんと付き合うことにしたら、太陽君、諦めてくれるかなって……」

司「どうしてそこまで？　嫌われる必要なんてないのに」

雨「……わたし、高校生の頃からの夢があるんです」

司「…………」

雨「約束したんです。二十六歳になったとき、太陽君の作った花火を見るって。一人前のパティシエになるって。でも、もう二つとも叶わないから……」

雨は悲しげに笑った。それでも、背筋を伸ばして、

雨「だから太陽君にだけは、どうしても夢を叶えてほしいんです」

司「太陽君の夢？」

雨「たくさんの人を花火で幸せにするって夢です」

司「…………」

雨「でも、わたしがいたら邪魔になっちゃう」

司「…………」

雨「だからいなくなります。太陽君の前から」

司は、そんな笑顔の雨を見ていられず、

司「分かった。恋人役でもなんでもやるよ。だけど、その代わり条件がある」

雨「条件？」

司「もうひとつ、雨ちゃんに叶えてほしいことがあるんだ」
司の視線の先には、白い観覧車。
司「乗りたかったんでしょ？　太陽君と、高校生の頃からずっと。一緒に乗っておいでよ」
雨「……でも、乗ったら未練が残りそうで」
司「それでも、想い出は心に残るよ」
雨「──」
司「言ったよね、未来に後悔を残すべきじゃないって」
雨「……………」

40　同・クルーズ船の停留所（夕）
降りてきた司が、太陽を見つけた。
司「太陽君、待っててもらってすみません」
太陽「いえ……」
司「それと、申し訳ないんだけど、急遽《きゅうきょ》帰らないといけなくなっちゃって」
太陽「え……？」
司「土曜なのに仕事の呼び出しで。酷《ひど》いですよね。だから悪いけど、あとは二人で楽しんでください」
雨「──」

司「雨ちゃんも、どうか楽しんで。……それじゃあ」
　と、雨に微笑みかけ去ってゆく。
雨「（その背を見送り）………」

41 同・観覧車近くのベンチ（夜）
　幾千、幾万の光に照らされた園内。人々の笑顔をその光が染める中、雨と太陽が無言で座っている。

　雨はライトアップされた観覧車を見ていた。

　しかし、寒くてくしゃみが漏れる。

太陽「あのさ……ごめん、五分だけ待っててくれる⁉」

雨「え？」

　太陽は上着を脱いで、雨の膝にかけた。

太陽「寒いからこれ着てて！　すぐ戻るから！」

　と、急ぎ足でその場を去る。

雨「……？」

　ふと、膝のコートに目が行った。

　腕時計を見ると、嗅覚を失うまであと一時間。

日下（回想）「逢原雨さん、あなたは人生最後に、なんの香りを味わいたいですか？」

　雨は、太陽のコートを手にした。

×　×　×

※フラッシュ・回想（S#5）

雨「（コートを見て）…………」

太陽「もしかして……臭い？」

雨「ううん、そうじゃなくて。花火の匂いがしたから」

×　×　×

雨は、愛おしそうに彼のコートを抱きしめた。

雨「一緒だ……」

そして、今日一番の、幸せな笑みを浮かべた。

雨「花火の匂い……」

大好きな人の匂いを心に刻む――すると、コートの〝あるもの〟が目に留まった。

雨「…………」

42　同・運河近くの橋（夜）

急ぎ足の太陽、その胸に、

太陽（過去・先行して）「――出発した？」

43　（過去）逢原家・玄関（夜・三月二日）

雨が旅立ったことを聞いた太陽が呆然としている。

雪　乃「聞いてなかったの？　朝十時の飛行機よ」
太　陽「朝……？　夜の九時じゃないんですか⁉」

44（過去）東京・寮の部屋（夜）

ベランダで、雨が見慣れぬ東京の夜景を見ている。

視線の先には東京タワー。

夢の舞台のはずなのに、雨の顔に笑みはない。

と、スマホが鳴った――太陽からのＬＩＮＥだ。

太陽『飛行機、どうして違う時間を言ったの？』

雨は少し悩んで、こう返した。

雨『太陽君に会ったら、東京に行くのが辛くなりそうで。だからウソついちゃった。ごめんなさい』

雨「………」

45（過去）眼鏡橋（夜）
佇む太陽がポケットからあるものを出す。
指輪ケースだ。
開くと、中には雨粒の指輪が。
×　×　×

※フラッシュ・回想（S#4）
指輪をはめて、雨が笑みをこぼしている。
雨「可愛い……」
× × ×
太陽は渡せなかった指輪を切なげに見つめて……。

46（現在）ハウステンボス・観覧車近くのベンチ（夜）

太陽「雨ちゃん」
雨が顔を上げると、太陽が戻ってきた。
彼は後ろ手になにかを隠している。
雨が怪訝に思い、首を傾げると、彼はそれを出した。
マーガレットの花束だ。
雨「――――」
太陽「昼間、売ってるのを見つけたんだ」
× × ×
※フラッシュ・回想（S#38続いて）
とある店を見つけた太陽。
そこには、小さな花屋が――。
× × ×

太陽「もう一度、渡したくて。マーガレット」
雨「…………」
太陽「ねぇ、雨ちゃん……しつこいかもしれないけど――」
　太陽は観覧車を見上げた。
太陽「やっぱり一緒に乗ってほしいんだ」
　彼は雨に花束を向けた。
　受け取りたい雨。しかし迷いがその手を鈍らせる。
　そんな雨の胸に祖母の声が蘇る。
雪乃（回想）「迷ってるならマーガレットに聞いてみたら？」
雨「…………」
　雨は、花束から一本のマーガレットを抜き取った。
雨「聞いてみてもいい……？」
　太陽が頷くと、それを合図に、
雨「……乗らない……乗る……」
　×　×　×
　※フラッシュ・回想（S#7）
太陽「あ、じゃあ、この花の匂いを俺と雨ちゃんの〝想い出の香り〟にしない？」
雨「想い出の香り？」
　×　×　×

雨「……乗らない……乗る……」

×　×　×

太陽「さっき言ったよね？　※フラッシュ・回想（S#7）わたしの青春時代、もうすぐ終わるんだなぁって。そんなことないよ、きっと」

雨「そうかな……」

太陽「そうだよ。十年後の約束を叶えるまでは終わらないよ」

×　×　×

雨「……乗らない……乗る……」

×　×　×

太陽「だから春が来るたび、この香りを嗅いで今の気持ちを思い出そうよ」

※フラッシュ・回想（S#7）

太陽は笑うと、雨も釣られて笑顔になった。

雨「うん、分かった……！」

×　×　×

雨「乗らない……」

雨が指さす手を止めた——驚きで目を見開く。

もう一枚、最後に花びらが残っている。

雨「…………」

太陽は、雨にそっと微笑みかけた。
雨も、その笑みに応えて、

雨「乗る……」

47　同・観覧車（夜）

二人を乗せたゴンドラが高度を上げてゆく。
眼下には宇宙の星をすべて撒《ま》いたかのような光の渦。
向かい合わせで座る雨と太陽。
彼女の膝には花束。
一方の太陽は、どこか落ち着きがない様子だ。

雨「（そんな太陽が気になって）どうしたの？」

太陽「後悔したんだ……」

雨「？」

太陽「観覧車はぐるぐる回るだけで楽しくない。恋人たちのものだから俺には関係ない。あんなこと言わなきゃよかったって、ずっと後悔してた。でも俺……」

雨は、太陽の手が震えていることに気づいた。

太陽「怖くて……」

雨「え？」

太陽「高いところ、実はダメでさ……」

雨　「バレたら格好悪いと思って誤魔化しちゃったんだ」
太陽「(少し吹き出して)」
雨　「笑わないでよ」
太陽「ごめん」
雨　「でも嬉しい」
太陽「嬉しい？」
雨　「だって雨ちゃん、今日、初めて笑ってくれたから」
太陽「………………」
天辺《てっぺん》に着くと、太陽は手すりを強く強く握った。
雨　「怖かったら、目、閉じてていいよ」
太陽「でも……」
雨　「いいから。閉じて」
太陽「うん……(と、目を閉じた)」
雨は、太陽を愛おしげに見つめた。そして、
雨　「わたし、司さんと付き合うよ」
太陽「(目を閉じたまま)……え？」
雨　「さっき船の上で告白されたの」
太陽「………………」

太陽「今日一日、太陽君が応援してくれたおかげだよ。ありがとう……」
雨「ひとつ訊いていい？」
太陽「なに？」
雨「司さんのどこが好きなの？」
　雨は腕の中の花束を抱きしめた。
太陽「特別扱いしてくれるところ……」
雨「特別扱い？」
太陽「雨なんて変な名前で、ちっとも冴えないわたしのことを……いつも特別扱いしてくれるの……」
雨「…………」
太陽「たくさん褒めて、励まして、ちょっと恥ずかしいことも、大袈裟なことも、なんでも素直に言ってくれるんだ。そんな人、今まで一人もいなかったから――」
　雨は、幸せそうに笑った。
雨「嬉しかったの。お姫様になれたみたいで」
太陽「…………」
雨「それに、心から思ったの」
　そう言って、微かに少し涙ぐみ、
雨「もしまた生まれ変われるなら、次も絶対出逢いたいって……」
太陽「…………」

雨「来世も、次も、その次も、何度生まれ変わっても……わたしは……わたしはずっと——」
目を閉じる太陽に、雨は唇を動かして伝えた。
大好き……と。
しかし、その言葉は届かない。
太陽「もういいよ……」
雨「………」
太陽「羨ましいな、司さんが……俺だったらよかったのにって、悔しいけど、そう思っちゃうよ……でも——」
太陽は目を開き、雨のことを見た。
太陽「おめでとう……幸せになってね……」
雨は、涙に負けないように笑った。
雨「うん、幸せになるね……」
二人を乗せたゴンドラは地上へ戻ってゆく。

48 同・表（夜）
ハウステンボスを出た二人がバス停までやってきた。
雨「ここからは別々に帰ろ」
太陽「……うん」

雨「それから、これ」

と、雨は鞄からあるものを出した。

それは——赤い折りたたみ傘だ。

雨「今までありがとう……」

太陽「………」

雨「あの約束、今日で終わりにしよ。赤い傘と、花火の約束」

太陽「………」

雨「逢うのもこれで最後。司さんに悪いから」

太陽「でも俺は——」

雨「元気でね、太陽君」

太陽「………」

雨「立派な花火師になってね」

太陽「………」

雨「それに、素敵な人を見つけてね」

太陽「………」

雨「太陽君にはきっと、わたしなんかよりふさわしい人がいるよ。あなたの花火を見て心から笑ってくれる女の子が。たくさん話を聞いて……美味しいご飯を作ってくれて……落ち込んでたら手を握って励ましてくれる……そんな素敵な女の子が……だから——」

雨は、精一杯、彼に笑いかけた。

雨「わたしのこと、もう忘れて……」

太陽「…………」

49 高速バス・車内（夜）

人もまばらな車内で、太陽が赤い傘を見つめている。
その視界が滲んでゆく。悔しくて涙が溢れた。
何度拭っても涙は止まらない。
車窓には、彼の情けない泣き顔が映って――。

50 ハウステンボス駅・ホーム（夜）

誰もいないホームで雨が座っている。
その傍らには千秋の姿がある。

雨「観覧車、乗るつもりはなかったんです」

千秋「でも、花占いで……」

雨「マーガレットの花占いには秘密があって」

×　×　×

※フラッシュ・回想（S#19続いて）

雨「あれ？」

と、花瓶が目に留まり、あることに気づいた。

雨「そっか。そうなんだ……！」

花びらは、ほとんどが奇数だ。

雨「みんな奇数だ……」

×　×　×

雨「マーガレットの花びらって、ほとんど全部奇数なんです。だから最初に言った方が最後に来るんですよ。なのに、あんな肝心なときに限って偶数だなんて。でも――」

雨は、腕の中のマーガレットに微笑みかけた。

雨「嬉しかったな……」

千秋「……雨ちゃん」

雨「奇跡なんて大嫌いだけど、でもこんな奇跡だったら……幸せだなぁって……そう思っちゃいました」

千秋「………」

雨「それに、一番欲しいものも、もらっちゃったから」

雨はポケットからあるものを出した。

それは、太陽のコートのボタンだ。

雨「第二ボタン。卒業の記念に……」

そう言って、雨は嬉しそうに笑った。

51　高速バス・車内（夜）

そのことを知らない太陽。

コートの第二ボタンがなくなっている。

52　ハウステンボス駅・ホーム（夜）

駅のホームの時計が九時を指した。

腕時計の数字が今、0になった。

雨は、マーガレットを愛おしそうに見つめて、

雨M「あなたがくれたその花は――」

一人、花に顔を寄せる。

雨M「胸が苦しくなるくらい――」

そして、悲しげなまなざしを浮かべた。

雨M「もう、なんの香りもしなかった」

そんな彼女の前に、電車が流れ込んで――。

雨M「さようなら、わたしの青春時代……」

53　逢原家・前（夜）

帰宅した雨が、門の前で日下を呼んだ。

雨「今からばあちゃんに話します、五感のこと」
日下「……そうですか」
雨「これからのこと、ちゃんと話し合わなきゃ」
日下「………」

54 同・廊下～居間（夜）

雨「ただいまー」
　と、声をかけるが、雪乃の反応はない。
　雨は怪訝に思いながら廊下を進む。
　そして、居間に入る――と、花束を落とした。
　そこには、腰を押さえてうめいている雪乃が。
雨「ばあちゃん！　どうしたの⁉　ばあちゃん‼」
　床の上に、マーガレットが悲しげに横たわって……。

《第四話　終わり》

1 (回想) 逢原家・廊下 (深夜・二〇〇五年・冬)

目を覚ました雪乃が自室のドアを開けた——すると、廊下に座る小学二年生の雨の姿が。その手には『アラビアンナイト』の児童書。

雪乃「どうしたの、雨? 眠れないの?」

雨「(首を振り)………」

無言の雨の心中を察して、雪乃は隣に腰を下ろす。

雪乃「実はね、雨にひとつ秘密にしていたことがあるの」

雨「?」

雪乃「ばあちゃん、魔法使いなの」

雨「え……?」

雪乃は少しおどけた感じで両手を広げ、

雪乃「イフタフ・ヤー・シムシム〜」

雨「(きょとんと)………」

雪乃「日本語だと、開けゴマ。知ってるでしょ? 『アラビアンナイト』でアリババが岩の扉を開けた呪文《じゅもん》」

雨は、腕の中の『アラビアンナイト』を見た。

雪乃「この魔法にかけられたら、心の扉も開いちゃうの」

しかし雨は、そんなの嘘だと首を振る。

雪乃「信じてないわね。では、次こそ開けてみせましょう」
　雪乃は演技っぽくそう言うと、
雪乃「イフタフ・ヤー・シムシム～」
　と、雨の脇腹をくすぐった。思わず笑ってしまう雨。
　雪乃は優しく微笑んで、
雪乃「聞かせて。雨の本当の気持ち」
　雨は、『アラビアンナイト』を抱きしめて、
雨「ばあちゃんと一緒に寝たいの……」
雪乃「寂しかったんだ」
　雪乃は、雨の頭を優しく撫でた。
雪乃「よく言えたね。えらい、えらい」
　雨は、その手の感触が嬉しくて——。

2　（回想）同・雪乃の部屋（深夜）
　一緒の布団に入る雨と雪乃。
雨「わたしも大人になったら魔法使いになれるかなぁ」
雪乃「もちろん。雨はばあちゃんの孫だもの。もしも魔法が使えたら、どんな願いを
　叶えたい？」
雨「えー、なんだろう」

と、そこに、二十六歳の雨の心の声がかかり、

雨M「もしも魔法が使えたら、どんな願いを叶えよう……」

雨「お菓子いっぱいほしい！　あと可愛い服！　それと……」

雨は祖母の手を握った。そして、

雨「ばあちゃんと、お母さんと、三人で暮らしたいな」

雪乃「（微笑み）叶うわ、きっと……」

手を握り返してくれる祖母に、雨は笑顔になって、

雨「あとはね～」

雪乃「あら、随分と欲張りな魔法使いね」

雨「だって、たくさんあるんだもん！」

雨M「たくさんたくさんありすぎて、ひとつになんて決められなかった」

雨は楽しそうに願いごとを祖母に話す。

雨M「あの頃、わたしは信じてた」

枕元の『アラビアンナイト』の表紙では、アラジンやアリババが笑っていて——。

雨M「大人になれば、どんな願いも叶うって……」

タイトル　『君が心をくれたから』

第五話　『すべて魔法のせいにして』

3　（回想戻り）慶明大学付属長崎病院・外観（夜・二〇二四年一月二十七日）

4　同・病室（夜）

ドアを開け、緊張の面持ちで雨が入ってくる。
雪乃はベッドの背を起こして座っていた。

雪乃「心配かけてごめんね、雨」

×　×　×

※フラッシュ・回想（第四話S#54）
腰を押さえてうめいている雪乃。

雨「ばあちゃん！　どうしたの⁉　ばあちゃん‼」

×　×　×

首を振り、丸椅子に腰を下ろす雨。

雪乃「それに、ずっと黙っていたことも。ばあちゃんね――」

雨「………」

雪乃「ガンなの」

雨「――」

雪乃「苦しいのはごめんだから、抗がん剤治療も断ってきたの。だからもってあと二ヶ月。早ければ、数週間かもしれない。改めてそう言われちゃったわ」

雨「……嘘だよ……」
雪乃「…………」
雨「死なないよ。絶対死なない。死ぬわけない。きっと先生が間違えてるんだよ。
だから……だから……」
雨の頬を涙が染める。
雪乃「死んじゃうなんて言わないで……」
雨「おいで、雨」
雨が隣に座ると、雪乃は孫娘を抱きしめた。
雪乃「ばあちゃんは、もうすぐ死ぬわ」
雨は首を振る。
雪乃「でも、まだ生きてる」
雨「――――」
雪乃「ちゃんとこうして生きている」
そう言って、涙に濡れる雨を見た。
雪乃「だから生きている間は、雨の笑顔をたくさん見せて」
雨「……ばあちゃん」
雪乃「ばあちゃんはね、笑ってる雨が大好きなの」
雨「…………」

5　朝野家・リビング（夜）

酒を酌《く》み交わす太陽と陽平。

陽平「なんだ、その、人生、明けない夜はないっていうか……」
太陽「いいよ、上手いこと言って慰めようとしなくて」
陽平「そうか……」
太陽「………」

×　×　×

※フラッシュ・回想（第四話S＃48）

雨「逢うのもこれで最後。司さんに悪いから」
雨「わたしのこと、もう忘れて……」

×　×　×

太陽「……父さんはさ、母さんと、どんな恋愛してきたの？」
陽平「なんだよ、急に」
太陽「いや、一度も聞いたことなかったなぁって」
陽平は昔を懐かしむように笑うと、
陽平「俺も散々フラれたよ」
太陽「母さんって面食いだったの？」
陽平「馬鹿野郎。明日香の実家は、福岡で手広く商売をしててな。所謂《いわゆる》、箱入り娘だったんだ」
陽平「あいつの親父さんは、娘に悪い虫が付かないようにって長崎の全寮制の女子校に明日香を入れたんだ。なのに、俺みたいなのがちょっかい出したもんだから怒ってな」
太陽「じゃあ、母さんの親戚と付き合いがないのって……」
陽平「最後は駆け落ち同然だったからな」
太陽「そうだったんだ……」
陽平「太陽……。フラれた男ができることは三つだけだ。ひとつは、相手の幸せを願うこと」
太陽「…………」
陽平「もうひとつは、何事もなかったようにいつも通り普通に暮らせ。それと最後は――」
陽平は、ふと真剣な表情になって、
陽平「もしもお前の好きな子が、一人で泣いて悲しんでいたら、そのときは、なにをおいてでも駆けつけてやれ」
太陽「…………」
と、ガタン――と廊下で音がした。

6　同・廊下（夜）

太陽がドアを開けると、風呂上がりの春陽の姿。
春陽は、落としたスマホを拾ってバツの悪い顔で、

春　陽「いやさ、お風呂の排水溝に信じられない量の抜け毛があってさ。おにい、ストレスでハゲ散らかすんじゃないかと思って……」
太　陽「多分それ、父さんのだよ」
春　陽「だよね！　どうりで情けない髪質だと思った！」
陽平の声「おい、なんか言ったか？」
春　陽「さて、そろそろ寝ようかな」
と、踵を返して歩き出す――と、
太　陽「明日、日曜だしメシでも行くか？　たまにはおごるよ」
春　陽「ほんと!?　じゃあ寿司《すし》ね！　大トロ一貫三千円するバカ美味い寿司屋があるの！　予約しとくよ！」
太　陽「(苦笑いで)………」

7　逢原家・居間(夜)

ソファに座る雨が、傍らの千秋に、
雨「ばあちゃんのこと、奇跡で助けられませんか？」
千　秋「………」
雨「太陽君を助けたみたいに病気も治してほしいんです！」

千　秋「奇跡は誰にでも起きるわけじゃない。選ばれた人だけ。それに、わたしたちに与える権限はないの」

雨は悔しげに顔を伏せる——と、

日下の声「もうすぐ午前0時です」

と、日下が向こうからやって来た。

日　下「次に奪われる感覚が時計に表示されます。残るは三つ。視覚、触覚、聴覚。そのいずれかを失うことになる」

雨「(息を呑み)…………」

日　下「あと五秒——三、二、一……」

日　下「ゼロ」

雨は恐怖で目を閉じた。そして、

恐る恐る目を開く雨——腕時計には、手のマークと『21:02:59:55』のカウント。

日　下「次に奪われるのは触覚。タイムリミットは、三週間後の二月十八日、午前三時です」

雨「触覚って……具体的にはどんな……?」

日　下「氷に触れたときの冷たさ。棘《とげ》が刺さった痛み、あなたが今触れているソファの質感、そして、人のぬくもりや皮膚の感触。それらすべてを感じる力です」

雨「——」

日下「つまり触覚とは、世界と、そして、誰かとの繫がりを実感するための感覚と言っても過言ではない。あなたはもうすぐその繫がりを感じられなくなります」

雨「……じゃあ、分からなくなるんですね」

千秋「………？」

雨「触れても――」

×　×　×

※フラッシュ・回想（S#2）

雨は祖母の手を握った。そして、

雨「ばあちゃんと、お母さんと、三人で暮らしたいな」

雪乃「（微笑み）叶うわ、きっと……」

×　×　×

雨「触れられても――」

×　×　×

※フラッシュ・回想（第三話S#43）

太陽が雨の手を握っている。少し震えた手で。

太陽「雨ちゃんのことを知りたかった……」

×　×　×

雨「もうなにも……」

日下「ええ、そうです」

雨「…………」
　雨は、あることに気づいてハッとした。
雨「足の感覚がなくなっても立っていられるんですか？　ちゃんと歩けますか⁉
　物を持ったりすることも！　寝たきりになったり……そんなことありませんよ
　ね⁉」
日下「それは分かりません」
雨「――――」
日下「ただ、ひとつ言えることがあるとするならば――」
　日下は、雨の目を真っ直《ま》ぐ《す》見て、
日下「そうなる準備は、しておくべきかと」
雨「…………」

8　逢原家・居間（夜）
　深夜、眠れない雨が入ってくる。
　明かりが灯ると、棚の上の写真立てが目に留まった。
　幼い雨と雪乃が写った写真だ。それを手に取り、
雪乃（回想）「ばあちゃんは、もうすぐ死ぬわ」
　雨は、写真立てを抱きしめた。

9　河川敷・グラウンド（日替わり・一月二十八日）
社会人たちがサッカーに興じている。
ベンチに座る雨と、ユニフォーム姿の司。
司「……雪乃さんが⁉」
雨「もってあと二ヶ月……早ければ数週間って……」
司「――――」
雨「昨日、五感のことを言おうと思ったんです。でも……」
司「言えなかったの？」
雨「早く言わなきゃって分かってるんです。わたしの方が先に目が見えなくなったり、耳が聞こえなくなるかもしれないから……だけど――」
司「…………」
雨「ばあちゃん、すごく痛がってました。すごくすごく痛そうで……苦しそうで……その上、わたしのことでまた苦しめるなんて……そんなの耐えられなくて……」
司は、俯く雨の手を握ろうとするが、
×　×　×
※フラッシュ・回想（第四話S＃10）
雨「わたし、太陽君のことが好きなんです。高校生の頃からずっと――」
×　×　×

その言葉がよぎって、手を引っ込めた。

司「……」

10 同・土手の道

司と別れた雨が歩いている──と、坂の上でレジャーシートを広げて座る母子を見つけた。少女は母と『アラビアンナイト』を読んでいる。

雨「……」

それは、かつて自分が持っていた本と同じもので。

11 (回想) 逢原家・縁側 (S#2の数日後)

小学二年生の雨と雪乃が並んで座っている。

雨の手には『アラビアンナイト』の児童書。

雪乃「雨はその本が大好きね」

雨「たくさん魔法が出てきて楽しいの!」

雪乃「ねぇ、雨? ちょっとだけ難しい話をしてもいい?」

雨「うん……」

雪乃「大人になると、苦しいことや悲しいことがたくさん起こるわ。でも、雨に魔法をかけてくれる人もきっと現れる。だから、そんなときは遠慮せず──」

雪乃は、雨の手をそっと握った。

雪　乃「魔法に助けてもらいなさい」
雨　「……」
雪　乃「その代わり、雨も誰かに素敵な魔法をかけてあげてね。そうやって、人は助け合いながら生きてゆくの」
雨　「じゃあわたし、ばあちゃんに魔法かけてあげる！」
雪乃は優しく微笑んで――。

12（回想戻り）河川敷・土手の道
雨の視線に気づいた少女が戸惑っている。
我に返った雨は、笑顔で少女に手を振った。
そして、かつて雪乃が握ってくれた手のひらを見て、
雨　「……」

13　鍋冠山公園・展望台（夕）
長崎の街を、海を、夕陽が橙色に染めている。
春　陽「夕陽キレイ！」
と、ビニール袋を提げた春陽が階段に腰を下ろす。
袋の中からパックの寿司とビールを出した。
太　陽「本当にいいのか？　スーパーのパックの寿司で」

春　陽「あんま高い寿司おごらせてリボ払いとかされたらシャレにならんからね。これで十分。んじゃ、乾杯、乾杯」

缶ビールで乾杯する二人。

春　陽「(ごくごく飲んで)かぁ〜〜！　美味い！　肝臓に沁《し》みるわ〜！」

太　陽「おっさんかよ」

春　陽「さて、お寿司お寿司。(と、パックを開いて)でもさ、今だから言えるけど、ぶっちゃけ相手が悪かったよ」

太　陽「相手？　司さんのこと？」

春　陽「あのイケメンは、例《たと》えるなら本マグロの握りだもん。かんぴょう巻のおにいじゃ、どうやったって勝てないよ」

太　陽「うるさいよ(と、かんぴょう巻を頬張った)」

春　陽「まぁさ、世界のどっかにはいるはずだよ。本マグロより、かんぴょう巻が好きっていう女の子も」

太　陽「他の女の子はどうでもいいよ……」

春　陽「もぉ、切ないこと言うなよ、かんぴょう巻」

太　陽「兄貴をかんぴょう巻って呼ぶな」

太陽は笑うと、ポケットからあるものを出した。

指輪のケースだ。

開くと、指輪が夕陽に輝いた。

春陽「可愛い指輪」
太陽「雨ちゃんが卒業するとき買ったんだ。気に入っててさ。まぁでも、結局渡せずじまいだけどな」
太陽は指輪を見つめて切なく笑った。
太陽「この指輪をはめてる雨ちゃんを見て思ったんだ」
×　×　×
※フラッシュ・回想（第四話S＃4）
指輪をはめて笑みを浮かべる雨。
雨「可愛い……」
その笑顔を見つめる太陽。
太陽（オフ）「この子の〝指輪の精〟になれたらな……って」
×　×　×
春陽「指輪の精？」
太陽「……」
14　慶明大学付属長崎病院・病室・前（夕）
雨がドアの前で緊張の面持ちを浮かべている。
大きく深呼吸をして、ノックと共に扉を開いた。

15 同・同・中(夕)

雨 「(入ってきて)ばあちゃん、着替え持ってきたよ!」

雪乃「………」

雨 「寝間着はいつものでいいよね。あとは、歯ブラシと、眼鏡と、現金ってどのくらいあれば足りるかな――」

雪乃「ねぇ、雨……」

雨 「なに?」

雪乃「あなた、なにか隠してるの?」

雨 「――」

戸惑う雨を見て、雪乃はポンポンとベッドを叩いて傍へと呼んだ。

雨は祖母の隣に腰を下ろす。

雨は俯いたままだ。雪乃はそんな雨に、

雪乃「懐かしい」

雨 「(顔を上げ)?」

雪乃「昔を思い出したの。雨が眠れなかった夜のこと」

雨 「ああ……。ばあちゃん、魔法使いなのって言ってたね。信じちゃったよ」

雪乃「いいのよ、信じて。本当のことだもの」

雨 「え?」

雪乃「今も魔法、使えるわ」

雪乃は、雨の手の上にそっと手を重ねた。そして、

雪乃「イフタフ・ヤー・シムシム……」

雨「――」

雪乃「この魔法にかけられたら、心の扉も開いちゃうの」

日下「……」

千秋「……」

雪乃「素直になれる特別な呪文よ」

雨「……」

雪乃「だから聞かせて。雨の本当の気持ち」

雪乃は、雨の手を優しく握った。

雨「ばあちゃん……わたしね……」

雨も祖母の手を握り返すと、

雨「もうすぐ五感がなくなるの」

雪乃「え?」

雨「そういう病気なの」

雪乃「病気……」

雨「(頷き) 味覚も、嗅覚も、もうなくて」

雪乃「――」

雨　「あと数週間したら、ばあちゃんのこの手の感触も分からなくなっちゃう……」

　雨の頬を涙が滑った。

雨　「目も……耳も……なんにも分からなくなるの……」

　こぼれた涙が、夕陽に光った。

雨　「ごめんなさい……」

雪乃「どうして謝るの？」

雨　「だって、ばあちゃんはわたしを助けてくれた……お母さんから守ってくれた……夢だって応援してくれた……なのに……わたしはなにも返せなかった……」

雪乃「……」

雨　「おばあちゃん孝行、なんにもできなかったから……」

　雪乃は涙を堪えた。そして気丈に、

雪乃「ありがとう、雨」

　雨が顔を上げると、雪乃は優しく微笑んでいた。

雪乃「ばあちゃんに生きる意味をくれて、ありがとう」

雨　「……？」

雪乃「こんなあんたを残しておちおち死んでいられないわ。よぉし、こうなったらなにがなんでも生きてやる。生きて雨を支える。絶対、支える。約束する」

雨　「ばあちゃん……」

雪乃「だから、なんにも心配いらないよ。ばあちゃんがいる」

雨「うん……」
雪乃「ずっと一緒にいる」
雨「うん……」
　雪乃は、涙する雨の頭を優しく撫でて、
雪乃「よく話してくれたね。えらい、えらい……」
　その感触が懐かしくて、雨はまた涙をこぼした。
　そんな二人を見つめる千秋。そして、日下。
日下「…………」

16　鍋冠山公園・展望台（夜）

　街に明かりが灯り、夜景が煌《きら》めきはじめた。
太陽「捨てるよ、この指輪」
春陽「別にそこまでしなくても」
太陽「いや、捨てる。今度こそ終わりにするよ」
春陽「そっか……」
　太陽は指輪をケースにしまった。
　そして、躊躇《ためら》いながらも、蓋《ふた》を閉じた。
太陽「……さよなら」
　そして、思い切り投げた。

夜景の輝きに吸い込まれ、ケースはどこかへ消えていった。

17　慶明大学付属長崎病院・病室（夜）

雨と雪乃が寄り添って座っている。

雨「今も毎日考えちゃうんだ。五感をなくしたりしなかったら、どんな未来が待ってたんだろう……って」

雪乃「……………」

雨「パティシエだって、もう一度頑張ってたんだろうな。それに、太陽君の告白にも『うん』って言ってたと思う」

雨はそっと微笑んで、

雨「きっと、すごく幸せだったんだろうな……」

18　雨のイメージ

雨は心の中で想像した。
バイトした式場のチャペルで、結婚式を挙げる姿を。
照れくさそうな太陽と、幸せそうに笑う自分を。

雨（オフ）「何年か付き合って、お金を貯めて、結婚して」

＊

逢原家の居間で、口喧嘩する二人の姿を。

雨（オフ）　それでも、太陽は「ごめん」とすぐに謝って。「時々喧嘩もするけど、太陽君は優しいから、『ごめんね』ってすぐに謝ってくれるの」

＊

夕暮れの高台のベンチで、手を繋いで座る二人。

雨と太陽は、顔を見合わせ微笑んで――。

雨（オフ）「それで、一日の終わりには、並んで座って『今日も幸せだったね』って笑い合うの」

19　慶明大学付属長崎病院・病室（夜）

雨「そんなどこにでもある幸せを……バカだよね……今でもつい考えちゃうんだ……」

雪乃「間に合わないの？　今からでも」

雨「遅いよ」

雨は悲しげに笑って、

雨「願いはもう叶わないの……」

雪乃「…………」

20　長崎市役所・外観（日替わり・一月二十九日）

21　同・地域振興課※以下、カットバックで

　　司がぼんやりしていると、傍らのスマホが鳴った。
　　着信は雨からだ。

司「もしもし？」
雨「お仕事中にごめんなさい。もしご存じなら、紹介してほしいことがあって」
司「紹介？」
雨「施設を探してるんです」
司「施設って、どんな？」
雨「身体が動かなくなったときに入る施設です」
司「――」
雨「……」

22　逢原家・居間（時間経過）

雨「（電話で）はい、今日の二時ですね。わざわざありがとうございます。伺ってみます」
　　見守る千秋。離れて日下の姿もある。
千秋「雨ちゃん、本気なの……？」
雨「ばあちゃんはずっと一緒にいるって言ってくれたけど、難しいと思うんです。

だから、しておこうと思って」
雨は悲しく笑った。
雨「一人になっても大丈夫な準備」
日下「…………」
23　慶明大学付属長崎病院・談話室
雪乃が、談話室のソファで窓の外を見ている。
雨（回想）「願いはもう叶わないの……」
雪乃「…………」
少女の声「おばあちゃん！」
母親に連れられて、少女（S＃10の少女）が老婦人のお見舞いにやってきた。
少女の手には『アラビアンナイト』の児童書。
少女「わたし、おばあちゃんにお手紙書いてきた！」
そう言って、赤い封筒を出した。
雪乃「（その封筒を見つめて）…………」
24　朝野煙火工業・事務所
昼休憩をする職人たち。
入ってきた太陽、空席の春陽のデスクを見て、太陽「あれ？　春陽は？」

竜一「お嬢なら休みだぞ」

純「今朝、急に連絡があってな」

雄星「体調悪いのかなぁ。お見舞い行こうかな」

達夫「体調じゃなくて、探し物がどうとか言ってたけどな」

太陽「探し物？」

25　慶明大学付属長崎病院・病室

雪乃が医師の回診を受けている。

雪乃「あの、先生……」

医師「なんですか？」

雪乃「あと一年……いえ、半年でいいんです……なんとか長生き、できないでしょうか」

雪乃はベッドの上で膝を正すと、

雪乃「どんな治療でもします。抗がん剤でもなんでもします。苦しくても構いません。だからどうか、どうか、もう少しだけ永く生きさせてください」

医師「お気持ちは分かります。しかし……」

雪乃「（やるせなく）……………」

ノックの音――入ってきたのは、司だった。

司「（会釈で）…………」

雪乃「…………」

26 逢原家・近くの道

雨が浮かない顔で歩いている――と、

雨「……春陽ちゃん？」

向こうから春陽がやってくるのを見つけた。

春陽の顔や服は泥や枯葉で汚れている。

雨「どうしたの？　そんなに汚れて……」

春陽「雨ちゃんに渡したいものがあって……」

春陽はそう言うと、ポケットからあるものを出した。

土と枯葉で汚れた指輪のケースだ。

春陽「これ、雨ちゃんが高校卒業するときに買ったって。すごく気に入ってたみたいだから」

春陽が蓋を開くと、そこにはあの指輪が。

雨「――――」

春陽「おにい言ってた。これをはめてる雨ちゃんを見て思ったたって。この子の〝指輪の精〟になれたらな……って」

雨「指輪の精？」

27（回想）鍋冠山公園・展望台（夕・S#13続いて）

春　陽「――でもさ、『アラビアンナイト』って、ランプの精の方が有名だよね？」

太　陽「ランプの精は悪い奴に使われて、裏切ったりもするけど、指輪の精はいつもアラジンの味方で、どんな願いも叶えてくれるんだってさ」

太陽は指輪をケースから出した。

太　陽「だから俺も、雨ちゃんに悲しいことがあったら、指輪を擦《こす》ってもらって、もくもくもくって現れて元気づけたいな……って、バカみたいだけど、本気でそう思ったんだ」

太陽は、指輪を見つめて悲しげに、

太　陽「そんなふうに、俺が幸せにしたかったな……」

28（回想戻り）逢原家・近くの道

雨「………」

春　陽「ありがとね、雨ちゃん」

雨「？」

春　陽「わたし、雨ちゃんにめちゃめちゃ感謝してるの。あのへっぽこで、ポンコツで、根暗で、根性なしのおにいが、花火師として十年間頑張ってこられたのは、全部全部、雨ちゃんのおかげだから」

雨　「………」

春陽「若干キモいけど、この指輪もらってあげてよ。抽斗の一番奥にしまっておくだけでもいいからさ。成仏させてやって、おにいの青春」

指輪を差し出す春陽。しかし雨は受け取れず、

雨　「………」

するとと春陽は、雨の手にケースを握らせた。

そして、悲しげに微笑んで、

春陽「……バイバイ!」

背を向けて去ってゆく春陽。

雨は手の中の指輪のケースを見つめて、

雨　「………」

29　慶明大学付属長崎病院・病室

司　「──聞いたんですね。五感のこと」

雪乃「(頷き)………」

雪乃はやるせなさで表情を崩した。

司　「……僕にできることはないでしょうか?」

雪乃「え?」

司　「介護するのは無理かもしれないけど、ヘルパーの手配だったり、優秀な医者を

　　　探したり、なんでもいいんです」
雪乃「あの子はきっと望まないわ。司君にも太陽君にも、誰にも迷惑をかけたくない
　　　と思ってるから」
司「でも、僕は——」
　　司は奥歯を噛んだ。
司「彼女の力になりたいんです」
雪乃「……だったら、ひとつ頼まれてくれる？」
　　雪乃は床頭台から自宅の鍵を出した。
雪乃「あの子の一番の願い、叶えてあげたいの」
　　司は、その真意を理解した。
雪乃「だけどこれは、あなたにとってはすごく辛いこと。それでもいい？」
　　司は、その鍵を受け取って、
司「構いません。雨ちゃんが幸せになるなら」

30　道～介護支援施設『ながさき心の里』・前
　　スマホの地図を頼りに坂を上ってきた雨が、清潔な雰囲気の施設の前で立ち
　　止まった。そこには、『ながさき心の里』の看板。
雨「………」

31　逢原家・居間
　スマホを耳に当てて、司が入ってきた。

司「(電話で)雪乃さん、今着きました。雨ちゃんは出かけています。え？　本棚ですか？」

　と、部屋の隅の小さな本棚の下の段を見る。

司「ありました……」

　引っ張り出したのは、古びた『アラビアンナイト』の児童書。

　そして司は、表紙を開き、そこに挟んであった〝あるもの〟を見て……。

32　介護支援施設『ながさき心の里』・リビングルーム
　職員に連れられて入ってきた雨。
職員「ご存じかもしれませんが、ここでは日常生活にサポートが必要な方々が暮らしていらっしゃいます」
雨「…………」
　沈んだ表情の雨。そんな彼女を見つめる日下。
日下「…………」
　千秋、日下が気になって、
千秋「どうしました？」

日下「いえ、なんでも……」
千秋「……?」
職員「——それで逢原さん。今回、入所を希望されておられるのは……?」
雨は少し躊躇いつつも、
雨「わたしです」
職員「え? でも……」
雨「今はまだ平気なんです。けど、あと二ヶ月もしたら……ううん、早ければ三週間後——」
雨は悲しげに笑って、
雨「一人じゃなにもできなくなるから……」
日下「…………」

33 朝野煙火工業・事務所
打ち上げ筒の手入れをしている太陽——そこに、
雄星「ピーカンさん、お客さんですよ」
太陽「客……?」

34 同・門の前
太陽が出てくると、そこには司の姿が。

太陽「――」
司「すみません、突然。話があって」
太陽「…………」
35　介護支援施設『ながさき心の里』・庭
　ぼんやりと座る雨に、千秋が心配そうに、
千秋「雨ちゃん……？」
雨「思ったんです。強くならなきゃって……でも――」
　雨の表情がみるみる崩れてゆく。
雨「一人になるの、やっぱり怖くて……」
千秋「…………」
雨「ばあちゃんがいなくなって……太陽君にも逢えなくて……声も、景色も、味も、匂いも、感触も、なんにも分からなくなるって考えたら……すごく怖くて……」
　千秋は悔しげに拳を握っている。
日下「…………」
36　朝野煙火工業・貯水槽近くのベンチ
　並んで座る太陽と司。
司「話っていうのは、雨ちゃんのことなんです」

太陽「え……？」
　言い淀む司。太陽はその様子を見て察し、
太陽「安心してください。太陽はもう逢いませんから。雨ちゃん、司さんのこと大事に考えてますよ。だからなんの心配も――」
司「僕は彼女と付き合っていません」
太陽「――」
司「それに、雨ちゃんは僕のことなんて好きじゃない」
太陽「⁉……なら、どうして？」
司「病気なんです」
太陽「病気……？」
司「五感を失うものらしい」
太陽「待ってください！　なんですか、五感って⁉　なんて病気なんですか⁉」
司「病名までは分かりません。でも――」
太陽「……？」
司「今はもう、味覚も嗅覚もないみたいで」
太陽「――」

×　×　×

※フラッシュ・回想（第二話S＃66）
　マカロンを齧った雨――。

雨「甘くて美味しいなぁって……」
　その拍子に涙がまたこぼれた。

雨「自画自賛して泣いちゃったよ」

×　×　×

司「近い将来、視覚も、聴覚も、触覚も失うって……そう言っていました」

太陽「（呆然と）………」

司「だから嘘をついたんです。太陽君のことが好きなのに、邪魔にならないように君の前からいなくなろうとした」

太陽「――」

司「でも本当は、君の花火が見たいんです……」

×　×　×

※フラッシュ・回想（第四話S＃48）

雨「太陽君にはきっと、わたしなんかよりふさわしい人がいるよ。あなたの花火を見て心から笑ってくれる女の子が」

×　×　×

司「雨ちゃんは今、苦しんでる。たった一人で病気の恐怖と闘っている」
　太陽は両手で顔を覆った。

司「本音を言えば、こんなことを頼むのは悔しい。でも君にしか頼めない。太陽君しかいないんです」

　司は、太陽の肩を摑《つか》んだ。
司「雨ちゃんの願いを叶えてあげてください」
太陽「（顔を上げ）……願い？」
司「雪乃さんが、これを……」
　と、差し出したもの――それは『アラビアンナイト』の児童書。
　受け取る太陽、しかし怪訝な表情で。
司「開いてみて」
　太陽が表紙をめくると、そこにはセロハンテープで繫がれた赤い封筒が挟まっていた。
太陽「……？」
司「雨ちゃんが高校を卒業するときに君のために書いた手紙です。最近ゴミ箱に捨ててあったものを雪乃さんが拾って、挟んでおいたらしくて」

37（回想）逢原家・雨の部屋（第四話S＃31A続いて）
　雨の部屋でなにかを見つけた雪乃。
　それは、赤い封筒の手紙だった。

38（回想戻り）朝野煙火工業・貯水槽近くのベンチ
　太陽は、その手紙を手に取って――。

雨N「――朝野太陽さま」

39　介護支援施設『ながさき心の里』・娯楽室

娯楽室で過ごしている利用者たちの姿。
その中で、ぽつんと一人、立っている雨がいる。

雨N「誰かに手紙を書くのって初めてだから、今すごく緊張しています。まずは、お礼を伝えさせてください」

40　雨の想い出

※第一話S#6（赤い傘の想い出）
太陽は、赤い折りたたみ傘を彼女に見せて、

太陽「あのさ、もしよかったら、入らない……？」

雨「…………」

雨N「太陽君、わたしと出逢ってくれて、ありがとう……」

×　×

※第三話S#22（夕陽の想い出）

太陽「どうしたの？　笑って」

雨「なんでもないよ」
彼に隠れてこっそり後ろを振り返ると、二人の影は、まるで手を繋いでいる

雨N「あなたがいたから、すごく幸せな高校生活でした」

ようで……。

××

※第二話S#28（マカロンの想い出）

二人は、同時にマカロンを齧った。

雨「甘くて美味しい」

太陽「美味しいね」

雨「ありがとう、太陽君。頑張れそうな気がするよ」

雨N「あなたがいたから、夢への一歩を踏み出せました」

41 朝野煙火工業・貯水槽近くのベンチ

太陽が雨からの手紙を読んでいる。

雨N「十年後の約束も、絶対絶対、絶対叶えたいって、そう思えました」

42 介護支援施設『ながさき心の里』・娯楽室

雨が窓辺に置かれた車椅子を見つめる。

雨N「ねぇ、太陽君……。わたしたち、これからどんな未来が待ってるのかな」

雨はそっと目を閉じて、未来の自分を想像した。

43　雨のイメージ

窓辺に座り、なにも見えず、なにも聞こえず、職員に肩を叩かれても、声をかけられても、気づけない。抜け殻のような自分がそこにいる。

雨N「きっと、幸せな未来だよね」

雨の周りには誰もいない。
笑顔もなく、一人ぼっちだ。

雨N「いつも笑っていられるような、そんな素敵な未来が待ってるはずだよね」

44　介護支援施設『ながさき心の里』・娯楽室

雨は、たまらず背を向け、肩を震わせた。
涙がこぼれて止まらない。

雨N「今から自分の未来にワクワクしてるの」

雨は両手で顔を覆って涙した。

雨N「そんなふうに思えて、わたしはうんと幸せです」

45　朝野煙火工業・貯水槽近くのベンチ

手紙を読み進める太陽。

雨N「だからね、こんな気持ちをくれた太陽君のことが……わたしは好きです。大好きです」

太陽の目から涙が落ちて便箋を濡らした。

雨N「太陽君……いつも特別扱いしてくれて、ありがとう」

太陽「…………」

× × ×

※フラッシュ・回想（第四話S#47）

観覧車で司の好きなところを話す雨の姿。

雨N「雨なんて変な名前で、ちっとも冴えないわたしのことを、たくさん褒めて、励まして、ちょっと恥ずかしいことも、大袈裟なことも、なんでも素直に言ってくれて、ありがとう。そんな人、今まで一人もいなかったから――」

× × ×

太陽は、あのときの雨の言葉が自分に宛てたものだと知った。

だから余計に涙が止まらなくなった。

雨N「お姫様になれたみたいで嬉しかった」

太陽「…………」

46 バス停

雨が帰りのバスを待っている。

その手には指輪のケース。

開いて中を見てしまう。

指輪を手にして、嬉しそうに微笑む雨。

雨Ｎ「もしよかったら、十年後も、二十年後も、もっともっとその先も……生まれ変わってもまたわたしになるから、欲張りだけど、そのときも――」

雨は、指輪を左の薬指にゆっくり運んだ――。

雨Ｎ「あなたの隣に、いさせてください」

しかし、その手を止めた。

はめてはダメだ……と、ケースに戻して、コートのポケットにしまった。

雨「………」

47 朝野煙火工業・貯水槽近くのベンチ

手紙を読み終わった太陽。その胸に、父の言葉が木霊《こだま》した。

×　×　×

※フラッシュ・回想（Ｓ＃5）

陽平「もしもお前の好きな子が、一人で泣いて悲しんでいたら、そのときは、なにをおいてでも駆けつけてやれ」

×　×　×

太陽は立ち上がった。

太陽「司さん、お願いがあります」

司「………」

48　バス停

俯きながらバスを待っている雨。
すると、スマホが鳴った。司からの着信だ。

雨「……もしもし」
司の声「雨ちゃん？　今から会えないかな」
雨「ごめんなさい、今は……」
司の声「大事な用事なんだ。頼むよ」
雨「…………」

49　長崎駅近く・歩道橋の上

やってきた雨が辺りを見回し、司を探す。
しかし彼の姿はない。スマホを取り出し連絡を――、

太陽の声「雨ちゃん‼」
雨「――――」
驚いて振り返ると、太陽が歩道橋の階段を駆け上がってきた。
その姿に呆然とする雨。
太陽は息を切らしながら、雨の前までやってきた。
雨「どうして……」

太陽「司さんに頼んだんだ。雨ちゃんを呼び出してほしいって。俺が電話しても出ないと思って」
雨「…………」
太陽「どうしても逢いたくて、それで……」
雨は、ぎゅっと手を握ると、
雨「しつこいよ……」
太陽「…………」
雨「わたしは司さんと付き合ってるの！　だから二度とこんなことしないで！　わたしはもう……もう……太陽君に逢わないって決めたの！　だから――」
太陽「もういいから!!」
雨「…………」
太陽「司さんに聞いたよ。五感のこと」
雨「――――」
太陽「雪乃さんから手紙ももらったんだ。雨ちゃんが高校生のときに書いた手紙」
雨は驚きで表情を強《こわ》ばらせたが、みるみる崩れて、
雨「だったら……だったら尚更逢いに来ないでよ……」
太陽「…………」
雨「逢ったらもっと苦しくなるから……」
太陽「…………」

雨「一緒にいたくなっちゃうから……だから……だからもう逢いに来ないで!!」
雨はそう叫ぶと、歩道橋の階段を駆け下り、停車中の路線バスに飛び乗った。
それと同時にドアが閉まる。出島方面へと走り出すバス。
太陽は拳を強く握った。
そして、地面を蹴って走り出した。
歩道橋を駆け下りて、路線バスを追いかける。

50 路線バス・車内

人がまばらな車内で、雨が座って俯いている。
千秋「雨ちゃん……」
その声に顔を上げると、千秋は窓の外を見ていた。
ハッとして車窓を見ると、追いかけてくる太陽の姿。
懸命に走る彼に、雨は大粒の涙を溢れさせた。
雨「どうして……」

51 国道沿いの歩道

太陽は走った。息が上がっても、足がもつれても、必死に走った。
その胸にあの日の記憶が蘇った。
×　×　×

※フラッシュ・回想（第一話S＃36）
赤い傘を追いかけたとき、太陽は諦めてしまった。
×　×　×
だから、今度こそ諦めずに走り続けた。
×　×　×
※フラッシュ・回想（第一話S＃79）
太陽「だからもう諦めない。自分の目を言い訳にしたりしない。何年かかっても、君の心に俺の花火を届けてみせるよ」
×　×　×
太陽は転んでしまう。それでも立ち上がった。
顔を歪め、荒い呼吸で走ってゆく。
大きな交差点。太陽は車道に飛び出す——が、クラクションの音が響いた。
太陽は道を渡れず、
太陽「（焦り）…………」

52　路線バス・車内
そんな太陽のことを見ている雨。
道路を渡れず立ち往生する彼が小さくなってゆく。
雨は見ていられず、席に戻って両手で顔を覆った。

　バスが『大波止通り停留所』に着いた。
　人々が下りてゆく。客はほとんどいなくなった。
　雨は、開かれたドアに目をやる。
　降りたい……しかし、目を背けた。そのとき、
千　秋「いいの？」
　千秋を見ると、彼女も目に涙を溜めていた。
千　秋「本当にいいの？」
日　下「…………」
千　秋「雨ちゃん」
　雨は俯き、首を振り、涙で肩を震わせた。
雨　「…………」
　バスが停留所を発車した。

53　国道沿いの歩道

　太陽が必死に走っている。
　バスは遠い。それでも諦めずに走り続ける。

54　路線バス・車内

　走るバスの車内で、雨は声を殺して泣いている。

日　下「………」

　その胸に、かつての記憶が瞬間的によぎった。

×　×　×

　靄《もや》がかった記憶の中、声だけが聞こえる。

男の声「本当にいいんだね？」

日下の声「はい。後悔はしません」

×　×　×

　バスが『出島停留所』に着いた。

　日下は、雨に向かって一歩を踏み出す。そして、

日　下「イフタフ・ヤー・シムシム……」

　雨は思わず顔を上げた。

日　下「この魔法にかけられたら、心の扉も開いてしまう」

雨「………」

日　下「素直になれる特別な呪文です」

雨「………」

日　下「あなたは今日の選択をいつか後悔するでしょう。彼のもとへ行っても、行かなくても、必ず後悔する。だったら今は、すべて魔法のせいにして——」

　日下はそっと微笑んだ。

日　下「幸せな後悔をするべきだ」

雨「………」

×　×　×

※フラッシュ・回想（S#11）

雪乃「大人になると、苦しいことや悲しいことがたくさん起こるわ。でも、雨に魔法をかけてくれる人もきっと現れる。だから、そんなときは遠慮せず――」

雪乃は、雨の手をそっと握った。

雪乃「魔法に助けてもらいなさい」

×　×　×

雨の目から涙がこぼれた。

アナウンス「ドアが閉まります。ご注意ください」

ドアが音を立てて閉まる――と、

雨「降ります!!」

雨は立ち上がった。

雨「ドアを開けてください！」

再びドアが開くと、雨はバスから駆け降りた。

55　路線バス・車内（夕）

千秋「日下さん、どうして？」

日下「彼女はこれから先、もっと辛い思いをすることでしょう。彼もきっと。しかしそれでも――」
日下は切なげな表情を浮かべて、
日下「今だけは幸せな道を選んでいい……そう思ったんです」
千秋「…………」

56 国道沿いの歩道（夕）
雨が太陽のもとへ急ぐ。
辺りは夕陽に照らされ、橙色の光に包まれている。
その輝きの中、雨は必死に走ってゆく。
雨M「もしも魔法が使えたら、どんな願いを叶えよう……」

57 同・近くの道（夕）
太陽も雨のもとへ急ぐ。
雨M「そんなの決まってる。願いはたったひとつだけ……」

58 橋の上（夕）
風情ある橋の上で雨が足を止めた。
視線の先には太陽。
フラフラになりながらやってきた彼が、雨の前で足を止めた。

太陽「雨ちゃん……」

雨は微笑み、ポケットから指輪のケースを出す。

太陽「────」

雨「春陽ちゃんが届けてくれたの」

太陽「………」

雨「ねぇ、太陽君。わたしの指輪の精になりたいって本当?」

太陽が頷くと、雨は指輪をケースから出した。

そして、虹色に輝く指輪を右の薬指にはめた。

雨「願いごと……してもいい?」

太陽「いいよ……」

雨M「でもこれは、叶っちゃいけない願いごと。それでも今は、今だけは──」

雨は、心を込めて、左手で指輪を擦った。

雨「お願い、太陽君……」

太陽「………」

雨「目が見えなくなっても」

太陽「………」

雨「耳が聞こえなくなっても」

太陽「………」

雨「味も、匂いも、感触も、全部分からなくなっても──」

雨は涙を溢れさせた。
雨「わたしのこと……好きでいて……」
太陽「…………」
雨「お願い……」
　太陽は、雨を抱きしめた。
太陽「変わらないよ」
雨「…………」
太陽「変わらないから」
雨「…………」
太陽「俺は……君が、どんな君になっても――」
　太陽は、強く強く、雨を抱きしめた。

太陽「ずっとずっと大好きだから……」

　その言葉が嬉しくて、雨は堰を切ったように泣き出した。

　太陽は、その涙ごと彼女を抱きしめた。

　夕日が染める川面の輝きの中、二人はいつまでも、いつまでも、互いの感触を確かめ合い続けた。

《第五話　終わり》

1　逢原家・外観（朝・二月二日）

2　同・階段～居間（朝）
　恐る恐る降りてきた雨が深呼吸をひとつ。
　手で髪を撫でつけて、そぉっと階段から居間の様子を――、
太陽の声「おはよう」
　驚いて顔を向けると、そこには太陽の姿が。
　和食が載ったお盆を持っている。
雨「お、おはよう……」
太陽「どうしたの？」
雨「太陽君がうちにいるの、なんだかまだ慣れなくて……」
太陽「もう三日も一緒に暮らしてるのに？」
雨「まだ三日だよ。あ、朝ご飯、ごめんね」
太陽「ううん。料理下手だから味に自信はないけど」
雨「でも嬉しい。ありがとう」
太陽「食べようか」
雨「うん……！」

3　同・居間（朝）

朝食を摂る二人。

雨は食欲がない。しかし、太陽がこちらを見ると、無理して頬張った。

雨「昨日、寒くなかった？　居間で寝させてごめんね」

太陽「全然。うちより居心地いいくらいだよ」

雨「無理して泊まらなくてもいいからね？」

太陽「ここから仕事に行ってるし平気だよ。それに、雪乃さん入院してるし、一人じゃ心細いでしょ？」

雨「それは……」

太陽「……ごめん、今の言い訳。俺がここにいたいんだ」

雨「――」

太陽「ちょっとでも雨ちゃんと一緒にいたくて……」

雨「そ、そうっすか……」

太陽「そうっすか？」

雨「太陽君が変なこと言うから動揺したの！」

太陽「ごめんごめん。そうだ、雨ちゃんにお願いがあるんだ」

雨「お願い？」

太陽は仰々しく膝を正すと、

太陽「呼び方、変えてもいい？」
雨「呼び方？」
太陽「雨って呼びたいんだ」
　雨は箸《はし》をポロリと落とした。
雨「だ、大丈夫？」
太陽「急展開過ぎて脳が停止した……」
雨「いやほら、こうして付き合いはじめたわけだしさ」
太陽「ちょ、ちょっと考えさせて。自分の名前ってまだ苦手で。呼び捨てにされるの抵抗あるっていうか……」
雨「分かった。ゆっくり考えてみて」
太陽「わたしも『太陽』みたいな素敵な名前だったら、胸を張って、いいよって言えるんだけどな」
雨「素敵かなぁ……。（と、味噌汁を啜り）うわ、しょっぱい。ごめん、無理して飲まなくていいから」
太陽「ううん、わたし味覚ないから平気だよ」
　と、平然と味噌汁を啜る雨。
雨「…………」
太陽「どうしたの？」
雨「五感をなくすって、具体的にはなんて病名なの？」

雨「⁉　病名は……」
答えに困る雨──すると、スマホが鳴った。
太陽「ごめん、アラーム。仕事行かないと」
雨「（ホッと）……」

4　同・雪乃の部屋
棚の雑巾がけをする雨、腕の時計が目に留まる。数字は今も減っている。
雨「……」
×　×　×
※フラッシュ・回想（第五話S#7）
日下「次に奪われるのは触覚──」
日下「──触覚とは、世界と、そして、誰かとの繋がりを実感するための感覚と言っても過言ではない」
×　×　×
気を取り直して掃除の続きをする──と、棚の奥に風呂敷に包まれたあるものを見つけた。怪訝に思って、手に取り開く。
それは、古いボイスレコーダーだった。
雨は思わず笑みを浮かべて、
雨「懐かしい……」

5 (回想)同・居間(夜・二〇〇六年・春)

雪乃が慌てた様子で仕事から帰ってきた。

雪　乃「ただいま、雨。すぐにご飯作るからね」
そう言って荷物を置くと、小学三年生になった雨が、トートバッグからこぼれた小箱を手に取った。

雨「これ、なあに?」

雪　乃「ボイスレコーダーよ。電器屋さんの福引きで当てたの」
と、箱の中から機器を出して操作する。

雪　乃「このボタンを押してマイクに向かって喋《しゃべ》ると——」
再生ボタンを押すと、

雪乃の声「このボタンを押してマイクに向かって喋ると——」

雨「すごい! やってみたい!」

雪　乃「はい、どうぞ(と、機器を渡す)」

雨「あーあ、わたしの名前は、逢原雨です」
再生ボタンを押すと、

雨の声「あーあ、わたしの名前は、逢原雨です」

雨「わぁ! (と、目を輝かせる)」

雪　乃「気に入った?」

雨　「うん！」
雪乃「あ、じゃあ、交換日記しようか」
雨　「交換日記？」
雪乃「ばあちゃん、仕事に行く前、ここにメッセージを入れておくわ。だから雨も帰ってきたら、今日あったこととか、聞いてほしいこととか、なんでもいいから声を入れておいて。そうやって交換日記をするの」
雨　「楽しそう！」
雪乃「よし、じゃあ明日からやってみよう」

6（回想）同・外観（日替わり）

7（回想）同・玄関
ランドセルを背負った雨が帰ってきた。

8（回想）同・居間
雨はランドセルを背負ったまま、テーブルの上のレコーダーを取る。
そして、再生ボタンを押すと、
雪乃の声「おかえり、雨。学校はどうだった？　今日はばあちゃん、美味しいよりよりを食べました」

雨「いいなぁ、ずるい！」
雪乃の声「雨の分もちゃんとあるから、おやつに食べてね」
雨「やったぁ！」
と、そこに二十六歳の雨の心の声がかかり、
雨Ｍ「ばあちゃんの声は、あったかい」
雪乃の声「雨、今日も無事に帰ってきてくれて、ありがとうね」
雨Ｍ「ばあちゃんの声に触れたら、なんだかぎゅって抱きしめられているみたいだ……」
雪乃の声「ばあちゃんは、雨が元気だと、うんと嬉しいよ」
幼い雨は頬杖《ほおづえ》をつきながら祖母の声を聞いている。
雪乃の声「じゃあ、夜まで良い子で過ごしてね」
雨「はーい」
雨はレコーダーを手にして、録音ボタンを押す。
雨「ばあちゃん、ただいま！　これからよりより食べるよ！」
楽しそうに声を吹き込む雨で——。

9　（回想戻り）同・雪乃の部屋
懐かしむまなざしをボイスレコーダーに向ける雨。
雨Ｍ「だから、このボイスレコーダーは、ばあちゃんの声は、小さなわたしの一番の宝物だった……」

そのとき、ポケットの中のスマホが鳴った。
取り出すと、画面には『慶明大学病院』の表示。

雨「（出て）もしもし！」

看護師の声「逢原雨さんでしょうか？」

雨「はい……」

看護師の声「おばあさまの容態が急変しました」
雨は呆然と立ち尽くして――。

タイトル『君が心をくれたから』
第六話『声の手ざわり』

10　慶明大学付属長崎病院・前
雨が大急ぎで正面玄関から中へと入った。

11　同・病室

雨「ばあちゃん！」
と、ドアを開けて中へ入ると、医師と看護師がベッドを取り囲んでいた。
そこには、鼻に酸素チューブをつけて、弱々しく横たわる雪乃の姿が。

雨「ばあちゃん、大丈夫⁉　しっかりして！」

雨が祖母の手を握ると、雪乃がこちらを見た。

雪乃「帰りたい……」
雨「え？」
雪乃「家に帰りたい……」
雨「――」
雪乃「お願い、雨……連れて帰って……」
雨「……」

12　朝野煙火工業・事務所

昼食を摂る花火職人たち。太陽が弁当箱の蓋を開くと、
雄星「出たぁ～！　麗《うるわ》しの愛妻弁当～！」
竜一「美味そうだなぁ、幸せモン」
純「やっぱ妻の愛情って弁当の中身と比例するよなぁ」
達夫「おい、それは、おかずが切り干し大根だけの俺に対する嫌味か？　ピーカン、お前も五十年後にはこうなるぞ」
太陽は気まずくなって春陽の近くへ。すると、
春陽「弁当でマウント取るとか最低」
太陽「違うって。これ、自分で作ったやつだから」
春陽「それに彼女ができた途端、三連泊とかマジ最低。こちとら、晩酌だけが唯一の

楽しみの、しみったれたクソジジイとの二人暮らし。マジのガチで最低よ」

太陽「だから言ったろ？　雨ちゃんのおばあさん、入院してるんだよ。心細いだろうから一緒にいるだけだって」

春陽「はんっ、どうだかね」

太陽「……あ、そうだ、父さん。いっこ訊いていい？」

陽平「しみったれたクソジジイに答えられることならな」

太陽「………。俺の名前って、父さんがつけたの？」

陽平「いや、つけたのは明日香だ。それがどうした？」

太陽「なんで太陽なんだろうって思って」

陽平「ああ……。お前は、明日香の太陽だからな」

太陽「え？」

陽平「あいつ、生まれたばかりのお前を抱っこして言ってたよ。温かくて、優しくて、太陽みたいにかけがえのない存在だって。だから太陽にしたんだ」

太陽「そうなんだ……」

　陽平は、少し寂しげに笑って、

陽平「もし明日香が生きていれば、そういうことも直接訊けたのにな……」

太陽「………」

春陽「ねぇねぇ、わたしの名前もお母さんがつけたの⁉」

陽平「お前のは俺だ。春のぽかぽか陽気の日につけたんだよ」

春陽「なにその、ぽかぽかネーム。適当みがすごいんですけど」
太陽のスマホが鳴った。雨からの電話だ。
太陽「もしもし、雨ちゃん？　どうしたの？　……え？」

13　慶明大学付属長崎病院・廊下（夕）
やってきた太陽が、病室の前に雨を見つけた。
太陽「雨ちゃん、大丈夫⁉」
雨「急に電話してごめん。ばあちゃんが帰りたいって……」
太陽「それで？　先生は？」
雨「一時外泊なら許可できるって。でも、もしなにかあっても責任は取れないって言われて……。どうしたらいいと思う？」
太陽「……帰ろう」
雨「え？」
太陽「大丈夫、俺もいるから」
力強く頷きかけると、雨はきゅっと唇を結んだ。

14　逢原家・玄関（夜）
帰宅した一同。太陽は、雪乃をおぶって部屋へと連れてゆく。
雨は不安げな表情で車椅子を片付ける。

すると、背後でインターフォンが鳴った。
扉を開けると、ビニール袋を提げた司が立っていた。

司「雪乃さんが帰ってくるって太陽君から聞いて。必要になりそうなもの買ってきたよ」

雨「わざわざすみません……」

司「大丈夫？　雨ちゃん」

雨「（曖昧に笑って）………」

15 同・雪乃の部屋（夜）

部屋に入ってきた司、太陽に目で挨拶をする。
雪乃はベッドに横たわっている。

雪乃「二人とも、迷惑かけてごめんなさいね」
首を振る太陽と司。

雪乃「でも、最期に帰ってこられてよかった」

司「最期だなんてやめてください」

雪乃「きっとこれが最期だわ。あと何日もつかどうか」

太陽・司「………」

雪乃「だからってわけじゃないけど、ひとつお願いがあるの」

太陽・司「？」

16　同・近くの道（夜）

太陽と司が歩いている。

司　「雪乃さんのお願い、どうします？」
太陽「明日、俺が」
司　「それがいいと思います。あ、それから、雨ちゃんの病気のこと、なにか分かりましたか？」
太陽「病名を訊いてみたんですけど、言いたくなさそうで……」
司　「そっか……。友人に医者がいるので訊いてみますよ」
太陽「ありがとうございます。なにからなにまで」
司　「いいえ。でも、どうして言いたくないんだろう？」
太陽「…………」

17　同・雪乃の部屋（夜）

雨と雪乃が寄り添っている。

雨　「今日ね、ばあちゃんの部屋を掃除してたら、これを見つけたの」
と、ボイスレコーダーを雪乃に見せた。
雪乃「ああ、懐かしい。すっかり忘れてた」
雨　「わたし、ばあちゃんの声を聴くの毎日楽しみだったな。嫌なことがあっても、

　　　聴いたらいつでも元気になれたよ。立ち直れた。ばあちゃんの声の力で」
雪　乃「…………」
雨　「だけど最後は、わたしが投げ出しちゃったね……」
　　　雨は、降り出した窓の外の雨滴《あましだり》を見て――。

18　（回想）小学校・教室
　　　大粒の雨滴が窓を叩いている。
男子小学生1「おい、雨降ってんだけど！　逢原のせいだぞ！」
　　　小学六年生の雨が、自席で一人、俯いている。
男子小学生2「でもさぁ、雨ってほんと変な名前だな！」
　　　ゲラゲラ笑う男子たち。
男子小学生3「あいつのこと、これから『ザー子』って呼ぼうぜ！」
男子小学生1「ザーザー降りのザー子！　ぴったりじゃん！」
雨　「（悔しくて）…………」

19　（回想）逢原家・居間
　　　帰宅した雨がランドセルを床に叩きつける――と、テーブルにぶつかってレコーダーが床に落ちた。雨は、レコーダーを拾って、再生ボタンを押す。
雪乃の声「おかえり、雨」

雨「（笑顔になって）…………」

雪乃の声「学校はどうだった？」

雨「（その笑みが消え）…………」

雪乃の声「今日は雨の日ね」

雨「…………」

雪乃の声「ばあちゃん、雨って大好き。しとしと降る雨もあれば、わーっと降る雨もある。見ててちっとも飽きないから」

雨「…………」

雪乃の声「だからあなたも、ほんのちょっとでいい。雨を、自分の名前を、好きになってくれたら嬉しいな……」

雨はレコーダーを強く握った。

雪乃の声「もしかしたら、あなたのお母さんは、窓の外に降る雨を見て、あなたの名前を――」

雨は、怒りにまかせて窓を開け、レコーダーを庭へと投げた。

雨が降る中、低木の木陰に転がるレコーダー。

20（回想）同・雨の部屋（夜）

暗い部屋で雨が膝を抱えている。

ノックの音がして、雪乃がドアから顔を覗かせた。

雪乃「ねぇ、庭にレコーダー落ちてたけど、どうしたの？」
雨「もういい……交換日記なんてしない……」
雪乃「なにかあった？」
雨「わたしは雨なんて大嫌い！　自分の名前も大嫌い！」
雪乃「……」
雨「どうしてお母さんが、雨ってつけたかなんて、どうでもいい！　知りたくない！　どうせいい加減な気持ちでつけたに決まってるもん！」
　雪乃は、悲しげにレコーダーを見つめて……。

21（回想戻り）同・雪乃の部屋（夜）
　雨は、悲しげにレコーダーを見つめて……。
雨（先行して）「──人って、死んだらどうなるんですか？」

22　同・居間（夜）
　雨が日下と千秋に、そう訊ねた。
日下「我々は奇跡を見届けることが役目です。だから死後のことは詳しくは知りません。唯一知っているのは、人は死んだら、ほんのわずかな時間だけ雨を降らすことができる──それだけです」
雨「雨を……？」

千　秋「強い雨じゃなくて、優しい雨を。雨に心を込めて、大切な人に想いを届けるの」
雨　「…………」
日　下「しかし最も重要なのは、生きている間に心を分け合うことです。死にゆく者は言葉や想いを直接残し、見送る者は精一杯尽くしてあげる。お互い、後悔を残さぬように」
　日下は、雨に向き直り、
日　下「逢原雨さん。あなたは死にゆくおばあさまのために、最期になにをしてあげたいですか？」
雨　「最期に……」

23　とある病院・廊下（日替わり・朝・二月三日）
　太陽が看護師と共に廊下を歩いてくる。
看護師「逢原雪乃さんからお電話で同意は頂いていますので、特に手続きは不要です」
太　陽「…………」
　看護師は、ある病室の前で立ち止まり、
看護師「（ノックをして）入りますよー」
　ドアが開くと、太陽はそこにいた人物に、
太　陽「（頭を下げて）…………」

24　逢原家・雪乃の部屋

雨が雪乃に、おかゆを食べさせている。

雨「味薄くない？　味覚がないから味見ができなくて」

雪乃「ばあちゃんにはちょうど良いわ」

雨「ごめんね。もっと美味しく作れたらよかったのに……」

雪乃「………」

そのとき、インターフォンの音が響いた。

雨「あ、太陽君かな！」

と、部屋を出て行った。

雪乃「………」

25　同・玄関

雨が玄関の扉を開ける――と、

雨「!?」

そこに立っていたのは、母・霞美だった。

霞美「久しぶり、雨……」

雨「………」

雨が戸惑っていると、霞美の背後から太陽が現れた。

雨「太陽君、どうして……?」
雪乃の声「わたしが頼んだの」
弱々しい足取りで雪乃がやってきた。
雪　乃「霞美の主治医の先生に相談したら、外泊してもいいって。もうすぐ退院できそうなのよね?」
霞　美「……うん」
雪　乃「よかった……。じゃあ、ひと息入れたら出かけましょ」
雨「出かけるって、なにしに?」
雪　乃「家族旅行」
雨「え?」
雪　乃「最初で最後の、家族旅行よ」
雨「………」

26　海をゆくフェリー

27　同・客室
シートに座る雨と太陽、雪乃、霞美。ふと、雨は霞美と目が合った——が、そそくさと逃げるように客室を出て行ってしまう。
霞　美「………」

太陽「(そんな二人を見つめて)……………」

28 同・甲板

雨がベンチに座り、ぼんやりと海を見ている。

太陽「(来て) なにも言わずにお母さんのこと連れてきて、ごめん。昨日、雪乃さんに頼まれたんだ」

雨「ばあちゃんに?」

太陽「うん……」

29 (回想) 逢原家・雪乃の部屋 (夜・S#15続いて)

雪乃「だからってわけじゃないけど、ひとつお願いがあるの」

太陽・司「?」

雪乃「霞美を――雨の母親を、病院に迎えに行ってほしいの。外泊の手続きは済ませてあるわ。わたしの病気のことも伝えてある。雨と霞美を、どうしても仲直りさせたいの」

太陽・司「………」

雪乃「わたしが最期にできることは、あの二人を、もう一度親子に戻してあげることだから」

30　（回想戻り）フェリー・甲板

雨「無理だよ、そんなの……」
太陽「………」
雨「お母さんとまた親子に戻るなんて無理。だって、あんなことされて……」

×　×　×

※フラッシュ・回想（第一話S＃42）

霞美「夢も男も全部ダメになった！　あんたのせいで人生台無しよ！」
吸り泣く雨。霞美はその泣き声に苛立ち、舌打ち。
果物ナイフをテーブルに見つけた。
ナイフを手に迫る母。雨は怯えて後ずさり、
雨「ごめんなさい……許して……お母さん……」
霞美「あんたなんていらない。必要ない……」

×　×　×

雨「自信ないよ……」
俯きがちの雨を見て、太陽は、
太陽「それでも俺は、お母さんと向き合ってほしい」
雨「どうして？」
太陽「だって、雨ちゃんのお母さんはまだ生きてるから」

雨「──────」
太陽「俺の母さんは、俺が物心つく前に死んじゃったからさ。伝えたいことがあっても、もうなにも伝えられない。でも、雨ちゃんは違う。ありがとうも、ごめんねも、まだ伝え合えるよ」
雨「………」

31　同・客室

霞美は、その顔を俯かせ、
霞美「無理だよ、やっぱり……」
雪乃「………」
霞美「あんなことしておいて、今更母親に戻るなんて……」
雪乃「許すかどうかは、雨が決めることよ」
霞美「………」
雪乃「それより大事なのは、霞美がどうしたいかだわ。あなたの気持ちは？」
霞美「わたしは……」
霞美は、腿《もも》の上の両手を握って、
霞美「戻りたい……」
雪乃「………」
霞美「戻れることなら……あの子の母親に……」

雪乃「………」
霞美「もう一度、お母さんって呼んでもらいたい……」
雪乃は、娘の手にその手を重ねた。
雪乃「だったら頑張ろう」
霞美「お母さん……」
雪乃「前にも言ったはずよ。あなたは独りじゃない。お母さんがついてるって」
そして、力強いまなざしで、
雪乃「だからしっかり向き合いなさい。雨と、自分自身と」
霞美「………」

32 同・駐車場・レンタカーの車内

レンタカーに乗り込んだ一同。
太陽は、トランクに車椅子をしまって運転席に座った。
雨「太陽君、運転できるの……？」
太陽「(不安げに) ペーパードライバーだけどね」
霞美「なら、わたしが運転しようか？」
雨「――――」
霞美「免許持ってるし、今は薬も効いてるから。眠くならないやつ。だから、いざとなれば……！」

れを繰り返して、先に木の枝に辿り着いた方が勝ち。高校生のとき、彼が教えてくれたゲームなの」

そう言って、雨は太陽を見た。

太陽「………」

雨「(母に) 今から色々質問する。だからそっちも遠慮せずになんでも訊いて。いい？」

霞美「わ、分かった……」

雨「じゃあいくよ。じゃんけんぽん！」

勝ったのは雨だ。彼女は一歩前へ進んで、

雨「わたしのお父さんってどんな人？　連絡取ってるの？」

霞美「女優を目指してたときの役者仲間で……。でも、あなたができて、もうそれっきり……」

雨「そっか。じゃあ、次。じゃんけんぽん！」

勝ったのは霞美だ。一歩進んで、

霞美「雨の……好きな色は？」

雨「白かな」

霞美「……わ、わたしも。わたしも白なの……」

雨「そう。次ね。じゃんけんぽん！」

＊

　二人を見つめる雪乃が、ぽそりと、
雪乃「雨は、生きてゆけるかしら……」
太陽「…………」
雪乃「これからあの子は辛い思いをたくさんする」
　雪乃は、じゃんけんをする孫娘を見つめて、
雪乃「それでも、強く生きてくれるかしら……」
　そして、太陽を見て、
雪乃「あなたにはたくさん迷惑かけちゃうわね……。だから、あの子とずっと一緒にいてあげてなんて言えない。あなたは、あなたの人生を生きてね……」
太陽「…………」

＊

雨「──じゃんけんぽん！」
　勝った霞美が前へ進んだ。あと一歩でゴールだ。
霞美「夢の話、聞かせてほしいな……。パティシエになる夢、今も頑張ってる？」
雨「諦めた」
霞美「え？」
雨「わたし、病気だから」
霞美「────」
雨「もうすぐ五感を失うの。味覚も嗅覚も、もうないの」

霞美「五感を……」
雨「だからパティシエにはなれない。諦めたの」
霞美はショックで俯き、
霞美「ごめんなさい……なにも知らなかった……」
雨「謝らないでよ。ほら、次。じゃんけん」
霞美「でも……」
霞美は涙を溢れさせ、
霞美「母親らしいこと、なにもできてない……だから……」
雨「泣かないでよ！」
霞美「――」
雨「泣きたいのはわたしなんだから！　分かった気になって泣かないで！」
霞美「……」
雨「じゃあ、次。じゃんけんぽん！」
勝ったのは霞美だ。彼女はゴールに辿り着いた。
雨「最後になにか質問して」
霞美「雨は……」
霞美は、スカートを握りしめ、
霞美「お母さんのこと、恨んでるよね……」
雨「……」

霞美「今もまだ、憎んでるよね……」
雨「……当たり前じゃん……」
霞美「……」
雨「そんなの当たり前じゃん！」
霞美「……」
雨「恨んでるよ！　あんな酷いことされたんだもん！　怒鳴って、殴って、必要ないって言うくらいなら、どうしてわたしのこと産んだりしたのよ!?」
霞美「ごめんなさい……」
雨「だから泣くなって言ってるでしょ！　わたしの方が辛いのに……ずっとずっと辛かったのに……泣いて許されようとしないでよ!!」
霞美「ごめんなさい……」
雨「あんたなんて大嫌い！　自分勝手で、いい加減で、無責任で、ほんと大嫌い!!」
霞美「ごめんなさい……」
雨「最低だよ！」
霞美「……」
雨「最低な母親だよ!!」
雨は涙を溢れさせ、
雨「でも……」
霞美「（顔を上げ）？」

雨「最低だけど……心からは嫌いになれなかった……」
霞美「――――」
雨「何度も何度も嫌おうとした……憎もうとした……だけど……どうしても思い出しちゃうの……子供の頃、お菓子を褒めてくれたこと……」

×　×　×

※フラッシュ・回想（第二話S＃11）
雨が作ったカップホットケーキを一口食べて、
霞美「うまい！　雨には、お菓子作りの才能あるよ！」
雨「才能？」

×　×　×

雨「楽しかったときのこと……」

×　×　×

※フラッシュ・回想（第二話S＃11）
霞美「神様がくれた贈り物。才能がある人は、その力でたくさんの人を幸せにしないといけないの」
雨「じゃあわたし、お母さんをたくさん幸せにする！」

×　×　×

雨「だから余計に辛かった……嫌いになりきれなくて、ずっとずっと苦しかった……」
霞美「雨……」

雨　美「じゃんけん勝ってないけど、いっこだけ訊いていい？」

霞　美「？」

雨　美「どうしてわたしに雨ってつけたの……？」

霞　美「――――」

雨　美「こんな最低な名前……どうして……？」

霞美は、娘を真っ直ぐ見つめて、

霞　美「あなたを産んだとき不安だったの。誰にも頼れなくて、一人で育てられるかずっと不安だった。産まれてすぐのあなたを抱っこしても、泣かれて、嫌がられて、自信もなくなって。でもね、そんなとき、雨が降ったの」

雨　美「雨が……？」

霞　美「そしたらあなた、嬉しそうに笑ってくれた気がしたの。その顔を見て思ったんだ。もしかしたら、雨がこの子をあやしてくれたのかもって。だから雨って名前をつけたの」

霞美は、母親らしい笑みを浮かべて、

霞　美「雨が、あなたを笑顔にしてくれますようにって願って」

雨　美「…………」

霞　美「でも、そのことがあなたを苦しめちゃったね……。ごめんね。こんな名前しかつけてあげられない母親で……」

雨　美「…………」

霞　美「あなたを傷つけることしかできない、ダメなお母さんで……本当にごめんね……」

＊

太陽は、波打ち際の二人を見つめて、

太　陽「雨ちゃんは、強くなろうとしてます。だから大丈夫です。きっと強く生きてゆけます。だって――」

太陽は、雪乃に笑いかけ、

太　陽「雪乃さんの孫だから」

雪　乃「…………」

太　陽「それでも挫けそうになったら、俺が彼女を支えます。一緒にいます。ずっと一緒に」

雪　乃「…………」

太　陽「それで雨ちゃんの幸せを願います。雪乃さんの分まで」

太陽は、決意のまなざしで、

太　陽「襷《たすき》、俺がちゃんと受け取りますから」

雪　乃「……ありがとう、太陽君……」

35　山道をゆくレンタカー

36　灯台に続く道

車を降りてしばらくゆくと、階段にぶつかる。

太陽「階段か……俺、おんぶします」

雨「待って、太陽君」

と、遮ると、雨は祖母に視線を合わせ、

雨「わたしが支える。だから、歩こ」

そして、雨は霞美を見て、

雨「お母さん……」

霞美「――」

雨「手伝って」

霞美「……いいの？」

雨「うん。手、貸してほしい」

霞美「分かった……！」

雪乃は、嬉しそうに微笑んで、

雪乃「じゃあ、みんなで歩こう。家族で一緒に」

37 灯台を望む高台

辿り着いた一同が、灯台を眺めている。

雪乃「ここね、わたしがプロポーズしてもらった場所なの」

雨「おじいちゃんに？」

霞　美「どんなプロポーズだったの？」
雪　乃「簡単な言葉よ。ただ『結婚しよう』って」
霞　美「お父さんらしい」
雪　乃「でもね、こうも言ってくれたわ」
　　雪乃は、目を三日月のように細めて、
雪　乃「俺と結婚したら、きっと良い人生になるぞ……って。昔の九州男児の上から目線の言葉よね。そのくせあの人、すぐに死んじゃうんだもの。でも——」
　　雪乃は、満足げに笑って、
雪　乃「良い人生だった……」
雨「…………」
雪　乃「本当に本当に、良い人生だった」
太　陽「…………」
雪　乃「霞美が産まれて——」
霞　美「…………」
雪　乃「雨と出逢えて——」
雨「…………」
雪　乃「こんなに素晴らしい人生、他にないわ」
　　雪乃は両手を繋いだ二人の手を握り、
雪　乃「全部あなたたちのおかげ。ありがとう、二人とも……」

雨・霞美「……」

38　フェリー・客室（夕）

疲れて眠っている雨と太陽。その隣の雪乃と霞美。
雪乃は、弱々しい声で、

雪乃「霞美に伝えたいことがあるの……」
霞美「なに？」
雪乃「今から言うことは、お母さんからの遺言」
霞美「やめてよ、そんな」
雪乃「いいから。少し厳しいことを言うけど、ちゃんと聞いて」
霞美「うん……」
雪乃「霞美――」
霞美「……」
雪乃「自分のことを、愛しなさい」
霞美「――」
雪乃「それが人生で一番難しいこと。でも、あなたはこの世界でたった一人なの。代わりなんていないの。だから、ちゃんと愛してあげなさい」
霞美「お母さん……」
雪乃「今日までずっと頑張ってきたんだもの。嫌なことも、悲しいことも、たくさん霞美「乗り越えて生きてきたんだもの。少しは認めてあげなきゃ可哀想よ」
雪乃「ほんのちょっとでいい。自分を愛して……。それで——」
雪乃は願いを込めるように、娘の手を握った。
雪乃「今度こそ、雨のお母さんになってあげてね」
霞美は何度も何度も頷きながら涙をこぼした。
雪乃は、優しい笑顔で娘を見つめて。
そして、その笑顔が遺影になった——。

39　逢原家・居間（日替わり・二月十日）

雪乃の遺影と骨壺《こつつぼ》が小さな祭壇に並んでいる。
喪服姿の雨の姿。太陽と司もいる。
雨はスマホで母と電話をしている。
雨「今日、無事に火葬を済ませたから。うん、大丈夫。お母さん、泣かないで。また今度お見舞いに行くから」
と、電話を切ると、
太陽「雪乃さん、きっと喜んでるね。雨ちゃんとお母さんがまた親子に戻れて」
雨「まだまだ会話はぎこちないけどね」
司「それでも、これ以上のおばあちゃん孝行はないよ」

雨「そうかな……」

司「……実は雪乃さんから、預かっているものがあるんだ」

雨「え……？」

司「亡くなる前の日、フラダンス教室で作った千羽鶴《せんばづる》と寄せ書きを届けに行ったんだ。そしたら、これを――」

司は、風呂敷をテーブルの上に置いて開いた。

それは、ボイスレコーダーで。

雨「それって……」

司「ばあちゃんの声を聴くのが毎日楽しみだった」

雨「――」

司「嫌なことがあっても聴いたらいつでも元気になれた。ばあちゃんの声の力で立ち直れた。雨ちゃん、そう言ったんだよね」

雨「……」

司「雪乃さん、その言葉が嬉しかったって。だから残したんだ。自分が死んでしまっても、雨ちゃんが元気になれるように、立ち直れるように、交換日記を」

雨「……」

司は、雨にレコーダーを差し出して、

司「聴いてあげて。昔の交換日記も、ちゃんとこの中に残っているって」

雨「……」

40　同・同（時間経過・夕）

夕暮れの中、雨がレコーダーと向き合っている。
恐る恐る手を伸ばし、再生ボタンを押す――と、

雪乃の声「おかえり、雨。学校はどうだった？　今日はばあちゃん、美味しいよりより
を食べました」

それはかつての交換日記だ。
祖母の元気な声に、雨は涙をこぼした。
その胸に、雪乃との想い出が蘇った。

41　雨の想い出

小学生の頃、雪乃と二人で朝ご飯を食べた想い出。
そこに、レコーダーの雪乃の声が重なって、

雪乃の声「おかえり、雨。今朝、雨が作ってくれた朝ご飯、とっても美味しかったわ。
また作ってくれたら嬉しいな」

＊

一緒に布団に入りながら、雪乃と話をした想い出。

雪乃の声「おかえり、雨。ばあちゃんは寝不足です。昨日、雨がずーっと話しかけてく
るんだもん。でも楽しかったね」

＊

六年生の教室で、雨が男子にバカにされている。
俯きながら、必死に堪えている辛い想い出。

雪乃の声「おかえり、雨。新しいクラスはどうですか？　友達いっぱいできたかな？」

42　逢原家・居間（夕）

雪乃の声「おかえり、雨。学校はどうだった？」
雨「…………」
雪乃の声「今日は雨の日ね」
雨の瞳から涙が落ちた。
雪乃の声「ばあちゃん、雨って大好き。しとしと降る雨もあれば、わーっと降る雨もある。見ててちっとも飽きないから」
雨「…………」
雪乃の声「だからあなたも、ほんのちょっとでいい。雨を、自分の名前を、好きになってくれたら嬉しいな……」
雨音が聞こえた。目を向けると、オレンジ色の晴れた空から優しい雨が降っていた。

×　×　×

※フラッシュ・回想（S＃22）

千　秋「雨に心を込めて、大切な人に想いを届けるの」

×　×　×

雨は、この雨が祖母がくれたものだと分かった。

雨「ばあちゃん……」

ボイスレコーダーを手に縁側に座る——と、

雪乃の声「雨……」

レコーダーから弱々しい声が聞こえた。

雪乃の声「これが最期の交換日記です……」

43（過去）慶明大学付属長崎病院・病室（夕）

亡くなる数日前、弱り果てた雪乃がベッドに横になりながら、レコーダーに声を吹き込んでいる。

雪　乃「今日はどんな一日だった……？　変わりなく過ごせたかな……？　雨が元気だと、うんと嬉しいよ……」

弱々しくも、心を込めて雪乃は伝えた。

雪　乃「ばあちゃんは今日、ずーっと思っていました」

そして、幸せそうに微笑んで、

雪　乃「あなたのおばあちゃんになれて、よかったなぁって……。幸せだったなぁって……」

44　（現在）逢原家・居間（夕）

優しい夕立の中、雨はいくつもの涙を溢れさせた。

雪乃の声「それなのに、あなたが一番辛いときに一緒にいてあげられなくてごめんね」

雨は何度も何度も頭を振った。

雪乃の声「ごめんね、雨……」

雨　Ｍ「ばあちゃんの声は、あったかい」

肩を震わせ涙する雨――そのとき、

雪　乃「雨……」

隣で声が聞こえた。雨が顔を上げると、すぐそこに雪乃が座っている。

あの頃の元気な姿で。

雪乃は、優しく雨を抱きしめた。

雨　Ｍ「ばあちゃんの声に触れたら、なんだかぎゅって抱きしめられているみたいだ……」

雪　乃「人生って、残酷ね……」

雨「…………」

雪　乃「いつも辛いことばっかり……」

雨「…………」

雪　乃「でも、あなたならきっと立ち向かえるわ。大丈夫……。雨は強い子だから」

祖母の腕の中、雨は首を振った。

雪乃「あなたは強い子よ」
雨「………」
雪乃「わたしの自慢の孫だもの」
　雪乃は孫娘を、優しく、強く、抱きしめた。
雪乃「だから、どんなに辛くても、苦しくても、一瞬一瞬を大切に生きてね。そうすれば、きっと出逢えるはずだから。幸せだなぁ……って心から思える瞬間に……」
雨「………」
雪乃「雨なら出逢える。絶対出逢える。ばあちゃん願ってる」
雨「………」
雪乃「天国で、雨の幸せ、願ってるから」
雨M「だから、ばあちゃんの声は、これからも、ずっとずっと、これからも──」
　雨がまばたきをすると大粒の涙が溢れた。
　そして、涙と共に雪乃はいなくなっていた。
　雨はレコーダーの録音ボタンをそっと押すと、
雨「ばあちゃん……交換日記の返事するね……」
　精一杯の笑みを浮かべた。
雨「わたしもだよ。わたしもばあちゃんの孫になれてよかった。幸せだった。だから忘れない。絶対、忘れないよ。ばあちゃんとの想い出も、料理の味も、匂いも、笑顔も、声も、手ざわりも……」

雨は、心を込めて、祖母に伝えた。

雨「ずっとずっと宝物だからね」

雨M「わたしの一生の宝物だ……」

願いが籠もったその雨は、いつしかもう止《や》んでいた。

45 同・外観（日替わり・朝・二月十三日）

46 同・階段～居間（朝）

恐る恐る降りてきた雨が深呼吸をひとつ。

手で髪を撫でつけて、そぉっと階段から居間の様子を――、

太陽の声「おはよう」

驚いて顔を向けると、そこには太陽の姿が。

雨「お、おはよう……」

太陽「もしかして、俺が家にいるのまだ慣れない？」

雨「ううん、もう慣れた」

太陽「ならよかった」

雨「………」

太陽「どうかした？」

雨「あのね、太陽君。いっこお願いがあるの」

太陽「お願い？」
　雨は、勇気を出して、
雨「今日からわたしのこと、雨って呼んで」
太陽「え？」
雨「自分の名前、好きになろうと思って」
　そして、祖母の遺影を見て、
雨「それが、ばあちゃんにできる最期のことだから」
太陽「……分かった」
雨「試しにちょっと呼んでみてよ」
太陽「え？　今？　えっと……あ、雨……？」
雨「ぎこちないなぁ」
　と、言いながらも、雨は嬉しそうに笑って。

47　同・近くの道（朝）以下、司とカットバックで
　歩いてくる太陽。すると、スマホが鳴った。
太陽「（出て）もしもし？」
司「司です。前に話した雨ちゃんの病気の件で」
太陽「なにか分かりましたか⁉」
司「差し出がましいようですが、友達の医者に訊いてみたんです。そうした

ら——」

太陽「？」

司「五感を失う病気なんてありませんでした」

太陽「いや、でも——」

× × ×

※フラッシュ・回想（S#3）

雨「ううん、わたし味覚ないから平気だよ」

と、平然と味噌汁を啜る雨。

× × ×

太陽「そんなはずないです。確かに味覚はないはずです！」

司「じゃあ、どうして？」

太陽「…………」

司「病気ではない、別のなにかで……？」

太陽「別の……」

太陽は呆然と立ち尽くして——。

《第六話　終わり》

1　商店街・花屋　～　雑貨屋（夕・二月十六日）

雨「――ありがとうございます」
店員から花束を受け取った雨が会釈をした。
歩き出す――と、隣の雑貨屋の前で足を止めた。
〝あるもの〟を見つめる雨、店の奥の老店主に、
雨「これ、いただいてもいいですか……？」
それは、雨粒柄の折りたたみの杖だった。
雨「…………」

2　坂道（夕）

夕暮れの中を歩く雨が、坂の上で足を止めた。
振り返ると、長崎の海が夕陽に輝いている。
その景色を眺めていると、
千秋の声「大丈夫？」
と、千秋が隣に立っていた。
千秋「おばあさんが亡くなって間もないものね。それに……」
と、雨の腕時計を見る。雨も目を向けた。
『01:09:45:40』の表示。

雨　「…………」
日下の声「あと三十四時間」
　日下が傍らに現れた。
日下「触覚を失うまで、残り一日半です」
雨「なにも感じなくなったら、どうなっちゃうんだろう……」
　と、そこに雨の心の声がかかって、
雨Ｍ「どうしてわたしは生きてゆくんだろう……」
千秋「…………」
雨Ｍ「もうすぐ、すべてを失うのに」
　雨は悲しげに俯いた。
雨Ｍ「辛い明日を、どうして生きてゆくんだろう」
　そんな雨の隣に、日下が静かに並び立ち、
日下「この先のことを思って不安になる気持ちは痛いほどよく分かります。しかし、あるはずです」
雨「え？」
日下「触覚があなたに教えてくれることが」
　雨は自身の手を見つめて、
雨「触覚が教えてくれること……」
　その手が、夕陽に白く輝いて——。

タイトル『君が心をくれたから』

第七話『明日を生きる理由』

3　朝野煙火工業・事務所（夜）

雨の買ってきた花が事務所の隅で笑っている。
一方、宴席では、雨が緊張の面持ちで座っていた。隣には太陽。陽平、春陽、朝野煙火工業の面々、そして司もテーブルを囲んでいる。

純「なんでこんな可愛い子がピーカンと？」
雨「か、可愛いだなんて、とんでもないです……」
竜一「なにかよからぬ事情で仕方なく付き合ってんのか？」
雄星「竜さん、失礼ですよ！　ねぇ、ピーカンさん？」
太陽「（ぼんやりと）……え？　ああ……」
雨「（太陽が気になり）………？」
陽平「では今日は、太陽の恋人・雨ちゃんの初披露ということでパーッとやろう！」
達夫「よし！　あんた、乾杯の音頭をとれ！」
雨「わ、わたしですか……？」
一同「（拍手で）いいぞ！　やれやれ！」
雨はたどたどしく立ち上がると、

雨「あ、逢原雨と申します。きょ、今日はありがとうございます。みんなで楽しみましょー。か、かんぱーい」

一同「かんぱーい！」

グラスを鳴らすと、一同は杯を傾けた。

笑顔の面々に、雨も思わず笑顔になって。

4 同・同（夜・時間経過）

雨「どうぞ、お父さん（と、ビール瓶を向ける）」

陽平「お、お父さん……」

照れながらビールを注いでもらって、ぐいっと飲む。

陽平「いやぁ、いつもよりホップが効いてる気がしますね」

達夫「ホップだぁ？　味の違いなんて分からねぇくせに」

純「ていうか親方、なんかおめかししてません？」

雄星「うわうわ！　借りてきた猫状態じゃないっすか！」

陽平「うるさいよ、君たち。僕はいつもこんな感じだよ」

おすましした陽平を見て、春陽はため息で、

春陽「このジジ猫、朝からずっとこんな調子なの。雨ちゃんに気に入られようとしてホントキモい。部屋の隅っこでチュールでも舐《な》めとけっての」

一方、司は、隣の太陽にビールを注いで、

司　　「僕までお招きいただいて、すみません」
太陽「いえ、そんな……」
春陽「(様子がおかしい太陽が気になり)………」
司　　「今日の影の主役は市役所マンだからね」
太陽「……僕のことですか？」
春陽「イケメンなのに、おにいごときにボロ負けするなんて恥よ、恥。生き恥ょ」
司　　「え？」
春陽「あ、サッカーやってるんでしょ？　ならミサンガでも作ってあげようか。可愛い彼女ができるように」
司　　「ミサンガか……じゃあ、お言葉に甘えようかな。次の試合の必勝祈願に。お願いしていい？　春陽ちゃん」
司の爽《さわ》やかな笑顔に、春陽は思わずドキリとして、
春陽「い、いいけど……」
雄星「(そんな春陽を見て)………!?」
春陽「じゃあ雨ちゃん、一緒に作ろ！」
雨　　「いいよ、作ろ」
一同が楽しそうに笑う中、太陽は席を外した。
雨は、そんな太陽が気になって、
雨　　「………」

5　同・貯水槽近くのベンチ（夜）

太陽が一人、浮かない顔で座っていると、

司「（来て）元気ないけど大丈夫？　雨ちゃんのこと？」

太陽「まぁ……」

×　×　×

※フラッシュ・回想（第六話S＃47）

司「友達の医者に訊いてみたんです。そうしたら――」

太陽「？」

司「五感を失う病気なんてありませんでした」

×　×　×

太陽「病気じゃなかったら、なんなんだろうって……」

司「友達の話では、感染症とかの後遺症で感覚を失っていて、それを五感を失う病気だと思い込んでいるのかもしれないって」

太陽「じゃあ、目が見えなくなったり、触覚を失うことは⁉」

司「それはないと思います」

太陽は安堵の吐息を漏らした。

太陽「よかったぁ……。正直焦ってたんです。本当にそんな病気だったら、そのうち目も見えなくなっちゃうって」

司「大丈夫。だから見せてあげてください。太陽君の花火」

太陽「はい。でも、そのためには乗り越えなきゃいけないことがあって……」

司「……？」

太陽「……」

6　同・事務所（夜）

雨「（春陽に）太陽君、なにかあった？」

春陽「なにかって？」

陽平「……〝桜まつり〟のことだな」

その声に、一同が注目する。

陽平は、雨に桜まつりのチラシを渡した。

『3月24日（日）午後7時より開催』の文字。

雨「……」

純「桜まつりがどうかしたんですか？」

陽平「あいつ、自分の花火を上げたいって言ってきてな……」

7　（回想）打ち上げ試験場（夜・同日）

夜空に赤い花火が咲いた。

陽平「随分良くなった」

太陽「本当ですか⁉　じゃあ今年の桜まつりで！」
陽平「それは難しいな」
太陽「どうしてですか⁉」
陽平「桜まつりで音頭を取るのは長崎花火協会だ。あそこの会長は古株で特に厳しい。
お前の花火じゃ、実力不足だ」
太陽「でも、カリウムとストロンチウムの比率は完璧《かんぺき》です！　赤い色はちゃんと出て
いるはずです！」
陽平「数値的にはな。でもそれだけじゃ綺麗な色は作れない」
太陽「…………」
8（回想戻り）朝野煙火工業・事務所（夜）
陽平「花火師にとって赤が見えないのは確かに厳しい。とことん向き合って乗り越え
るしかないんだ」
雨「…………」
陽平「まぁでも、焦ることはないさ。あいつは若い。時間だってまだまだある。今年
はダメでも次があるさ」
雨「（腕時計を見て）…………」
減り続けている数字を見て、雨は奥歯を嚙む。
そして、膝を正して陽平に向き直った。

雨　平「太陽君にチャンスをあげてくれませんか？」
陽　平「チャンス？」
雨「どうしても見たいんです、彼の花火。だから――」
陽　平「今のあいつじゃ難しいよ」
雨「でも、太陽君あんなに頑張って……！」
雨は食い下がろうとする――が、思いとどまり、
雨「すみません……素人が口を挟んで」
雨は悔しげに腕時計を握りしめた。

9　帰り道（夜）

赤い傘の下、手を繋いで歩く雨と太陽。
太陽は、ぼんやりと傘を見上げている。
雨「どうかした？」
太　陽「いや……この傘って、赤いんだよね」
雨「うん……」
太　陽「俺には緑っぽく見えてるんだ。だから、みんなが見てる赤って、どんな色なんだろうって思って」
太陽は、その横顔に悔しさを滲ませて、
太　陽「ちゃんと見れたらよかったのにな……」

雨「……」
　赤い傘が闇夜に小さくなってゆく。

10　逢原家・外観（日替わり・二月十七日）

11　同・居間
　部屋の掃除をしている雨が掃除機を止めた。
　腕時計の数字は残り十五時間を示している。
　その数字を見て、焦燥感に駆られている――と、シンディーが来客を告げた。
雨「（顔を上げ）……？」

12　同・同（時間経過）
　春陽が、机に赤、青、黄、緑の糸をセロハンテープで一本ずつ貼って、それを器用に編んでゆく。
雨「春陽ちゃん、ミサンガ作るの上手だね」
春陽「でしょ～。そういえば、おにいは仕事？」
雨「うん。桜まつりが近いからって」
春陽「まだ落ち込んでた？」
雨「ちょっとね」

春陽「まったく、しっかりしてほしいものよね。朝野煙火工業の跡取りなんだし」
雨陽「……ねぇ、春陽ちゃん？」
春雨「なぁに？」
雨陽「春陽ちゃんは、本当は花火師になりたいんじゃないの？」
　春陽はその手を止めた。
春陽「学生時代はそう思ってたよ。でもおとうに『お前じゃ務まらない』って一刀両断されて諦めた」
雨「………」
春陽「結局その程度の気持ちだったんだよ。わたしにはお母さんとの約束もないから」
雨「約束？」
春陽「おにいはお母さんと約束してるの。たくさんの人を花火で幸せにするって。でも、わたしにはなんにもない……」
雨「お母さんって確か、春陽ちゃんが赤ちゃんの頃に？」
春陽「うん……。だから顔も知らないの。写真はおとうが焼いちゃったからね。あー、一度でいいから見てみたかったな」
雨「………」
春陽「あ、だけど今は寂しくないよ！　雨ちゃんもいるしね」
雨「わたし？」

春　陽「うん。ぶっちゃけ、二人には結婚してほしいな。もし雨ちゃんがわたしのお姉ちゃんになったら、結構？　かなり？　相当？　いやいや、ハイパー嬉しいもん」
　その言葉が痛くて、雨は笑顔を保てない。
春　陽「結婚、急《せ》かしてるみたいだった？　ごめんごめん」
　雨は、精一杯、春陽に微笑みかけて、
雨「わたしも春陽ちゃんが妹になってくれたらすごく嬉しい。だからありがとう。そんなふうに思ってくれて」
春　陽「じゃあ、相思相愛だね。わたしたち」
雨「だね（と、笑って）」

13　朝野煙火工業・事務所

太　陽「──本当ですか⁉」
陽　平「ああ。桜まつりの件、会長に頼んでみてもいいぞ。太陽の花火を見てほしいって」
太　陽「でも、どうして急に？」
陽　平「実は昨日、雨ちゃんにチャンスをあげてほしいって言われてな。お前の花火、どうしても見たいそうだ」
太　陽「雨が……」
陽　平「それで思ったんだ。チャレンジする機会くらい作ってやるのが親の、いや、師匠の務めかもしれないなって」

しかし陽平は、厳しいまなざしを太陽に向けて、

陽平「だけど判断するのは会長だ。見限られたら来年以降の出品のハードルは高くなる。どうする？　太陽」

太陽「…………」

14　逢原家・玄関（夕）

春陽が出来上がったミサンガをカバンにしまうと、

雨「チャレンジしてみたらどうかな？」

春陽「え？」

雨「花火師、諦めずに」

春陽「…………」

雨「人生って当たり前に続くって、ついつい思っちゃうけど、明日事故に遭うかもしれないし、考えもしなかったようなことも起こるから」

春陽「…………」

雨「そうなったとき、きっと思うよ。もっと頑張ればよかったって」

春陽はふっと頬を緩めると、

春陽「そんなこと言ってくれたの雨ちゃんが初めて……」

と、雨に右手を差し出し、

春陽「ありがとう、お姉ちゃん」

雨は表情を崩しかけたが、笑顔で春陽の手を取った。
春陽のぬくもりが伝わってくる。

雨「…………」
手を離すと、春陽は「じゃあね」と出て行った。

雨「お姉ちゃんか……」

15 同・居間（夜）

雨が部屋の時計に目を向けた。時刻は九時。
腕時計は『00:05:58:40』とある。触覚を失うまで残り六時間を切った。

雨「…………」
気を取り直して立ち上がろうとすると、テーブルの上のコップを倒してしまった。こぼれた水が床に落ちる。慌てて布巾《ふきん》で拭くと、テーブルの下に赤い糸の束を見つけた。春陽の忘れ物だ。

雨「(手に取り)…………」

太陽の声「ただいま」
雨はポケットに糸の束をしまった。
太陽が居間に入ってきた。

雨「おかえりなさい。ご飯、できてるよ」

太陽「うん、ありがとう」

太陽「（手に取り）……桜まつりのこと、父さんに頼んでくれたんだよね。今日、審
　　と、棚の上の桜まつりのチラシを見つけて、
　　査を受けてみるかって言われたよ」

雨「それで……!?」

太陽「断った」

雨「断った……？　どうして？」

太陽「桜まつりまで、あと三十五日しかないから」
　　太陽は、やるせないまなざしをチラシに向けて、

太陽「今の俺じゃ無理だよ。赤い色も克服できてないし……」

雨「……」

太陽「でも大丈夫、次の春には必ず合格してみせるよ」

雨「次の春……」

太陽「どうかした？」

雨「あのね、太陽君……」
　　雨はなにかを言おうとしたが、口をつぐんで、

雨「ううん、頑張って」

太陽「（その笑みが気になって）……？」

雨「あ、手洗ってきて。すぐに食べられるから」

太陽「う、うん……」

太陽が出て行くと、雨は悲しげに俯いて。

雨「…………」

16　同・雨の部屋（夜）

時計の針が深夜0時を指そうとしている。

眠れない雨は、部屋で一人、膝を抱えていた。

千秋「奇跡のこと、彼に話さなくていいの？　触覚を失ったら、一人で生きるのが大変になるわ。だから――」

雨「さっき、思わず言いそうになりました」

千秋「？」

雨「次の春までなんて待てないって……」

千秋「…………」

雨「あと一ヶ月で視覚も聴覚もなくなるのって。数時間後には触覚もなくなっちゃうって。でも、そしたら太陽君は自分を責めちゃう。だけど本当は、全部話して、言ってほしかったんです……」

雨は、その目に悲しみを浮かべて、

雨「目が見えなくなる前に、雨に花火を見せるよ……って」

千秋「だったら、せめてタイムリミットだけでも」

雨「（首を振り）…………」

千　秋「どうして？」

日下の声「そんな病気は存在しないから」

　暗闇から日下が現れた。

日　下「朝野太陽君は、彼女が病気だと思っている。ならばタイムリミットを知っているのはおかしい」

雨「（小さく頷き）……」

日　下「しかしいつか気づくはずです。五感を失う病気などないと。そして思い悩む。彼女の身には一体なにが起きたのだろう。辛い秘密を抱えていたのではないかと」

千　秋「……」

日　下「彼は答えの出ない問いを一生死ぬまで考え続けるのです」

雨「……」

日　下「あなたの選ぼうとしている道は、そういう道です」

雨「……」

　そのとき、ノックの音が聞こえた。

雨「⁉」

太陽の声「雨？　入るよ」

　間髪容れずにドアが開かれ、太陽が入ってきた。

　しかし、そこに案内人の姿はない。

太　陽「（部屋を見回し）……」

雨「……どうしたの？」
太陽「いや、声が聞こえて……」
雨「春陽ちゃんと電話してたの。今日ミサンガ作って。材料の糸を忘れてったよって」
と、雨は机の上の赤い糸を見た。
太陽「そっか……」
雨は腕時計を見た。触覚を失うまで三時間を切った。
雨「…………」
そっと立ち上がり、ゆっくりと彼のもとへ。
雨「太陽君、お願いあるの」
太陽「え？」
雨「ぎゅってしててほしいの……」
太陽「…………」
雨「朝までずっと……」
彼は雨の身体が震えていることに気づいた。
太陽は、優しく雨を抱きしめた。
雨「お願い……」

17 同・同（時間経過）

一緒の布団の中、雨を抱きしめている太陽。

雨は俯き、弱々しく震えている。

太陽「寒い？」

雨「ううん、あったかい……」

太陽「………」

雨「すごくあったかい……」

太陽「少しは眠れそう？　そろそろ一時だよ」

雨「もうそんな時間……」

太陽「（聞こえず）え？」

雨「あのね、太陽君……」

太陽「？」

雨「大袈裟なこと、言ってもいい？」

太陽「大袈裟なこと？」

雨「わたしたち、付き合ってもうすぐ三週間だね」

太陽「うん……」

雨「まだたったの三週間だけど──」

太陽「………」

雨「それでも、わたし……」

雨は顔を上げ、涙ながらに微笑んだ。

雨「太陽君のこと、愛してる」

太陽「…………」
雨「この先、目が見えなくなっても、耳が聞こえなくなっても、あったかさを感じられなくなっても、思ってることを伝えられなくなっても――」
雨の目から涙がこぼれた。
雨「ずっとずっと愛してるからね」
太陽「…………」
雨「それだけは変わらない」
太陽「…………」
雨「ずっと変わらない……」
太陽は、雨を強く抱きしめた。
太陽「俺も愛してる……」
彼の腕の中、雨は幸せそうに微笑んで、
雨「嬉しい……」
そして、涙して、
雨「すごく嬉しい。ありがとう、太陽君……」
二人は愛おしくて抱き合った。
彼の温度を、感触を、雨は心に刻み込んだ。

18 同・外観（日替わり・朝・二月十八日）

19　同・二階の廊下（朝）
乱れる呼吸。たどたどしい足取り。感覚のない足で、雨が一歩一歩、壁を支えに慎重に歩いている。壁に添えた手にも感覚がない。歩き方を忘れてしまったかのように、恐る恐る進んでゆく。そしてやっとの思いで階段まで辿り着いた。手すりをしっかり摑み、階段の踏面《ふみづら》に足をかける――が、
雨「⁉」
足の裏の感覚もないため、転げ落ちてしまった。

20　同・雨の部屋（朝）
けたたましい音がして、太陽が目を覚ました。
隣に雨がいないことに気づき、
太陽「雨……？」
と、慌てて部屋を飛び出した。

21　同・階段下（朝）
太陽が階段の下で倒れている雨を見つけた。
太陽「雨⁉」
階段を駆け下り、滑り込むように雨に近づき、

太陽「落ちたの⁉　大丈夫⁉」

雨「全然平気。バランス崩しちゃって」

太陽「でも血が出てる……」

雨「え？」

雨は額に垂れる鮮血を見て目を見開いた。

太陽「痛くないの……？」

雨「…………」

太陽「救急車呼んでくる！」

雨「大丈夫だから」

太陽「でも！」

太陽「待ってて！　スマホ……！」

と、居間へ取りに行こうとすると、

雨「違うの……」

太陽はその声に足を止めた。

雨は声を震わせ、自分の足を叩く。

雨「感じないの……」

何度も何度も叩いた。そして、

雨「なにも感じないの……」

太陽「……？」

22　慶明大学付属長崎病院・外観

23　同・処置室・前

　太陽が祈るようにしてベンチに座っている。
　処置室のドアが開いて医師が出てきた。

太陽「先生！　雨は⁉」
医師「頭部の傷は浅く、脳にも異常は見られませんでした。しかし、ひとつ気になることが」
太陽「………」

24　同・同・中

　太陽が入ってくると、背を向けて座る雨の姿が目に留まった。
　浅い呼吸で、緊張の面持ちで、ゆっくり彼女へ近づいてゆく太陽。
　雨の後ろに立つと、静かにそっと手を伸ばす。
　そして、肩に手を置いた。
　しかし雨は気づかない。
　太陽の表情が凍りつく。

太陽「雨――」

その声に、雨はびくりと肩を震わせた。

彼女は恐る恐る振り返った。呆然とする太陽を見て、雨は顔を強ばらせる。

太陽「ないんだね……触覚……」

雨「…………」

25 同・病室

病衣を着た雨が、背を起こしたベッドに座っている。
太陽は俯きがちに丸椅子に腰を下ろしている。

雨「大袈裟だなぁ。入院なんてしなくてよかったのに」

太陽「先生が検査入院した方がいいって。触覚がなくなった原因が分からないから」

雨「…………」

太陽「ねぇ、雨……」
太陽は、その顔を上げた。

太陽「本当は病気じゃないんでしょ？」

雨「―――」

太陽「なにがあったの？　病気じゃないなら、どうして？」

雨「太陽君は気にしないで。大丈夫だから」

太陽「大丈夫じゃないって！　急に触覚がなくなるなんて、そんなのどう考えてもおかしいよ！」

雨「………」
太陽「教えてほしいんだ。どんなことでも受け止めるから」
雨「………」

× × ×

※フラッシュ・回想（S#16）
日下「――彼女の身には一体なにが起きたのだろう。辛い秘密を抱えていたのではないかと」
日下「彼は答えの出ない問いを一生死ぬまで考え続けるのです」

× × ×

雨は心を決めて、
雨「こっちきて」
太陽が隣に座ると、雨は彼の手に触れた。
その途端、瞳が涙で包まれてゆく。
雨「変な感じ……」
太陽「？」
雨「さっきまで、あんなにあったかかったのに……」
太陽「………」
雨「心地よかったのに……」
こぼれた涙が、感覚のない頬を濡らした。

雨　「なくなっちゃったんだね……わたしの触覚……」
太陽「ねぇ、なにが……」
雨　「奇跡なの」
太陽「え？」
雨　「わたし、奇跡を背負ったの……」
太陽「奇跡？」
雨　「今から言うことも、起こることも、なにがあっても驚かないでね」
太陽「……？」
雨　「千秋さん、日下さん」
　その言葉に、二人が風のように現れた。
太陽「⁉」
　しかし、喪服姿の二人には見覚えがある。
×　×　×
※フラッシュ・回想（第二話S＃69）
　あの日、二人を見かけた光景が蘇る。
×　×　×
太陽「あなたたち……あのときの……」
日下「私は案内人の日下です。こちらが――」
千秋「……千秋です」

日下「我々は、あなた方の奇跡を見届けるためにここにいます」
太陽「だから奇跡ってなんなんですか？　説明してください」
雨「……太陽君、前に事故に遭ったよね？」
太陽「それが……？」
雨「意識をなくしているとき、日下さんが現れて言ったの。このままじゃ太陽君は死んじゃう。でも助ける方法がひとつだけある」
太陽「………」
雨「わたしが五感を差し出せば、あなたを救うことができるって」
太陽「⁉」
　雨は大袈裟なくらい明るく、
雨「だよね、急にそんなこと言われても信じられないよね。わたしも最初は夢かと思ったもん。でも……」
　ふっと真剣な表情になって、
雨「わたし、その奇跡を受け入れた」
太陽「………」
雨「だけど安心して。味覚と嗅覚がなくても案外なんとかなるものだから。触覚がなくなってもきっと平気。すぐに普通の生活に戻れるよ」
　雨は太陽を安心させたくて、懸命に笑って、
雨「だから心配いらないよ。全然平気だから」

太陽は呆然としている――が、苦笑いがこぼれ、

太陽「ありえないよ……」

雨「………」

太陽「奇跡なんてあるはずないって！　雨はこの人たちに騙されてるんだよ！」

千秋「本当のことよ」

太陽「うるさい！　お前ら、雨になにをしたんだ！　言えよ！　本当のことを言えって――」

と、千秋の腕を掴もうとした――が、すり抜けた。

太陽「!?」

日下「我々に触れることはできません。この姿も、あなたと逢原雨さん以外には一切見えない」

太陽「嘘だ、そんなの……奇跡なんて……」

日下「朝野太陽君――」

日下は太陽と目を合わせた。
その途端、太陽の脳裏に映像が浮かんだ――。

26　（太陽が見た映像）同・手術室・前（夜・第一話S#86）

日下「この奇跡を受け入れるのなら、朝野太陽君を助けましょう。しかし断れば、今から十分後、彼は死にます」

雨「――――」
手術室のドアが開き、ストレッチャーに乗せられた太陽が看護師に付き添われて出てくる。遅れて出てきた医師に、雨は縋るようにして、
雨「先生！　太陽君は⁉」
医師「（頭を振って）ご家族に連絡を」
雨「――――」
日下「さあ、決断を。彼に心を、捧げますか？」
雨「…………」
雨は振り返り、決意を込めて頷いた。

27（戻り）同・病室
その映像を見た太陽が愕然《がくぜん》としている。
太陽「どうして……」
雨「？」
太陽「どうして言ってくれなかったんだ……」
千秋「雨ちゃんはずっと悩んでいたわ。本当のことを話せば、あなたは自分を責めてしまう。だからなにも言わずに、たった一人で闘っていたの。分かってあげて」
太陽「（雨を見て）本当なの？」
雨「…………」

太陽「本当に奇跡を……？」
雨「（頷き）」
太陽「じゃあ、雨が夢を諦めたのも……？」

×　×　×

※フラッシュ・回想（第二話S＃66）

雨「……思ったの」
　雨は、精一杯笑って、
雨「甘くて美味しいなぁって……」
　その拍子に涙がまたこぼれた。
雨「自画自賛して泣いちゃったよ」

×　×　×

太陽「昨日の言葉も……？」

×　×　×

※フラッシュ・回想（S＃17）

雨「この先、目が見えなくなっても、耳が聞こえなくなっても、あったかさを感じられなくなっても、思ってることを伝えられなくなっても――」
　雨の目から涙がこぼれた。
雨「ずっとずっと愛してるからね」

×　×　×

太陽「全部、俺のために……？」
雨「………」
太陽「俺が奪ったんだ……」
雨「(笑いかけ) 違うよ」
太陽「雨の夢も……」
雨「違う……」
太陽「幸せも……」
雨「違うから!!」
太陽「……全部、俺が」
雨は言葉にならず、ただただ頭を振る。
太陽「(案内人に) お願いします……」
日下「………」
太陽「俺の五感を雨に渡してください……俺はどうなったって構いません……だから
それで……それで奇跡を終わらせてください！」
日下「できません」
太陽「どうして!?」
日下「一度奇跡を受け入れたら、すべての五感を失うまでは終われない」
太陽「じゃあ俺は……」
太陽は拳を握りしめた。

太陽「雨が苦しむ姿をただ見てるしかないのかよ！」
雨「…………」
太陽「五感を奪われるのを！　なにもできずに‼」
日下「そのとおりです」
太陽「――――」
千秋「…………」
日下「あなたに彼女を救うことはできません」
太陽は、無力さにただただ立ち尽くして……。

28　同・屋上（夕）

夕陽が輝く屋上で、佇む太陽の姿。

眼下を見て、欄干に手を添える。

そして、瞬間的に飛び降りようとする――が、
日下の声「そんなことをしても五感は返せない」

太陽の横に日下が立っている。

日下「奇跡が続いている間に死ねば、逢原雨さんも死んでしまう。誰かに話しても同様です。その瞬間、あなたたちは命を失うことになる」

太陽は悔しさで欄干を摑む手に力を込めた。

後方の扉が開き、雨が入ってきた。

日下は彼女に気づいて姿を消す。
一方の太陽は、直視できずに視線を逸《そ》らした。
雨の手には雨粒柄の杖。あの日、買った杖だ。
その杖を頼りに、一歩一歩、太陽に近づく雨。
彼女の足取りを感じながらも、太陽は振り向けない。
躓《つまず》きながら、よろめきながら、それでも必死に足を進めて太陽のもとへ向かう。
そして、彼の背中に頭を預けた。

雨「わたしなら大丈夫」
太陽「…………」
雨「後悔なんてしてないよ」
太陽「…………」
雨「だからお願い……泣かないで……」
太陽は背中を震わせ泣いていた。
太陽「大丈夫なわけないよ……だってパティシエは……雨の子供の頃からの夢だったのに……それに、匂いも、歩くことも……なのに、どうして……」
太陽の涙が夕陽に光った。
太陽「俺なんて死んだってよかったのに……」
雨「…………」
太陽「助けることなかったのに……」

雨　「………」
太陽「救う価値なんて、ちっともないのに！」
　嗚咽《おえつ》を漏らす太陽を、雨は優しく抱きしめた。
雨　「あるよ」
太陽「………」
雨　「あるに決まってるじゃん」
太陽「………」
雨　「太陽君には価値がある。絶対にある。君がないって言っても、わたしは何回だって言うよ。何百回でも、何千回でも言うから」
太陽「………」
雨　「君には、誰にも負けない素敵な価値があるよって」
太陽「雨……」
雨　「だって、あなたは――」
　雨は、高校時代の太陽の言葉を思い出した。
　　×　×　×
　※フラッシュ・回想（第一話S＃50）
太陽「雨は、この世界に必要だよ」
　　×　×　×
雨　「わたしの人生を変えてくれたから」

雨　雨は、涙をこぼして微笑んだ。
「太陽は、この世界に必要だよ」
太陽「…………」
夕陽の中、太陽はその言葉に涙で肩を震わせた。

29　逢原家・雨の部屋（夜）
雨が力なく座っている。身体に触れて、つねって、叩いてみる。
しかしなにも感じない。雨は自身の手のひらを見て、
日下（回想）「しかし、あるはずです。──触覚があなたに教えてくれることが」
雨「日下さん……」
日下が窓辺に現れた。
雨「触覚がないって不思議。自分がここにいないみたいです」
日下「そうですか……」
雨「それで、今更だけど分かったんです」
日下「？」
雨「触覚が教えてくれること」

×　×　×

※フラッシュ・回想（第三話S＃43）
太陽が雨の手を握っている。少し震えた手で。

太陽「雨ちゃんのことを知りたかった……」
×　×　×
雨「触覚って、きっと――」
×　×　×
※フラッシュ・回想（第一話S＃80）
雪乃は、雨の頰を両手で優しく包んで、
雪乃「負けるな、雨！」
雨「……………」
雪乃「自分に負けるな！」
×　×　×
雨「きっと――」
×　×　×
※フラッシュ・回想（第五話S＃58）
太陽「俺は……君が、どんな君になっても――」
太陽は、強く強く、雨を抱きしめた。
太陽「ずっとずっと大好きだから……」
×　×　×
想い出が胸をよぎると、雨は目を細めて微笑んだ。
雨「幸せを確かめるためにあるんですね……」

日下「（小さく頷き）…………」
雨「たくさん教えてもらったな。この手に、肌に、たくさんの幸せを……。でも――」
その笑みが悲しみで崩れた。
雨「こんなことなら、もっと確かめておけばよかった……」
部屋の時計は七時を過ぎている。雨はなにも表示されていない腕時計を見て、
雨「0時になるとき、彼と二人だけでいさせてください」
日下「分かりました（と、去ろうとする）」
雨「……間違えてなかったですよね？」
日下「（足を止め）？」
雨「わたしが選んだ道」
日下「…………」
雨「彼を傷つけるだけになってなきゃいいけど」
日下「……あなたの選択は間違っていない」
雨「…………」
日下は、月明かりの中、微笑んだ。
日下「だから残り一ヶ月、自分の幸せだけを願えばいい」
雨は机に視線を向けた。
そこには、赤い糸の束が置いてあって……。

30　同・居間（夜）

時計の針が十一時半を指そうとしていた。
静かな居間で太陽がぽつんと座っている――と、

雨「太陽君……」
その声に太陽は顔を上げた。
立ち上がり、おずおずと階段へ。
階段の上では、雨が杖を手に立っている。

雨「降りるの、手伝ってもらっていい？」

太陽「うん……」
しかし太陽は、雨を真っ直ぐ見ることができず……。

＊

ソファで寄り添い、庭に降る雨を見ている二人。

雨「今何時……？」

太陽「（部屋の時計に目をやり）もうすぐ0時だよ」

雨「そっか……（と、腕時計を見て）0時ちょうどになったらね、この時計に次に奪われる感覚と、タイムリミットが表示されるの」

太陽「――」

雨「次は目か耳……どっちにしても、また迷惑かけちゃうね」

太陽は無言で弱々しく頭を振った。

雨「ごめんね、太陽君」

太陽「…………」

雨「今まで黙ってて」

太陽「…………」

雨「たくさん心配かけて、ごめんね……」

そして、時計の針が0時を指した。

雨は恐る恐る時計を見た。

そこには、目のマークと『34:19:59:53』とある。

雨「視覚だ……ついに来ちゃったか……」

太陽「…………」

雨「タイムリミットは三十四日後……三月二十四日――」

と、そこに雨の心の声がかかって、

雨M「どうしてわたしは生きてゆくんだろう……」

棚の桜まつりのチラシには三月二十四日の文字。

雨M「もうすぐ、すべてを失うのに」

すると、太陽は身体を震わせ泣き出した。

雨M「辛い明日を、どうして生きてゆくんだろう」

太陽「ごめんね、雨……」

雨「………」

太陽「雨の大事なもの、たくさん奪って……本当にごめんね……」

涙する太陽を見て、雨はきゅっと唇を結んだ。

雨M「そんなのひとつだ。たったひとつだ」

雨はポケットに手を入れた。そして、

雨「左手、貸して」

太陽が泣き顔を上げると、雨は優しく微笑んでいた。

そして彼女は、ポケットからあるものを出す。

赤い糸で作ったミサンガだ。

雨「さっき二階で作ったの。力加減が分からないから苦戦したけど、なかなか上出来でしょ」

そう言うと、太陽の左腕にミサンガを結ぼうとする。

しかし、上手く結べず落としてしまう。

それでも雨は、拾ってまた結ぼうとする。

太陽「………」

雨「たくさん奪った……か。そんなことないのにな」

太陽「………」

雨「でも、そう思ってるなら、ひとつだけもらっていい？」

雨M「わたしが明日を生きる理由、それは――」

太陽「あなたの花火を、わたしに見せて……」

雨「──」

太陽「次の春までなんて待てない」

雨「……」

太陽「あと一ヶ月しかない」

雨「……」

雨「でももし、太陽君の花火を見ることができたら──」

雨の頬を涙が伝った。

雨「もうそれ以上、なにもいらない……」

太陽「……」

雨「それくらい幸せ」

太陽「……」

雨「だから、お願い──」

今度こそミサンガをぎゅっと結んだ。

雨「赤い色になんか負けないでよ」

太陽「雨……」

雨は、感覚のない手で太陽の両頬を優しく包んだ。

雨「負けるな、太陽」

太陽「……」

雨陽「自分に負けるな」

太雨「…………」

「太陽君ならできる。きっとできるよ」

太陽の眦《まなじり》をこぼれた涙が、彼女の白い手を濡らす。

彼は、彼女の手を取り強く握った。そして、

太陽「叶えるよ」

雨「…………」

太陽「今度こそ叶える。絶対叶える」

太陽は決意のまなざしを浮かべて、

太陽「目が見えなくなる前に、雨に花火を見せるから」

雨は心から嬉しそうに微笑んだ。

雨「やった……。じゃあ——」

と、小指を差し出すと、

雨「約束ね」

太陽は頷き、小指を絡めた。

太陽「約束……」

二人が結んだ小指を、約束を、庭に降る美しい雨滴《あましだり》が静かに見守っていた。

《第七話　終わり》

1　逢原家・居間（夕）

夕暮れの中、浅い眠りに身を預けている雨――と、
その目が開かれ、まどろみから覚めた。

千秋の声「よかった……」

ふと見ると、傍らに千秋の姿がある。

千　秋「ここ最近、ずっと眠れてなかったみたいだから」

雨は部屋の戸棚に目をやった。

雨「………」

そして、千秋に作り笑いで、

雨「心配してくれて、ありがとうございます」

千　秋「でもこれ以上眠れないようなら病院で……」

雨「（首を振り）いいえ、まだ頑張れます」

雨は小さく微笑んで、

雨「わたしには、支えてくれる彼がいるから」

陽平（先行して）「――太陽」

2　朝野煙火工業・事務所（夕）

太陽が作業をしていると、陽平が来て、

陽平「桜まつりの件、会長がお前の花火を見たいそうだ」
太陽「本当ですか⁉」
陽平「いいか？　どんな結果でも悔いだけは残すなよ」
太陽「いえ、絶対合格してみせます」
陽平「そうか（と、満足げに笑い）」
純の声「――ピーカン、ちょっといいか？」
太陽は、陽平に会釈して去ってゆく。
見送る陽平のもとに、春陽がやってきて、
春陽「おにい、これに受かれば一人前だね」
陽平「まだまだだよ。まぁでも、これでようやくスタートだ」
嬉しそうに笑う陽平。春陽も笑って……。

3　逢原家・居間（夕）

俯きがちの雨の隣に千秋が座った。
千秋「今って何秒間だと思う？」
雨「今……？（分からないと首を振る）」
千秋「いろんな説があってね。0.01秒って言う学者もいれば、もっと短いって言う研究者もいるの。でもわたしは『今は十秒間』っていうのが一番しっくりきたな」
雨「どうして十秒間なんですか？」

千秋「（曖昧に微笑み）……」
雨「？」
千秋「ねぇ、雨ちゃん。人ってつい先のことを考えて不安になっちゃうものよね。今のあなたもきっと……」
雨「……」
千秋「でもこの十秒間を精一杯、幸せに生きることだけを考えてみたらどうかな」
雨「……」
千秋「わたしも手伝う。雨ちゃんが〝幸せな今〟を生きられるように」
雨「ありがとう、千秋さん。少し楽になりました」
千秋「……」
雨「あ、わたし買い物してきます。ソファカバーとか色々買いたいし。太陽君のことも気にしてあげてください。奇跡のことで、まだ自分を責めてるかもしれないから」
千秋「分かったわ……」

4　喫茶店・店内（夜）

司「――触覚が？」
太陽「はい。一昨日の朝に……」
　対座する太陽と司。

司　陽「でも、五感を失う病気なんてないのに……どうして？」
太　陽「詳しくは言えないんですけど、雨は確かに五感を失っています。あと一ヶ月で視覚も……」
司　陽「一ヶ月？　失う時期が分かるんですか？」
太　陽「ええ……。信じられませんよね、そんなの」
司　陽「……信じますよ。なにか言えない理由があるんでしょ？」
太　陽「すみません……」
司　陽「でもあと一ヶ月って……桜まつりの頃ですよね」
太　陽「はい。なので、なんとしてでも雨に花火を見てもらいたくて。花火師としての、最初で最後の、俺の花火を」
司　陽「最後の？」
太　陽「桜まつりが終わったら、花火師は辞めるつもりです」
司　陽「どうして？」
太　陽「これから夏が来たら今よりもっと忙しくなるし、家に帰るのも遅くなります。でも雨は……」
司　陽「二十四時間、支えが必要」
太　陽「（頷き）だから家でできる仕事を探そうと思って」
司　陽「いいんですか？　辞めて」
太　陽「決めたんです。雨のために生きるって。彼女がそうしてくれたように」

司「そうしてくれた？」
太陽「いや……。それで今日お呼び立てしたのは、俺にできそうな仕事があれば紹介してほしくて。なんでもやります」
司「分かりました。なにかあれば紹介しますよ」
太陽「ありがとうございます。司さん」
司「…………」
　そんな二人のやりとりを千秋は聞いていて、
千秋「…………」

5　とある店の前（夜）
　買い物袋を提げた雨がショーウィンドウの前で足を止めた。ライトアップされたそこには、煌《きら》びやかなウェディングドレスがディスプレイされている。
　雨は、そのドレスの美しさに思わず微笑み、
雨「きれい……」
　と、そこに雨の心の声がかかって、
雨M「昔、憧れたことがある」

6　（回想）お台場海浜公園（夜・二〇一六年六月）
　レインボーブリッジと高層ビル群が輝いている。

軽やかな足取りで駆けてきた社会人一年目の雨。
初めて見たその光景に目を輝かせて写真を撮る。
雨「(ふと顔を上げると)……あ」
視線の先に、夜景を背に前撮りをする新郎新婦。
新婦は純白のドレスに可愛いブーケを手にしている。
雨は、ベールが風になびく花嫁を見て、
雨「お姫様みたい……」
雨M「白いドレスに可愛いブーケ、雪のようなベールを被《かぶ》ったお姫様になることを」
雨「なれるかな、いつか……」
雨M「でも、願いはもう叶わない」
7 (回想戻り)とある店の前(夜)
ドレスを見つめる雨――ふと、その脳裏に、
千秋(回想)「わたしも手伝う。雨ちゃんが〝幸せな今〟を生きられるように」
雨は悲しげに顔を伏せた。
雨M「幸せな今なんて生きられるはずがない。だって――」
杖をぎゅっと握りしめ、弱々しく歩き出す。
その背中が小さくなってゆく。
雨M「わたしの時間は、あとわずかなんだから……」

タイトル『君が心をくれたから』

第八話『きっと誰よりも幸せな今』

8　逢原家・外観（日替わり・朝・二月二十一日）

9　同・階段～居間（朝）

起きてきた雨が、階段の前で足を止めた。

ややあって、身支度を整えた太陽が顔を覗かせ、

雨「太陽君」

太陽「おはよう」

雨「ごめんね。起こしてくれてもよかったのに」

太陽「ううん、よく寝てたから」

雨「…………」

太陽「…………」

雨は支えられながら居間へと入った。

テーブルの上、本が伏せられて置いてある。

雨「（それを見て）……？」

太陽は、その本をさりげなく棚にしまって、

太陽「じゃあ、そろそろ仕事行くね」
雨「うん。夜ご飯作っておくよ。水筒持った？」
太陽「あ、忘れた」
雨「もぉ、取ってくる」
　と、笑顔で居間を出て行く雨。
　笑顔の太陽——だが、その笑みが消えた。
　太陽は部屋の戸棚に目をやった。
太陽「……………」

10　朝野煙火工業・貯水槽近くのベンチ
千秋の声「——花火師、本当に辞めるつもり？」
　太陽が振り返ると、そこには千秋の姿が。
太陽「……はい。そのつもりです」
千秋「……………」
太陽「俺のせいで雨は辛い思いをしています。毎日眠れないくらいに……」
　×　×　×
　※フラッシュ・回想（S#9前）
　先ほど見ていた戸棚の中を覗いている太陽。
太陽「あれ？　爪切《つめき》りどこだろ……」

　するると、戸棚の奥になにかを見つけ、顔色が変わる。

　取り出したのは、市販の睡眠導入剤。

太陽「睡眠導入剤……？」

　中のシートを出すと、そのほとんどが使われていて、

太陽「――」

雨「太陽君――」

　雨に呼ばれ、太陽は薬を戸棚に戻した……。

　×　×　×

太陽「なのに、俺はなにもできなくて……。だからせめて、雨を支えたいんです」

千秋「お父さんには相談したの？　子供の頃からの夢を諦めるなんて反対だわ」

太陽「俺、そんな話しましたっけ？」

千秋「……雨ちゃんから聞いたの。彼女きっと悲しむわ。自分のせいであなたが花火師を辞めるなんて知ったら」

太陽「だから言わないつもりです」

千秋「？」

太陽「俺はこれからも花火師を続ける。雨にはそうやって嘘をつくつもりです」

　と、太陽は会釈して去ってゆく。

千秋「（複雑で）………」

11　同・事務所

春陽がスマホで『必勝祈願　長崎』と検索している。

雄星の声「春陽さん‼」

雄星は、二枚のチケットを握りしめている。

雄　星「一緒にライブ行きませんか⁉」
春　陽「だれ？　ブルノマ？　テイラー？」
雄　星「さだまさしです」

春陽の顔面から表情が消え、完全なる無となった。

春　陽「雄星君。かなりきびしい話もするが、わたしの本音を聴いておけ」
雄　星「？」
春　陽「ライブは一人で行け」
雄　星「…………」

泣きそうな雄星は、純と竜一のもとへ。

竜　一「悪い悪い。真に受けるとは思わなかったからさ」
純「だったら俺と行こうぜ？」

と、そこに太陽が入ってきて、

太　陽「父さん、春陽。ちょっといいかな？」
陽平・春陽「……………？」

12　同・貯水槽近くのベンチ

日下と千秋が向き合っている。

日下「朝野太陽君の選択を否定するなど、案内人としてあってはならないことです」
千秋「でも花火師は子供の頃からの夢なんです。辞めるべきではありません」
日下「その言葉、本当に彼の心に寄り添ったものですか？」
千秋「――――」
日下「(ぼそりと) それに、彼はいつか花火師に戻る……」
千秋「え？」
日下「人は誰もが、最後は自分を守るものだから」

憂いの表情を浮かべる日下に、

千秋「……？」

13　同・事務所

陽平・春陽「プロポーズ⁉」
太陽「うん。今夜しようと思って」
春陽「なんて言うの⁉　気になる！　ねぇ、おとう――」

陽平は少し涙ぐんでいる。

春陽「は？　男泣き？」

陽平「明日香が生きてたら喜んだだろうな……」
太陽「……それでさ、二人に伝えておかなきゃいけないことがあって」
陽平「なんだ、改まって」
太陽「実は雨……五感をなくすんだ」
春陽「五感……？　どういうこと？」
太陽「すごく珍しい病気で、随分前に味覚も嗅覚もなくしてて。この前、触覚も……」
春陽「触覚……？」
太陽「これから視覚も聴覚も失うんだ」
春陽「──────」
陽平「だからお前、審査を受けることに？」
太陽「（頷き）来月の桜まつりが、俺の花火を見てもらう最後のチャンスだから」
陽平・春陽「…………」

14　逢原家・居間（夕）

白く美しいソファカバーが雨の手から滑り落ちた。
雨は慎重に身を屈《かが》め、カバーを拾うと、ソファにそれをかける。
そして満足げに微笑んで、

雨「可愛い……」
ふと、部屋の隅の棚に目が行った。

一番下の段にカバーの巻かれた本がある。今朝、太陽がしまっていた本だ。
雨は気になり、棚から出してカバーを外した。
その途端、雨の顔が強ばって……。

15　同・近くの道（夜）
仕事を終えた太陽が帰ってきた。その手にはトートバッグ。
家の前で足を止めると、緊張の面持ちで、

太陽「よし……」

16　同・玄関（夜）

太陽「ただいま！」
と、扉を開けて太陽が入ってくる。

雨「（来て）おかえりなさい」
太陽は靴を脱ぎながら、

太陽「ねぇ、ご飯食べたら花火やらない？」
そう言ってトートバッグの中を見せると、手持ち花火がたくさん入っている。

雨「やりたい！」

17　夜景を望む公園（夜）※花火のモンタージュ

スパーク花火が火花を放つと、辺りに雪の結晶のような白銀《しろがね》色が弾けた。
バケツの水面にその光が反射している。
雨と太陽の笑顔を、花火の輝きが染める。

18 同（夜・時間経過）

小休止でベンチに並んで座る雨と太陽。

太陽「（雨の肩に上着をかけて）寒くない？」
雨「触覚がないと寒さも感じないみたい。半袖《はんそで》でも平気だよ」
太陽「………」
雨「変なこと言ってごめん……。線香花火やろっか。勝負ね」
太陽「勝った方がなんでもいっこお願いできるってやつ？」
雨「うん！　今度は負けないから」

雨は、線香花火の一本を太陽に渡した。
太陽は二つの花火に火をつける。
チリチリとオレンジ色の光を放つ線香花火。
見守る二人。すると、太陽が、

太陽「火薬ってね、不老不死の薬を作ろうとして偶然できたものなんだ」
雨「不老不死の薬？」
太陽「父さんからその話を聞いたときは笑ったたな。昔の人は変なことを考えるなぁって、ちょっとバカにしちゃったよ」
　しかし、太陽は笑みを消して、
太陽「でも今は分かる気がする……」
雨「？」
太陽「どんなバカげたことでも、世界中に笑われても、その人は作りたかったのかも。大切な人を助ける魔法の薬を」
雨「……」
　悲しげな太陽の横顔を見て、雨の胸は痛くなる。
太陽「ごめん。俺も変なこと言ったね」
雨「（首を振って）」
太陽「でも、傍にいるから」
雨「……？」
太陽「魔法の薬も作れないし、なんにもできないけど、でもずっと雨の傍にいる。だから──」
　太陽の線香花火の玉が落ちた。
太陽「俺と結婚してほしい」
雨「え……？」
太陽「結婚しよ、雨……」
　雨が手にする線香花火が、驚きの表情を染める。

雨「…………」
雨の花火も終わり、辺りは闇に包まれた。
太陽「ずっと前から思ってたんだ。いつか雨と結婚できたらなって」
太陽は笑っている。その笑顔が今の雨には痛い。
それでも、精一杯、無理して笑って、
雨「なんか照れるね、こういうの」
太陽「だね。俺も恥ずかしいや」
太陽は照れを誤魔化すように噴出花火を手に立った。
少し離れたところで火をつける太陽。
その背中を見つめる雨。
脳裏に、先ほど見た本のタイトルが蘇る。

×　×　×

※フラッシュ・回想（S#14続いて）
雨がカバーを外した本、それは『よく分かる！　介護入門』というものだった。いくつも付箋が貼られており、その一ページを恐る恐る開いてみる。

それは、Q&Aのページで。

『Q.恋人の介護が必要になりました。将来のことを考えて結婚した方がいいのでしょうか？』

『A.結婚していることで、家族の同意が必要な場面などではスムーズに進めることは可能になります。お相手とよく相談していただくことが第一です。』

×　×　×

太陽「(戻ってきて) どうかした?」

雨は小さく首を振り、

雨「思ってたの……」

笑うと、その頬を涙が滑った。

雨「わたし今、きっと誰よりも幸せだなぁって……」

雨の涙を花火が銀色に染める。

太陽「大袈裟だよ (と、笑った)」

雨「そうかな (と、涙をそっと拭って)」

太陽「でも、そう言ってくれて嬉しいよ。じゃあ――」

雨「考えさせて」

太陽「え?」

雨「いや、びっくりしちゃって。一度落ち着いて考えたいの」

太陽「そっか。分かった」

雨「あ、線香花火の勝負、わたしの勝ちだったね。そのお願いも考えなくっちゃ」

そんな二人のやりとりを、日下が見つめていて、

日下「………」

19　逢原家・雨の部屋（夜）

月明かりが照らす部屋で、雨が一人、座っている。
そこに日下が現れた。すると、雨が、

雨「さっき、泣くつもりはなかったんです……」
日下「…………」
雨「嬉しかったんです、プロポーズ。でも、それよりも苦しくて……」
日下「苦しい？」
雨「太陽君に嘘つかせちゃったなぁって……」
日下「…………」
雨「きっとわたしのためなんです。わたしの将来を考えて、結婚しようって言って
くれたんです」
日下「…………」
雨「全部、わたしのために……」
雨は悲しみを隠すように笑うと、
雨「一瞬、うんって言いそうになりました。わたしも同じだったから」

×　×　×

※フラッシュ・回想（S＃6）
前撮りをする花嫁を見た記憶が蘇る。

雨「なれるかな、いつか……」

×　×　×

雨「いつか太陽君と結婚して、ウェディングドレスを着れたらなぁって、ずっと願ってたから」

日下「…………」

雨「でも、それって……」

雨の笑顔が涙で崩れた。

雨「太陽君に一生迷惑かけるってことなんですよね」

日下「…………」

雨「思ったことも伝えられない、話もできないわたしのことを、彼は一生……死ぬまで支え続けなきゃいけないんですよね……」

雨は悔しげに唇を震わせた。

日下「では、断るつもりですか？」

雨「（弱々しく頷いて）…………」

日下「しかし彼は、それでもあなたを支えるかもしれない。五感をなくしてからでは断る術《すべ》はない。ならば、プロポーズを受けてみては？」

雨「……え？」

日下は、雨に優しく微笑みかけた。

雨も、ふふっと微笑んで、

雨　「日下さん、最近すごく優しい。どうして？」
日下「私は優しくなんて……」
雨　「気にかけてくれて、ありがとうございます」
日下「………」

20　長崎市役所・外観（日替わり・二月二十二日）

21　同・カフェスペース

春陽「——はい、これ」
　と、作ったミサンガを司に渡した。
司　「わざわざ届けてくれてありがとう」
春陽「約束だったから。それじゃあ（と、歩き出す）」
司　「ねぇ、待って」
春陽「（振り返り）……？」
司　「なにかあった？」
　春陽は少しの逡巡《しゅんじゅん》の後、
春陽「実は、おにいが……」
　しかし口をつぐんだ。すると、
司　「もしかして、花火師を辞めるってこと？」

春　陽「なにそれ……」
　司は、しまったと顔を歪めた。
春　陽「詳しく聞かせて！」

22　朝野煙火工業・事務所

　太陽が休憩している。その傍らには千秋の姿。
太　陽「昨日、雨にプロポーズしました」
千　秋「そう……」
太　陽「色々心配してくれてありがとうございます」
千　秋「…………」
春陽の声「おにい――」
　目を向けると、春陽が大股《おおまた》でこちらへやってきた。
太　陽「どうした？　怖い顔して」
春　陽「花火師辞めるってどういうこと？」
太　陽「――」
春　陽「なに考えてるのよ⁉　おにいはうちの跡取りでしょ！」
　怒鳴り声を聞きつけて、陽平がやってきた。
陽　平「どうした？　春陽」
春　陽「おにい、花火師辞めるって。雨ちゃんを支えるために」

陽平「本当か？　太陽」
太陽「はい。桜まつりを最後に」
陽平「…………」
春陽「おとう、すごく喜んでたんだよ！　それに、お母さんとの約束はどうするの
よ⁉」
太陽「春陽、俺は――」
太陽は決意の表情で、
太陽「今はなによりも雨が大切なんだ」
春陽「――」
太陽「それに俺には雨を支える責任がある。だから――」
太陽は閉口した。春陽が涙をこぼしている。
春陽「そんなの許さない……」
太陽「…………」
春陽「お母さんのこと死なせておいて、そんな自分勝手なこと絶対許さない‼」
太陽「…………」
千秋「…………」
春陽「こんなことなら、わたしが約束したかったよ！　そしたら、反対されても花火
師になったのに！」
陽平「…………」

春陽「でもわたしはお母さんの顔も知らない……声も、なにも分からない……約束もない……だから――」

春陽「だからおにいに頑張ってほしかったのに！」

春陽は大粒の涙を溢れさせ、

太陽「………」

千秋「………」

春陽「バカ！　ゴミクズ！　無責任！　そんな程度の気持ちなら、最初から花火師になるな！」

そう言うと、春陽は踵を返して走り去った。

太陽「………」

陽平「………」

23　同・同（時間経過）

一人、項垂れて座る太陽。

すると、陽平が息子の前に缶コーヒーを置いた。

陽平「春陽は本気で花火師になりたかったんだな。それに、明日香の顔も……」

太陽「父さんは……どう思ってるの？」

陽平は言葉を探した。そして、

陽平「お前が弟子になりたいって言ってくれたとき、本当は嬉しかったよ。明日香の

太陽「願い？」願いが叶うと思って」

陽平「お前が生まれてすぐの頃、先代が――お前のじいちゃんが亡くなってな。一度はここを畳もうかとも思った。そしたら明日香の奴、怒ってな。朝野の花火は、なにがあっても未来に繋げないとダメ！　って」

陽平は悲しげなまなざしで、

陽平「だから嬉しかった。お前に朝野煙火を託せることが……」

太陽「…………」

24　神社・境内

春陽が一人、石段に座っている。

春陽「…………」

25　（回想）朝野煙火工業・事務所（二〇一六年二月）

中学生の春陽がスマホをいじっている。

達夫「（仕事の手を止め）お嬢も春から高校生か。陽平にはもう言ったのか？　花火師になりたいって」

春陽「断られた。お前には務まらないって」

達夫「そうか……」

春　陽「お母さん、ここでどんな仕事してたの？　花火師じゃなかったんだよね？　結婚して働き出したんでしょ？」
達　夫「明日香さんはうちの番頭だった。それに、朝野煙火の太陽だったな」
春　陽「太陽？」
達　夫「『さぁ、今日も頑張ろう！』っていつも笑ってたよ」
春　陽「…………」
達　夫「もし気が向いたら、お嬢も俺らを照らしてくれよ。お前は明日香さんによく似てるからな」
春　陽「ほんと⁉」
達　夫「ああ。だから一緒に守ってくれ。明日香さんが残した、この朝野煙火を」
　春陽の目に希望の光が宿ると、
春　陽「じゃあ守る。お母さんの代わりに！」

26　（回想戻り）神社・境内
　そして春陽は、決意の表情で立ち上がった。

27　朝野煙火工業・事務所（夕）
　陽平がどこかへ電話をしている。
陽　平「もしもし、朝野陽平です。突然なんですが、お願いがありまして……」

28　逢原家・居間（夕）※以下、カットバックで

　　雨がスマホを耳に当てている。

雨　　　「どうしたの、突然……。なにかあった？」

霞美の声「実はお母さん、正式に退院できることになったの」

　　雨の電話の相手は、母・霞美だった。

雨　　　「ほんと？　おめでとう！　いつ？」

霞　美「四月の初めに」

雨　　　「四月……（と、腕時計を見た）」

　　減り続ける数字に表情が暗くなる。

霞　美「退院したら一緒に暮らさない？」

雨　　　「――――」

霞　美「すぐに返事はいらないわ。あんな酷いことをしておいて今更虫のいい話だって分かってるから」

雨　　　「……………」

　　逢原家の来客をシンディーが告げた。

雨　　　「ごめん、お客さん。またお見舞い行くね。じゃあ」

29　同・玄関（夕）

雨が壁に手を添えながらやってきた。上がり框《がまち》に置いてあった杖を手にすると、段差に気をつけながら三和土《たたき》に下りた。そして、扉を開くと、

雨「……春陽ちゃん」

そこにいたのは、春陽だった。

30 同・居間（夕）

少し離れて座る雨と春陽を夕陽が染めている。

春陽「――プロポーズ、もうされた？」

雨「うん……。でもまだ返事してないの。あ、もちろん嬉しかったよ。これで春陽ちゃんのお姉ちゃんになれるなぁって――」

春陽「断って」

雨「え？」

春陽「プロポーズ、断ってほしいの」

雨「…………」

春陽「酷いこと言ってるって分かってる。いつも二人の邪魔ばっかりして最低だって。でも、わたし……花火師、続けてほしくて……」

雨「？」

春陽「だから結婚しないで」

雨「…………」

春陽「おにいから花火を奪わないで」
雨「どういうこと……？」
春陽「おにい、桜まつりが終わったら花火師辞めるの」
雨「――」
春陽「俺には雨ちゃんを支える責任があるからって」
雨は棚に置かれたあの本を見た。
春陽「ごめんね、雨ちゃん……」
雨「…………」
春陽「きっと雨ちゃんが一番辛いよね……苦しいよね……。それは分かってるの。でも、だけど……」
春陽の目から涙が落ちた。
春陽「わたしは朝野煙火を守らないといけないの」
雨は、春陽の笑顔を思い出した。
× × ×
※フラッシュ・回想（第七話S#12）
春陽「もし雨ちゃんがわたしのお姉ちゃんになったら、結構？　かなり？　相当？いやいや、ハイパー嬉しいもん」
× × ×
しかし春陽は今、泣いている。

春陽「だからお願い」
雨「…………」
春陽「お願いします……」

×　×　×

※フラッシュ・回想（第七話S＃14）
春陽は、雨に右手を差し出し、
春陽「ありがとう、お姉ちゃん」

×　×　×

春陽は手をつき頭を下げると、絞り出すように、
春陽「おにいの前から、いなくなってください……」
その姿に、雨はたまらない気持ちになった。
雨「…………」

31　高台の公園（夕）

景色を眺めている太陽が、傍らの千秋に、
太陽「酷いですよね。妹を泣かして、父さんをがっかりさせて」
千秋「…………」
太陽「確かに俺は朝野煙火の跡取りだし、この十年、修業も頑張ってきたつもりです。父さんの期待も、母さんとの約束も分かっています。でも――」

千秋「…………」
太陽「雨がいないと意味ないんです……」
太陽は悲しげに笑って、
太陽「間違えてますかね、俺……」
千秋「…………」

× × ×

※フラッシュ・回想（S＃12）
日下「その言葉、本当に彼の心に寄り添ったものですか？」

× × ×

太陽の隣に並び立つと、
千秋「あなたは正しいわ」
太陽「――」
千秋「前の言葉は撤回する」
千秋は清々《すがすが》しく笑って、
千秋「跡取りなんて誰だっていいじゃない。お父さんも分かってくれる。それに、お母さんが生きていたら、きっとこう言うわ」
太陽に優しく微笑みかけて、
千秋「わたしとの約束なんて、どうでもいいのよ……って」
太陽「そうかな……」

千秋「そうよ。だから太陽君、心のままに生きなさい」
太陽はその言葉が嬉しくて微笑む。
千秋「じゃあ、桜まつりが最初で最後の花火か」
太陽「でも、どんな花火にしたらいいか迷ってて……」
弱々しい表情の太陽に、千秋は、
千秋「ねぇ、今って何秒間だと思う？」
太陽「今？　見当もつかないや」
千秋「十秒間よ。それって——」
千秋は、そっと目を細め、
千秋「打ち上げ花火が夜空で咲いて、散るまでの時間」
太陽「…………」
千秋「花火師は、花火を見てくれる人の〝今という十秒間〟のために全身全霊を尽くすのね。その人たちの心に、一生残り続ける想い出を届けたくて」
太陽「…………」
千秋「あなたの人生で一番大切だった十秒間、それを花火に込めてみたら？」
太陽「一番大切だった十秒間……」
千秋「（微笑み、頷いて）…………」

32　逢原家・居間（夜）

ぼんやりと雨が座っている――と、

太陽の声「ただいまー」

太陽が居間に入ってきた。

雨「おかえり。こっちきて」

太陽「(来て)どうしたの?」

雨「プロポーズの返事、今しようと思って」

隣に座った太陽は緊張で背筋を伸ばした。

雨「ねぇ、太陽君」

雨は頬を綻《ほころ》ばせ、

雨「わたしと結婚してください」

太陽「――――」

雨「ふつつか者ですが……で、あってるっけ?」

太陽「いいの? 本当にいいの?」

雨「うん! 太陽君こそ、わたしでいいの?」

太陽は、嬉しさのあまり雨を抱きしめた。

太陽「もちろんだよ! 雨じゃなきゃダメだって!」

雨「大袈裟だなぁ」

春陽(回想)「おにいから花火を奪わないで……」

雨「………」

春陽（回想）「俺には雨ちゃんを支える責任があるからって」
雨「太陽君……」
　雨は、感覚のない手を太陽の背中に回した。
雨「いつもわたしを一番に想ってくれて、ありがとう……」
太陽「俺の方こそ、ありがとう。嬉しい。本当に嬉しいよ」
雨「……………」
　太陽は込み上げる涙を隠すように、身体を離すと、
太陽「じゃあ婚姻届出さなきゃね！　あ、証人どうしよう！　一人は父さんで、もう一人かぁ、誰がいいかなぁ！」
　雨は、嬉しそうな彼を見つめて、
雨「（悲しげに笑って）……………」

33　長崎市役所・外観（数日後・二月二十六日）

34　同・カフェスペース
　太陽と雨、司がテーブルに着いている。
　司は、二人の婚姻届の証人欄に印鑑を押した。
太陽「すみません、図々《ずうずう》しく証人まで」
司「とんでもない。光栄ですよ」

太陽「あとは出すだけか。なんかドキドキしてきたね」

雨「うん……。あ、でも今、窓口混んでるみたい。出しておくから太陽君は仕事に戻って」

太陽「いや、でも……」

雨「桜まつりの準備もあるでしょ？　時間もったいないよ」

太陽「……じゃあ、任せていい？」

雨「もちろん」

太陽「今夜は早く帰るよ。それじゃあ」

と、太陽が手を振って去ると、

司「さて、僕らは窓口に行こうか。付き合うよ」

するると、雨は静かに首を振った。そして、

雨「帰ります」

司「帰る？」

雨「出すつもりないんです。婚姻届」

司「――――」

雨「わたし、太陽君とは結婚しません」

司「どうして？」

雨は涙ながらに微笑んだ。

雨「立派な花火師になってほしいから……」

司「…………」
雨「でも、わたしと結婚したら、彼の未来を奪っちゃう……。だからいなくなります。あと一ヶ月で、太陽君の前から」
司「…………」
雨「だけど変にプロポーズを断ったら怪しまれそうで。そしたら彼、きっと内緒でわたしを支えちゃう。なにも分からなくなったわたしのことを」
司「…………」
雨「司さん、わたしの五感が全部なくなったら、太陽君に伝えてくれますか？」
　雨の顔から笑みが消えた。
雨「ほんとは結婚してないよって」
　その頬に、涙が伝った。
雨「責任なんて感じなくていいんだよ」
　それでも雨は微笑んで、
雨「太陽君は自由に生きて……って」
司「いいの？　それで」
雨「はい……」
司「…………」
雨「いつも面倒なお願いばっかりでごめんなさい」
司「いいよ。だって僕は、傘だから」

雨「傘？」
司「つかさって名前。ほら、傘が隠れてる。雨には傘が必要でしょ？」
雨「ほんとだ……。でもちょっとキザですね」
司「え！　そ、そうかなぁ？」
　戸惑う司に、雨は吹き出すように笑みをこぼして。

35　海を望む公園　※以下、カットバックで
　雨が霞美と電話をしている。見守る日下の姿。
雨「この間、電話で言ってくれたことだけど……。迷惑かけちゃうけど、わたしもお母さんと暮らしたいな」
霞美「本当に!?」
　雨は薄く微笑み頷くと、
雨「でも長崎は離れたいの。誰もわたしを知らないところへ連れてって。太陽君にも、誰にも言わずに……」

36　病院・談話スペース
　電話をしている霞美が驚きの表情で、
霞美「え……？」
看護師の声「逢原さーん、病室戻りますよ」

霞美「ごめん、雨。戻らなきゃ。また連絡するね」

37　海を望む公園

雨は電話を切ると、振り返って日下に、

雨「プロポーズ、受けないことにしました。それが一番いいと思って……」

日下「そうですか……。しかし願いは叶えてもいい。ずっと望んでいたんでしょ？」

雨「…………」

日下「今だけは、どんな嘘をついたって神様も許してくれるはずです」

雨は微笑み、ポケットから折り畳んだ婚姻届を出す。

雨「じゃあ、ついちゃおうかな」

そして、愛おしげに彼の名前をそっと撫で、

雨「あと一ヶ月だけ……」

意を決し、婚姻届をその手で破いた。

雨「太陽君の奥さんでいたいから……」

38　逢原家・玄関（夜）

扉を開けて太陽が帰ってきた。

太陽「ただいまー」

真っ暗な居間を見て怪訝に思っていると、傍らにあるものを見つけた。

それは落ち着いた色のシャツと蝶《ちょう》ネクタイ、そしてベストだ。
傍らには乱れた字の置き手紙もある。
『これにきがえて　入ってきて　雨』とある。

太陽「……？」

39　同・居間（夜）

入ってきた太陽は目を見開いた。
いくつものバスケットブーケで飾られた部屋がオレンジ色の光に包まれている。可愛らしいキャンドルランプが照らす光の中、雨が照れくさそうに立っている。白いワンピース姿で。
その手にはピンクの胡蝶蘭《こちょうらん》やチューリップ、クリスマスローズなどで作ったウェディングブーケ。

雨「ほんとは、ちゃんとしたドレスも買いたかったの。けど思ったよりもお花が高くて。だから押し入れから、このワンピースを引っ張り出したんだ」

雨は、はにかみながら太陽を見て、

雨「どう？　ちょっとは花嫁みたいに見えるかな」

太陽「見えるよ……」

微笑み合う二人。

雨「ねぇ、今から結婚式しよ」

太陽「ここで？　式場じゃなくていいの？」
雨「ここでいい。ここで十分……」
太陽「分かった。じゃあ、やろう」
　雨は嬉しそうに笑った。
太陽「順番ってどうだっけ？　結婚指輪、誓いの言葉、それからベールを上げて――」
雨「あ、ベール」
　雨の頭には、なにも施されていない。
雨「なにかないかなぁ……」
　すると、彼女はあるものを見つけて微笑んだ。
　と、そこに雨の心の声がかかって、
雨Ｍ「昔、憧れたことがある」
　雨はそっと手を伸ばす。
雨Ｍ「白いドレスに可愛いブーケ――」
　先日買ったレース地のソファカバーを手に取った。
　それを太陽に見せて微笑む雨。
　太陽も釣られて笑った。
　そして彼は、彼女の頭にソファカバーをふわりと乗せた。
雨Ｍ「雪のようなベールを被ったお姫様になることを」
　偽物のベールを被った雨は、本物の花嫁のようだ。

雨「安物のソファカバーだけど変じゃない？」
太陽「綺麗だよ。まるで――」
雨「お姫様みたい？」
太陽は満面の笑みで頷いた。
雨M「あなたのお姫様になることを」
雨も、目に涙を浮かべて微笑んだ。
雨「よかった……」
雨M「だからこれが、ただの結婚ゴッコでも……」
太陽「誓いの言葉って、どんなんだっけ？」
雨「…………」

×　×　×

※フラッシュ・回想（第三話S＃34）
以前、チャペルで見た結婚式の光景。
笑顔で誓いの言葉を口にしていた新郎新婦。
新郎・新婦「わたしたちは、ずっとずっとこれからも、二人で一緒に生きてゆくことを誓います」

×　×　×

その言葉を聞いていた雨――しかし、
雨「分からないから省略しちゃおっか」

雨　M「未来を誓うことができなくても……」
　雨は右手の指輪を外すと、彼に渡した。
　太陽は、彼女の左手を取り、薬指に指輪をはめる。
雨　M「たった一ヶ月の嘘だとしても……」
　そして、太陽が雨のベールをゆっくり上げる。
　雨は、うんと幸せそうに微笑んだ。
雨　M「この十秒間だけは——」
　二人は、結婚のくちづけを交わした。
雨　M「きっと誰よりも幸せな今……」

40　朝野煙火工業・事務所（夜）
　春陽がスマホを見つめている。
　それは、夕方届いた雨からのＬＩＮＥだ。
　『わたしも春陽ちゃんと同じ気持ちだよ』
　『でもあと一ヶ月だけ、太陽君と結婚したフリをさせてほしいの。お願い』
春陽「…………」
陽平「春陽——」
春陽「なに？」
陽平「……母さんの写真があるんだ」

春陽「!? 全部燃やしたんじゃなかったの？」
陽平「この間、明日香の実家に電話して、送ってもらったんだ」
春陽「もしかして、わたしのために……？」
陽平は曖昧に笑って、
陽平「明日香の奴、折に触れてお前や太陽の写真を父親に送っていたみたいでな。春陽が生まれたときのも入ってたよ」
そう言って、封筒を渡した。
春陽は、その中から数枚の写真を出す。
春陽「これが、お母さん？」
春陽は嬉しそうに笑って、
春陽「綺麗な人……」

41 寺院（夜）

月明かりの中、日下と千秋が座っている。
千秋「子供の頃からの夢を叶えてほしい。それに、あの約束も。そう思って、ちゃんと寄り添えていませんでした」
日下「案内人は奇跡を見守るだけの存在です。しかし、心の中は自由だ。願ってもいい」
千秋「なら、願います……。二人の今が、幸せでありますようにって。案内人として。それから――」

42　朝野煙火工業・事務所（夜）

春陽の手にした封筒には『千秋光太郎《こうたろう》』の文字。
写真に写っているのは、幼い春陽を抱く女性。
それは、千秋だった。

43　寺院（夜）

千秋は薄く微笑んで、

千　秋「太陽の母親として……」

《第八話　終わり》

1　朝野煙火工業・事務所（二月二十七日・夜）

雄　星「ピーカンさん、結婚おめでと〜！」
　達夫、竜一、純の拍手と共に、雄星が太陽に花束を手渡した。
　太陽は照れ笑いで、

太　陽「ありがとうございます！」
　拍手の中、春陽が無言で出て行った。
　太陽は、そんな妹が気になって……。

2　同・貯水槽近くのベンチ（夜）
　春陽が一人、スマホを見つめている。そこには、雨からのメッセージが。
『わたしも春陽ちゃんと同じ気持ちだよ』
『でもあと一ヶ月だけ、太陽君と結婚したフリをさせてほしいの。お願い』

春　陽「………」
　×　×　×
　※フラッシュ・回想（第八話S＃30）
　春陽は、手をつき、頭を下げた。

春　陽「おにいの前から、いなくなってください……」
　×　×　×

ため息と共に歩き出す春陽——だが、ポケットに手を突っ込んだ瞬間、その足が止まった。中から、母の写真が入った封筒を出して、

春陽「………」

3　同・事務所（夜）

太陽が一人、花火の資料を見つめている——と、

陽平「（来て）なんだ、まだ残ってたのか？」

太陽「どんな花火にしようかなって……」

陽平「桜まつりのか？」

太陽「はい。あ、でも、俺の人生で一番大切だった十秒間を込めようと思ってて」

陽平「十秒間？」

太陽「ある人がアドバイスをくれたんです。花火師は〝今という十秒間〟のために全身全霊を尽くすんだって」

陽平「⁉　お前、どうして……？」

太陽「え？　どうかしました？」

陽平「いや……」

太陽「ちなみに、父さんの人生で一番大切だった十秒間は？」

陽平「……そんなの、すぐには思い出せんよ」

太陽「だよね。じゃあ、そろそろ帰るよ」

太陽は鞄を手に事務所を出てゆく。
一人残された陽平は呆然として……。

4　同・貯水槽近くのベンチ（夜）

歩いてきた太陽が、ベンチに座る春陽を見つけた。
太　陽「なにしてんだよ、こんな寒いのに」
春　陽「おにいのこと待ってたの。渡すものがあって」
と、封筒を兄に向けて、
春　陽「これ、お母さんの写真」
太　陽「え？」
春　陽「おとうが、お母さんの実家から取り寄せてくれたの」
太陽は驚き、恐る恐る封筒を受け取った。
春　陽「綺麗な人でびっくりしたよ……どうかした？」
写真を手に呆然とする太陽。
太　陽「千秋さん……」
そこに写っているのは、普段着姿の千秋だった。

5　逢原家・居間（夜）

暗闇の中、千秋の美しい顔がオレンジ色に染まった。

彼女の視線の先には小さなキャンドル。

雨が、その光をぼんやり眺めている。

雨「……このキャンドル、昨日の結婚式で使ったんです」

×　×　×

※フラッシュ・回想（第八話S＃39）

キャンドルの光の中、向き合う雨と太陽。

雨「ねぇ、今から結婚式しよ」

太陽「ここで？　式場じゃなくていいの？」

雨「ここでいい。ここで十分……」

×　×　×

千秋「本当によかったの？　太陽君と結婚しなくて」

雨は腕時計に目を向けた。視覚消失まで、あと二十六日。

雨「…………」

悲しみを隠すようにキャンドルの灯を見て、

雨「キャンドルの光って落ち着く……どうしてなんだろう」

千秋「……きっと、希望の光だから……」

雨「希望の光？」

千秋「人はね、誰もが心にキャンドルを持っていて、そこには希望が灯っているの。その光を消さないように、大切に、誰かと分け合いながら生きてゆくのが人生なんだって」
微かに開かれた窓から風が迷い込んできた。
雨「あるのかな……」
千秋「え？」
雨「太陽君の花火を見たあと、五感を全部なくしたら……希望の光……」
千秋「…………」
と、そこに雨の心の声がかかり、
雨M「この小さな淡い光が、なんだかとても愛おしい。わたしの希望に似ているからだ」
キャンドルの灯が、風にゆらゆら揺れている。
雨M「風が吹いたらあっという間に消えてしまう、弱くて儚い灯火《ともしび》だから……」
雨は、今にも消えてしまいそうな、灯火を見つめて。

タイトル『君が心をくれたから』
第九話『いつか見る景色のために』

6 逢原家・外観（日替わり・二月二十八日・朝）
雨（先行して）「これ……千秋さん⁉」
7 同・居間（朝）

　雨が、太陽の母親の写真を見て驚いている。
　太陽は神妙な面持ちで頷いた。
雨「千秋さんにはもう訊いたの？」
太陽「まだ……。なんか戸惑っちゃって」
　苦笑いの太陽に、雨は優しく笑いかけ、
雨「よかったね、太陽君」
太陽「？」
雨「これでお母さんに伝えたいことを伝えられるね。話してごらんよ。せっかくまた会えたんだから」
　太陽はその言葉に笑顔になる――が、
日下の声「やめた方がいい」
　二人が振り返ると、そこには日下の姿が。
雨「どうしてですか……？」
日下「我々案内人は、元は普通の人間です」
雨・太陽「!?」
日下「死後にその素質がある者だけが選ばれます。私と彼女は奇跡を見届けることが役目ですが、奇跡対象者が生前の関係者だった場合、担当することは許されません」
雨「なら、どうして千秋さんは？」

日下「彼女はそれでも食い下がった。旧姓である〝千秋〟を名乗り、正体を隠すと誓って。そうまでして会いたかったのでしょう、成長したあなたに」
太陽「………」
8　とある公園（朝）
　千秋がベンチに座り、砂場を見ている。そこには幼い男の子が遊ぶ姿がある。

千秋「………」

日下（オフ）「天は、生前にまつわる会話を禁じることで、彼女の願いを聞き入れました」
9　逢原家・居間（朝）
太陽「じゃあもし、俺が『母さん』って呼んだら……？」
日下「彼女は月明かりに溶けて消えます」
雨・太陽「――」
日下「魂は完全に消滅する。それが、天が課した条件です」
太陽「………」
雨「………」
10　朝野家・リビング（朝）
　リビングで一人、陽平がぼんやりしている。

その胸に、妻のかつての言葉が蘇った。

千秋（回想・先行して）「ねぇ、今ってどのくらいの時間だと思う？」

11（回想）とある公園（二〇〇〇年三月・S#8の公園）

陽　平「今って、この今か？」

陽平が驚くと、隣に座っていた千秋が頷いた。彼女のお腹は大きい。

千秋は『今という時間』という本を見せて、

千　秋「この本には0．01秒にも満たない時間って書いてあるの。陽平さんは、今ってどのくらいの時間だと思う？」

陽　平「そうだなぁ……十秒間だ！」

千　秋「十秒間？　どうして？」

陽　平「十秒って言やぁ、尺玉《しゃくだま》の花火が空で咲いて散るまでの時間だ」

陽平は、砂場で遊ぶ四歳の太陽を見て、

陽　平「俺たち花火師は、花火を見てくれる人の〝今という十秒間〟のために全身全霊を尽くすんだ。その人たちの心に、一生残り続ける想い出を届けたくて……なんてな」

陽平が照れ笑いを浮かべると、

千　秋「今は十秒間……」

陽　平「？」

千　秋「わたしもこれからそう思お！」

　楽しげな千秋に、陽平も思わず笑顔になって。

12　(回想戻り) 朝野家・リビング (朝)

　インターフォンが鳴って陽平は我に返った。

春　陽「もぉ、誰？　こんな朝早くに」

　と、モニターを見る春陽、その表情が強ばった。

春　陽「(応答して) ……はい」

13　朝野家近くの公園 (朝)

　ベンチに司と春陽の姿がある。

司「一昨日、二人が婚姻届を出しに来たんだ。それで僕が証人に。でも……」

春　陽「しなかったんでしょ？　結婚」

司「知ってたの？」

春　陽「うん。雨ちゃんから連絡来た」

司「そのこと、太陽君には？」

春　陽「言えないよ。全部わたしのせいなんだから……」

司「春陽ちゃんのせい？」

春　陽「わたし、雨ちゃんに最低なこと言ったの」

春陽「おにいの前から、いなくなってって……」
　春陽は自分を責めるように顔を歪めて、
司「…………」
春陽「許せなかったの。お母さんとの約束を捨てて、雨ちゃんのために生きようとしてるおにいのことが……」
　春陽は言葉を詰まらせ、涙した。
春陽「でも……今一番許せないのは、わたしなの……」
司「だったら、今からでも――」
春陽「もう遅いよ。合わせる顔なんてない」
　司は、俯く春陽を見つめて、
司「雨ちゃん、桜まつりの頃に視覚を失うんだ……」
春陽「え……時期が分かってるの⁉ でも、そんな病気……」
司「どうやら病気じゃないらしい」
春陽「どういうこと？」
司「分からない。でも視覚を失ったら次はきっと聴覚も……。だから伝えたいことは今伝えた方がいい。雨ちゃんと意思の疎通ができるうちに」
春陽「…………」

14　逢原家・玄関（朝）

仕事へ向かうため、太陽が靴を履いていると、

雨「――できるよ、きっと」

その声に、太陽が首だけで振り返る。

雨「伝えられるよ。お母さんに、太陽君の気持ち」

太陽「……そうかな」

と、背を向けたまま立ち上がると、

雨「できる！　だからほら、しっかりして！」

と、太陽の背中を思い切り叩いた。

太陽「痛ぁぁ〜〜……」

雨「そんなに痛かった？　ごめん、力加減できなくて」

太陽「痛い……でも元気出た」

太陽は背筋を伸ばして、

太陽「ありがとう、雨。じゃあ、行ってきます」

雨「行ってらっしゃい」

15　長崎市立美術館・前

日下が一人、美術館を見上げている――と、

千秋の声「……日下さん」

その声に、日下が振り返る。

千秋「美術館が、どうかしましたか？」
日下「いえ……。二人があなたの正体に気づきました」
千秋「どうして⁉」
日下「旦那さんが、ご実家から写真を取り寄せたようです」
千秋「………」
日下「どうするおつもりで？」
千秋「？」
日下「このまま案内人としての役目を全うするか。はたまた、自ら母であることを告げて月明かりに溶けて消えるか」
千秋「………」

16　朝野煙火工業・事務所

雄星「どうして春陽さんとあいつを二人きりにしちゃうんですかぁ！」
陽平「い、いいだろ。親切そうな奴だし」
雄星「いやいやいやいや！　親方、見る目ないですって！　男ってのは親切そうに見えれば見えるほど、うちに秘めた下心がすごいんですから！」
純「お前、急にどうした？」
陽平「お、大袈裟なこと言いやがって……」
ガチャ……と、ドアが開いて春陽が入ってきた。

春陽「遅くなりました……」
俯きがちの春陽に一同は言葉を失う。
純「どうした、お嬢？」
竜一「目が真っ赤だぞ……」
達夫「泣いたのか？」
春陽「な、泣いてないし！」
陽平「…………」
雄星「ほら、見ろぉ！　市役所野郎のマイナンバーが春陽さんの身体に刻まれちゃったじゃないですかぁ！」
陽平「どうなんだ、春陽！　答えろ！　答えなさい！」
春陽「うるさい。キモい。暑苦しい。……てか、おにいは？」

17　同・貯水槽近くのベンチ
緊張の面持ちで座る太陽が深呼吸をした。そして、
太陽「……千秋さん」
その声に、千秋が現れた。彼女も緊張した様子で、
千秋「どうしたの？」
太陽「えっと、その……今休憩中で。話し相手になってもらおうかなって思って。すみません……」

千秋「謝ることないわ」

と、千秋は隣に座った。

しかし太陽はドギマギして、横へとずれて距離を取ってしまう。

太陽「す、すみません……」

千秋「(くすりと)さっきから謝ってばっかり」

太陽「すみません……あ、いや、ごめんなさい……」

上手く話せず、顔をしかめる太陽。

そんな我が子に、千秋はふふっと微笑んで、

千秋「じゃあ質問。太陽君のこれまでの人生を教えてほしいな」

太陽は一瞬驚くも、表情を柔らかくして、

太陽「普通の人生です。子供の頃からここによく入り浸っていました。俺もいつか花火師になりたいなぁって思いながら。でも——」

と、表情を暗くして、

太陽「赤い色が見えないことが分かって諦めたんです」

千秋「…………」

太陽「落ち込みました。もうこれで母さんとの約束は叶えられないんだって。それを支えに生きてきたから……」

千秋「…………」

太陽「けど、高校で雨と出逢って、もう一度頑張ろうって思ったんです。俺の花火で

幸せにしたいって。だから俺の人生は、雨と――」
太陽は、母のことを見ることなく、
太陽「母さんのおかげで今があるんです……」
千秋「そっか……」
太陽「……千秋さん、お願いしてもいいですか？」
千秋「？」
太陽「天国があるか分からないけど……もしそこで偶然……偶然、俺の母さんに会ったら、伝えてほしいんです……」
太陽は目に涙を浮かべて母を見て、
太陽「ごめんなさい……」
千秋「…………」
太陽「俺のせいで火事に巻き込んで、ごめんなさいって……」
千秋は込み上げる気持ちを胸に隠して、
千秋「……分かった。伝えるわ」
太陽「すみません。変なお願いして」
千秋「ううん。じゃあ、わたしもいいかしら」
太陽「え？」
千秋「……見たい景色があるの」
太陽「…………」

千秋「（微笑んで）………」

18　逢原家・居間

窓の外では鳥の声が聞こえる。そんな中、雨は一人、腕時計を見つめていた。
減り続けている数字。目のマークが不気味に映る。
雨は恐る恐る両耳を塞いでみた。その途端、鳥の声は聞こえなくなった。
そして、目も閉じた。音も、光も、自分の存在すらも感じられない世界。
途端に怖くなって目を開き、

雨「日下さん……」
その声に、日下が現れた。

雨「五感が全部なくなっても、日下さんたちは傍にいてくれるんですか……？」

日下「いいえ。奇跡が終われば、我々はいなくなります」
その言葉に、雨は堪《たま》らず俯いて、

雨「……お願いがあります」

日下「？」

雨「耐えられません……真っ暗な中で独りでずっと生きてゆくなんて……絶対無理
……だから――」
雨は哀願するまなざしを日下に向けて、

雨「わたしのこと、死なせてください……」

日　下「………」

19　朝野煙火工業・事務所

　仕事をする陽平と春陽。そこに、太陽が来て、

太　陽「ねぇ、今晩、家族でメシでも食おうよ」
陽平・春陽「メシ？」
太　陽「(笑顔で頷き)………」
日下(先行して)「――それはできません」

20　逢原家・居間

日　下「我々は奇跡を見届けるだけの存在です」
雨「そうですよね……」
日　下「しかし気持ちは分かります。私もかつて、あなたと同じように思ったことがある」
雨「え……!?」
日　下「私は、一九五三年に東京で生まれました」
雨「随分、昔……。どんな人だったんですか？」
日　下「映画が好きで、脚本家を目指していたんです」
　雨は思わず笑ってしまった。
雨「ごめんなさい。今の日下さんと違いすぎて」

日下　日下も頭を振って微笑んだ。
日下「厳格な両親のもとを飛び出し、下宿で脚本を書いては映画会社に持ち込んでいましした。夢は叶わなかったけど、楽しい日々でした。そんな中、ある女性と出逢いました。画家を目指していた、白石小夜子《しらいしさよこ》という女性です」
雨「日下さんの初恋の人？」
日下「はい……」

21　（回想）夏の陽射《ひざ》しに溢れた公園（一九七二年）
白い光の中、男女が手を繋いで歩いている。
幸せそうな二人の背中が陽光に染まって——。
日下（オフ）「今思えば、あの夏が人生で一番幸せな時間でした」

22　（回想戻り）逢原家・居間
西日が日下の横顔を寂しげに照らしている。
日下「しかし二十歳のとき、彼女は事故に遭って瀕死《ひんし》の重傷を負いました。その報《しら》せを受け、私は病院へ向かった。そこに、喪服姿の男が現れたんです」
雨「それって……？」
日下「案内人です」
雨「——」

×　×　×

日下（オフ）「彼は言った。白石小夜子は命こそ助かるが、生涯動くことはできないだろう。でも君が奇跡を受け入れれば、彼女を助けることができると」

※フラッシュ・回想（一九七三年・冬）
喪服姿の男と日下が病院の廊下で相対している。

×　×　×

雨「……どんな奇跡だったんですか？」

日下「彼女が負った怪我を、私が引き受けるというものです」

雨「!? それで日下さんは……？」

日下「彼女には画家になる夢を叶えてほしかった。そして信じた。なにがあっても変わらず私を想ってくれると。しかし――」

23（回想）冬の陽射しに包まれた和室（一九七三年）
天井を見つめる視界――と、声に呼ばれて視線を移すと、訪問でやって来た看護師の姿。その手には手紙が。看護師が裏を返すと『白石小夜子』とある。

日下（オフ）「後遺症もなく目覚めた彼女は、私を見捨てて姿を消した。残された手紙には『私は画家になりたい。だからあなたを支えることはできない』と……」

24（回想戻り）逢原家・居間

日下「それから二十年、彼女の宿命を肩代わりした私は、夢も恋人も失い、ただ一人、孤独に生きました。奇跡を受け入れたこの人生に、なんの希望も見出《みいだ》せずに……」

日下は苦笑すると、

日下「変な話をしました。忘れてください」

雨は俯きながら、ぽそりと、

雨「……やっぱりないんですね」

日下「？」

雨「奇跡の先に、希望なんて……」

日下「……」

太陽（先行して）「じゃーん！」

25　朝野家・リビング（夜）

太陽が鍋の蓋を開けると、白い湯気が立ち上った。
美味そうなもつ鍋がぐつぐつ煮えている。

春陽「いただきまーす！」

陽平「（酒をやりながら）久しぶりだな。こういうの」

春陽「しかも、おにいのおごり。どういう風の吹き回し？」

太陽「それは……」

と、目を向けると、部屋の隅に千秋の姿が。

千　秋「………」

26（回想）朝野煙火工業・貯水槽近くのベンチ（S＃17続いて）

千　秋「……見たい景色があるの」
太　陽「………」
千　秋「（微笑んで）……家族団らん」
　　太陽は驚くも、微笑み返して、
太　陽「分かりました……」

27（回想戻り）朝野家・リビング（夜）

太　陽「たまには家族団らんもいいかなって思って」
陽　平「ああ、そうだな」
春　陽「てか、家族みんなで集まるのって久しぶりだよね」
太　陽「……あと一人」
陽平・春陽「？」
太　陽「母さんもここに呼ぼう」
春　陽「なにそれ？　イタコ的なこと？」
　　太陽は立ち上がり、陽平の隣の椅子を引いた。
　　鍋の具材を皿に注いで席の前に置くと、

太陽「これ、母さんの分」
陽平「………」
　太陽は自席に座って、部屋の隅の千秋を見た。
　二人にバレないように「こっちへ」と目配せをする。
千秋「………」
　あの頃の面影を残して微笑む太陽。
　その笑顔に誘われて、千秋は恐る恐る一歩を踏み出す。
　そして、陽平の隣にそっと座った。
千秋「………」
陽平（先行して）「明日香、お前も飲むか？」
28（回想）同・同（二〇〇〇年十一月・夜）
　陽平が千秋のグラスにビールを注ごうとすると、
千秋「ダメよ、授乳中なのに。あなたが飲んで」
　千秋が注いだビールを陽平は美味そうに飲んで、
陽平「うまい！　太陽、ハンバーグはどうだ？」
太陽「世界一おいしい！」
陽平「そうか！　じゃあ父さんも食べるかな！」
　笑顔で手料理を食べる太陽と陽平。

ベビーベッドの春陽も笑っているようだ。
家族団らんの光景に、千秋も幸せそうに笑って。

29　（回想戻り）同・同（夜）

かつての幸せな想い出が千秋の胸を包む。
そして今、家族四人でテーブルを囲んでいる。
その光景を愛おしげに見つめる千秋。

太陽「おい、春陽！　モツばっかり取るなって！」
春陽「なかなか帰ってこない奴はニラでもしゃぶってなよ」
太陽「はぁ？　俺が食材買ったんだけど？」
陽平「おいおい、お前らケンカするなって」

笑顔の太陽、陽平、春陽。
その笑顔に触れ、千秋は思わず涙をこぼした。
我慢しようとしても涙は止まらない。嗚咽を漏らし、肩を震わせる千秋。
太陽は、そんな母の姿に、

太陽「…………」
陽平「（太陽を見て）…………」

30　同・同（時間経過・夜）

食後、春陽が向かいの空席を見て、

春陽「来てるかなぁ、お母さん……」

太陽「来てるよ、きっと」

陽平「………」

太陽は、父の切なげな視線に気づいて、

太陽「春陽、コンビニ行こうぜ」

春陽「なんで？」

太陽「アイスおごってやるから。ほら、な？」

と、父をチラッと見た。春陽は、兄の視線に気づき、

春陽「じゃあ十個ね！　おとう、行ってくる」

陽平「ああ……」

太陽と春陽が部屋を出ると、陽平はビールを開けた。

隣同士で座る妻と夫。しかし、陽平には妻の姿は見えていない。

陽平「………」

×　×　×

※フラッシュ・回想（S#3）

太陽「ある人がアドバイスをくれたんです。花火師は〝今という十秒間〟のために全身全霊を尽くすんだって」

陽平「⁉　お前、どうして……？」

×　×　×

陽平は、隣の席にそっと目を向け、

陽　平「……明日香」

千　秋「――――」

陽　平「そこにいるのか？」

千秋は微かに驚いた。それでも頬を緩め、

千　秋「……いるよ」

その声は陽平には届かない。

陽平はバカバカしいと苦笑いでビールを飲む。

しかし、不意に真剣な表情になって、

陽　平「この二十年、いつも考えてたよ……」

千　秋「……？」

陽　平「俺と出逢わなきゃ、お前は死ななかったのかなって……」

千　秋「……」

陽　平「今もどっかで幸せに、笑って暮らしていたのかなって」

千　秋「……」

陽　平「申し訳ないって……いつも思ってた……」

千秋は涙をこぼして頭を振った。

陽　平「だけどな、やっぱり俺は思っちまうんだ……」

陽平は涙を堪えて微笑むと、

陽　平「明日香と生きることができてよかった……」

千　秋「…………」

陽　平「俺は……幸せ者だ……」

千　秋「…………」

陽　平「ありがとな、明日香。太陽を、朝野煙火を守ってくれて。あのときの雨は、お前が降らしてくれたんだよな。あの火事を消すために……。俺はそう信じてる」

×　×　×

※フラッシュ・回想（第二話S＃1）

朝野煙火工業の火事の現場。燃え盛る炎を消すように降り出した雨。

その雨は、太陽と燃え盛る小屋を濡らして——。

×　×　×

陽　平「ありがとう。あの日の約束、守ってくれて……」

千　秋「…………」

31　（回想）とある公園（二〇〇〇年三月・S＃11続いて）

並んで座る陽平と千秋が、春の空を見上げている。

千　秋「もう春ね。いい天気……」

陽　平「なぁ、お腹の子の名前、春陽にしないか？」

千　秋「え？」
陽　平「今日みたいなぽかぽか陽気の幸せな日が、これからも、ずっとずっと続くように って」
千　秋「可愛い名前……」
　千秋は、お腹に手を当て、優しく呼びかけた。
千　秋「春陽……」
陽　平「守っていこうな」
　陽平は砂場で遊ぶ太陽を見て、
陽　平「太陽の――」
　そして、お腹の春陽に微笑みかけて、
陽　平「春陽の幸せな今を……俺とお前で……」
千　秋「うん……」
　と、千秋は決意のまなざしを浮かべて、
千　秋「守る。なにがあっても」

32　（回想戻り）朝野家・リビング（夜）
　かつての想い出を振り返る陽平。
　その隣には千秋の姿はなく。

33　同・同（時間経過・夜）

　　アイスを食べた春陽がぐうぐう眠っている。

太陽「じゃあ、そろそろ帰るよ」

陽平「……前に訊いたな。俺の人生で一番大切だった十秒間」

太陽「うん……」

陽平「きっと明日香と出逢ったときだ」

太陽「……………」

陽平「あの最初の十秒間がなければ、今はないからな」

太陽「最初の十秒間……」

　　そう呟くと、太陽は小さく微笑んで、

太陽「俺、分かった気がしたよ。作りたい花火」

陽平「そうか……（と、嬉しそうに笑って）」

34　道（夜）

　　太陽と千秋が並んで歩いている。

千秋「ねぇ、知ってる？　人って、誰もが心にキャンドルを持ってるの」

太陽「キャンドル？」

千秋「そこには希望の光が灯っていて、その光を消さないように、大切に、誰かと分け合いながら生きてゆくのが人生なんだって」
太陽「………」
千秋「この二十年、いつも願ってた。もう一度会いたいって。けど、叶うことはなかった。希望もとっくに消えていた。だけど——」
千秋は立ち止まると、我が子に微笑みかけて、
千秋「灯してくれて、ありがとう……」
太陽も嬉しくて微笑んだ。
千秋「雨ちゃんにも分けてあげて」
太陽「え？」
千秋「彼女、五感をなくしたあとの人生に怯えているの。希望はないって。だから、お願い」
千秋は、祈るような視線を向けて、
千秋「雨ちゃんの心にも灯してあげてほしい……」
太陽「………」

35 逢原家・居間（夜）

ひとつのキャンドルの淡い光が部屋を寂しげに照らしている。
その光の中、ぽつんと座る雨の姿。
雨「………」

太陽の声「ただいま」

　太陽が紙袋を手に入ってくる。

雨「おかえり。なあに、それ？」

太陽「これ？　これは希望だよ」

雨「希望？」

　太陽は雨の隣に腰を下ろすと、袋からキャンドルをいくつも出してテーブルに並べた。

太陽「帰りに買ってきたんだ。たくさんほしくて色々回って」

雨「……もしかして、千秋さんに？」

太陽「うん……」

雨「心配させちゃったかな。変なこと言って」

　雨は眉尻を下げると、

雨「つい考えちゃうの。五感がなくなったら、わたしの希望もなくなるんだなぁって」

　雨が悲しげに顔を俯かせる——と、

太陽「……俺が灯すよ」

雨「？」

太陽「雨の五感、俺が必ず取り戻すから」

雨「…………」

太陽「今の科学ってすごいんだ。そう遠くない未来に味覚や視覚を共有することだってできるかもしれないって」

雨「でも……」

太陽「科学がダメなら医学でもいい。俺、日本中の、ううん、世界中の病院を回って探す。雨の五感を取り戻す方法」

太陽はテーブルの上のライターを取り、キャンドルのひとつに火をつけた。

太陽「それでいつか届ける。雨に音を」

雨「………」

太陽「そのとき、バカバカしい一発ギャグとかモノマネとか、なんでもするから笑ってよ。愛想笑いでいいからさ」

雨「太陽君……」

太陽「景色も届けるよ」

と、次のキャンドルに火をつけた。

太陽「だからいつか見に行こ。ハワイの海とか、ピラミッドとか、エッフェル塔とか、世界中の綺麗な景色を」

雨「(ふっと微笑み)………」

太陽「それに、触覚だって」

と、太陽は次のキャンドルに火をつけた。そして、雨の手を取り、

太陽「いつか必ず……」

雨は、感覚のない手で、彼の手を握り返した。

雨　「……また感じられるかなぁ」
太陽「？」
雨　「太陽君のこの手……」
太陽「もちろん」
　　太陽が笑うと、雨も釣られて笑った。
太陽「俺さ、いつか見たい景色があるんだ」
雨　「見たい景色？」
太陽「東京に大人気のパティスリーがあってね。そこは店内で飲食もできて内装とかも可愛くて、毎日行列がすごいんだ。そこに行ってスイーツを山ほど食べたい。タルトとかチーズケーキとか、あとマカロンも」
雨　「…………」
太陽「それで、お腹いっぱいになったら、挨拶に来てくれたパティシエにお礼を言うんだ。『最高のスイーツでした！』って。そうしたら――」
　　太陽は、目に涙を浮かべて雨を見た。
太陽「君は嬉しそうに笑うんだ」
雨　「…………」
太陽「それで言うんだ。『そうでしょ？　どれもわたしの最高傑作だもん』って。パティシエの制服を着た雨が」
雨　「…………」

太陽「いつかまた食べさせてよ、雨の最高傑作」
　太陽はライターを差し出した。

雨「じゃあ――」
　と、雨は受け取り、自らキャンドルに火を灯した。

雨「いつか更新してやるか。わたしの最高傑作」
　雨の笑顔が眩しく輝く。
　部屋を彩るいくつものキャンドルの光。
　雨は、愛おしげにその灯を見つめて、

雨「こんなにあったんだね」
　嬉しそうに微笑み、

雨「わたしの希望」
　と、そこに雨の心の声がかかり、

雨M「このたくさんの光が、今はなにより愛おしい。風が吹いても、きっと消えない――」
　その灯火を見つめて、雨は嬉しそうに微笑んだ。

雨M「君がくれた希望だから……」

36　海を望む公園（日替わり・二月二十九日・早朝）
　朝日が世界を染めようとしている。その景色を眺める雨と日下。

雨「昨日、彼が言ってくれたんです。雨には希望があるよって。でも分かってます。

またパティシエになるなんてきっと無理。人生そんなに甘くないから」
しかし雨は爽やかに笑った。

雨「それでも、いっこだけ見たい景色ができました」

日下「……どんな景色を？」
海の向こうから顔を出した太陽が光を放った。

雨「太陽君が幸せに暮らす未来です」

日下「…………」

雨「彼がうんと立派な花火師になって、誰かと結婚して、笑顔で暮らす未来を、遠くから、ほんのちょっとでいいから見たいなぁって」

日下「悔しくないんですか？　そこにあなたがいないことが」

雨「そりゃ悔しいです。めちゃめちゃ悔しい。それでも――」
朝日が雨の顔を優しく染める。

雨「好きな人の幸せな未来なら……」

日下「――」

雨「だから、生きます」

雨M「諦めない……」

雨「その希望を叶えるまで、生きて、生きて、生きまくってやる」

雨M「どれだけ強い風に吹かれても――」

雨「奇跡なんかに絶対負けない」

雨　M「わたしは生きる。生きてやる」
　雨は決意のまなざしを浮かべた。
雨　M「いつか見る景色のために……」

37　長崎市立美術館・前
　日下が建物を見上げている。
　緊張の面持ちで、彼は一歩を踏み出した。

38　同・中
　まばらな客たちの中、やってきた日下。
　足を止めると、そこには一枚の絵画が。
　長崎の風景を描いた作品だ。
　その下には『長崎の旅（1983年・作）』とある。作者名も載っている。
　『白石小夜子（1953〜2013）』と。
日　下「……」
　かつて愛した女性の作品がいくつも展示されている。
　一枚一枚、それらの絵画を見て歩く。
　その胸に、かつての苦い想い出がよぎった。
×　×　×

※フラッシュ・回想（S#23）

看護師が便箋を広げて見せている。

手紙を読む日下は、やるせない表情で……。

××　×

彼は最後の一枚の前で足を止めた。

その瞳を涙が包んでゆく。

それは、夏の公園を歩く男女の後ろ姿の絵画だ。

××　×

※フラッシュ・回想（S#21）

白い光の中、男女が手を繋いで歩いている。

幸せそうな二人の背中が陽光に染まって――。

××　×

その絵の下には作品名がある。

『ごめんなさい（2013年・遺作）』と。

日　下「………」

日下の心に熱いものが込み上げた――すると、

千秋の声「日下さん……」

と、背後に千秋が現れた。

千　秋「もしかして、あなたが二人を担当したのって……」

日下「彼女の絵が長崎のこの場所にあることは知っていました。しかし今日まで来ることはできなかった」
千秋「なら、どうして？」
　日下は振り返った。
日下「見てみたくなったんです。好きな人の未来を」
千秋「………」
日下「ずっと希望などないと思っていました。理不尽な奇跡を背負い、苦しいことしかなかった人生だったと。でも、あの日々はこの絵に繋がっていた。そう思うと、ほんの少しだけ報われた気がします」
　彼はその目に光を宿して、
日下「僕の人生は、今日のこの瞬間のためにあったのかもしれない……」

39　朝野煙火工業・外観（三月十七日・夜）

40　同・事務所（夜）
　太陽が緊張の面持ちで座っている。
達夫「いよいよ審査だな、ピーカン」
純「この一ヶ月、頑張ってきたんだ。大丈夫さ」
竜一「桜まつりでどーんと、ぶち上げようぜ」

　と、そこに雄星が駆け込んできて、
雄星「八木会長がいらっしゃいました！」
　太陽は立ち上がると、一同を見て頷いた。
陽平「俺からも、ひと言いいか？」
　陽平は咳払いをする――が、
春陽「気合い入れて夢摑んでこい！　でくの坊！」
陽平「俺のセリフ……」
　一同が笑うと、初老の男性が入ってきた。
　長崎花火協会の会長・八木駿夫《やぎはやお》だ。
八木「さっそく見せてくれるかな。太陽君の花火を」
太陽「はい！」

41　神社（夜）
　拝殿で手を合わせる雨。
　腕時計は、視覚消失まで残り一週間を示していた。

《第九話　終わり》

1　逢原家・近くの道（三月十七日・夜）
　石畳の道を歩きながら家を目指す太陽。
　その胸に、先ほどの花火の審査の光景が浮かぶ。

2　（回想）打ち上げ試験場（同日・夜）
　太陽の花火を見上げる八木の姿。
　その傍らで、太陽は緊張の面持ちを浮かべて、

太陽「…………」

3　（回想戻り）逢原家・居間（夜）
　同じ頃、雨は落ち着かない様子で座っていた。
　時刻はもうすぐ十一時になろうとしている。
　雨は、矢も楯《たて》もたまらず立ち上がった。

4　同・前（夜）
　逢原家に辿り着いた太陽――すると、

太陽「雨……？」
　門扉のところに雨の姿がある。

雨「結果は帰ってきたらって自分で言ったくせに、気になっちゃって……」

彼女は、その顔に緊張を滲ませて、

雨「審査、どうだった……？」

太陽の表情が曇った。

ダメだったんだ……と、雨は唇を噛む。しかし、

太陽「受かったよ！」

雨「ほ、ほんと……？」

太陽「うん、合格！　桜まつりで花火、上げてもいいって！　トップバッターが父さんで、その次！　二発目に！」

雨（俯き）「…………」

太陽「雨？　どうしたの？」

雨「……やったぁ～～～」

雨は喜びを噛みしめると、杖を放り出して太陽に抱きついた。

雨「やったやった！　おめでとう！　太陽君！」

太陽「これでやっと見てもらえるね。俺の花火」

雨「だね！　どんな花火にしたの？」

太陽「それは当日までのお楽しみ」

雨「えー、知りたい。ヒントは？」

太陽「そうだなぁ……俺の人生で一番大切だった十秒間かな」

雨「ヒントが難しいよ」
と、笑うと、そこに雨の心の声がかかり、
雨M「わたしの人生で一番大切な十秒間は、きっとこれから」

5 （回想）長崎水辺の森公園（夕・第一話S#52）
雨「十年後の約束？」
太陽「うん。俺の作った花火、見てほしいんだ」
雨M「あの日の約束が叶うとき……」

6 （回想戻り）逢原家・前（夜）
太陽「中に入ろ、雨」
と、手を差し出す太陽。
雨M「そのとき、心を込めて伝えたい――」
雨「うん！」
雨は笑顔で頷き、その手を握った。
雨M「ありがとう、太陽君……って」
寄り添い、歩き出す二人。
雨の腕時計の数字は、視覚消失まで一週間を示している。
タイムリミットは、もうそこまで迫っていた。

それでも彼女は、その顔に幸福を浮かべて、

雨　M「人生いちばんの笑顔で」
小さくなってゆく二人の背中で——。

タイトル『君が心をくれたから』

第十話『人生いちばんの笑顔で』

7　朝野煙火工業・外観（三月二十四日・朝）
青空がどこまでも広がっている。

8　同・事務所（朝）
印半纏姿の陽平が花火師たちを見やると、

陽平「今夜の花火は三社合同で打ち上げる。でも長崎はうちのシマだ。ナメられるなよ」

一同「おお！」
一同が準備に動き出す。竜一は、太陽が作った花火玉を取り、

竜一「ピーカン、今夜この玉を打ち上げるんだよな？」

太陽「はい」

達夫「で、どうだ？　自信のほどは？」

太陽「俺の最高傑作です！」

一　同「お〜！」

そんな太陽に、陽平も春陽も、ふふっと笑って。

千秋（先行して）「──いよいよ桜まつりね」

9　逢原家・居間（朝）

雨の傍らに千秋の姿。

雨「千秋さんも見ますよね？　太陽君の花火」

千　秋「もちろん」

楽しげな千秋に、雨はふふっと笑って、

雨「前に言ってくれましたよね。人はいつだって想い出を作ることができるって」

千　秋「うん……」

雨「あの言葉があったから、今日があるって思っています。千秋さんが変えてくれたんです、わたしの心を」

千　秋「………」

雨「わたし、千秋さんに出逢えてよかった……」

千　秋「わたしも。雨ちゃんに逢えて本当によかった」

微笑み合う雨と千秋。と、そこに、

シンディー「オ客サマガ、イラッシャイマシタ」

雨「………」

10　道をゆく司の車

11　サービスエリア

休憩中の二人。ペットボトルの水を手にする雨が、

雨　「いつも助けてもらってすみません。今日もお休みなのに」

司　「謝らないで。僕がしたかったんだよ。雨ちゃんが見たいものを見に行く、その手伝い」

雨　「ありがとうございます。でも信じてくれないと思ってました。今日の夜八時に、目が見えなくなること……」

雨は腕時計を見た。表示は『00:07:45:15』とある。

視覚消失までもう八時間を切っていた。

雨　「………」

神妙な面持ちの雨に、司は明るく振る舞い、

司　「太陽君、合格してよかったね。今夜の花火、一緒に見られるんでしょ？　どこで見るの？」

雨　「海浜公園で。七時からだから、六時半に現地で」

司　「なら余裕で間に合うね」

柱時計は十二時過ぎを指している。

司「そろそろ行こうか。車に戻ろう」
雨「はい……」

12 病院・中庭
中庭のベンチに座る霞美――すると、雨の姿があった。
霞美が驚きと共に顔を上げると、
雨の声「――お母さん」
霞美「雨？　どうしたの急に――え？　その杖……」
杖をついた娘の姿に、霞美は目を疑った。
雨「触覚、なくなっちゃって」
霞美「触覚が……!?」
雨「それに、もうすぐ目も見えなくなるの……」
雨は、悲しげな表情を笑顔に変えて、
雨「だから会いにきた。最後に、お母さんに」
そんな親子の姿を遠くで見つめる司。
司「…………」

13 大きな公園
花火大会の開催を報せる段雷《だんらい》が青空に響く中、人々が出店で買い物をしている。誰もが笑みを浮かべ、辺りは和やかな空気に包まれている。

14　鶴峯《つるみね》漁港

筒場《つつば》（打ち上げ会場）では、台船の上で花火師が打ち上げ準備をしている。
太陽も必死に手を動かす。
そんな太陽の姿を離れて見ている日下と千秋。

千秋「日下さん、前に美術館であの絵を見たとき、仰っていましたよね。自分の人生は今日のこの瞬間のためにあったのかもしれないって」
日下「ええ……」
千秋「今、同じ気持ちです。わたしの人生は、今夜の花火のためにあったんだなぁ……って」
千秋は、ふっとその目を細めて、
千秋「あの子の花火を見届けることができたら、もう思い残すことはなにもありません……」
日下「…………」

15　病院・中庭

涙する霞美の肩を、雨が優しく撫でている。
雨「もぉ、どうして泣くの？」

霞美「だって、知らなかったから……雨の病気がこんなに進んでるなんて……」
雨「だからって泣きすぎだよ」
霞美「ごめんね、雨……お母さん、なにもできてないね……雨のためになにも……」
雨「――じゃあ、今してもらおうかな」
霞美は、顔を上げて娘を見た。
雨「笑ってほしい……」
霞美「………」
雨「わたし、お母さんの笑顔が見たい」
霞美「………」
雨「ずっと怒られてばっかりだったから、お母さんを思い出すといつも怖い顔になっちゃうの。でも、最後は――」
雨は、母に微笑みかけて、
雨「笑ってるお母さんを憶えていたいな……」
霞美は必死に笑おうとした。しかし涙で笑顔が崩れてしまう。
霞美「……ずっと思ってたこと言ってもいい？」
母は肩を震わせて、
雨「？　いいよ……」
しかし母は口ごもってしまう。
俯く母に、雨は背筋をすっと伸ばして、

雨　「実は、お母さんにひとつ秘密にしてたことがあるの」
霞美「？」
雨　「わたし、魔法使いなの」
霞美「え……？」
　雨は、母の手をそっと握って、
雨　「イフタフ・ヤー・シムシム……」
霞美「………」
雨　「この魔法にかけられたら、心の扉も開いちゃうの。それに——」
　と、雨はポケットからあるものを出した。
　それを見た途端、霞美の表情は涙で崩れた。
　雨粒のワッペンのハンカチだ。
雨　「これ、わたしのお守り……。持ってると、勇気が出てくる魔法のハンカチ」
　雨は、母の手にそのハンカチを握らせた。
雨　「だから聞かせて。お母さんの気持ち」
　霞美は、ハンカチをぎゅっと握って、
霞美「ずっと思ってた……」

×　×　×

※フラッシュ
　霞美が病室でワッペンを一生懸命縫っている。

霞美（オフ）「ここに入院して……このワッペンを縫いながら……ずっと……」

×　×　×

母は、娘を真っ直ぐ見た。そして、

霞　美「こんなこと言う資格ないけど……ちっともないけど――」

霞美は、心を込めて娘に伝えた。

霞　美「雨……お母さんの子供に生まれてきてくれて、ありがとう……」

その言葉に、雨の頰を涙が伝った。

母はそっと手を伸ばすと、かつて雨を叩いていたその手で、今度は優しく涙を拭った。そして笑いかけた。優しかった頃と同じ笑顔で。

雨　「…………」

霞美は恐る恐る娘のことを抱きしめる。

雨も母を抱きしめた。

ぬくもりは分からない。それでも雨は、強く強く、お母さんを抱きしめた。

青空の下、抱き合う親子の姿を太陽が照らして――。

16　同・駐車場

母と別れ、車に戻ってきた雨と司。

司　「よかったね。お母さんと想い出作れて」

雨は立ち止まり、

雨「司さん、今まで支えてくれて、ありがとうございます」

司「どうしたの急に？」

雨「もうすぐ意思の疎通もできなくなるから、その前にちゃんと伝えておこうと思って」

司「………………」

雨「五感のこと、初めて相談できたのは司さんでした。好きな人のフリをしてもらったり、手紙を届けてくれたり、ばあちゃんのボイスレコーダーも、結婚のことも……」

司「………………」

雨「感謝しています。わたしの傘になってくれて」

司は、込み上げる想いを胸に、

司「初めて会ったとき、君はオドオドしてて、自信なさげで、弱々しかったね」

雨のことを見つめて、

司「でも今は全然違う」

雨「………………」

司「普通だったら耐えられないような宿命と闘って、一生懸命恋をして、夢とも向き合った。雪乃さんの願いも叶えた。お母さんと仲直りするって願いを」

司は、心を込めて雨に伝えた。

司「雨ちゃんは変われたんだね……」

雨「…………」

×　×　×

雨　※フラッシュ・回想（第一話S＃62）
「惨めで……情けなくて……ちょっとでも才能あるかもって思った自分がバカみたいで……。だけど、わたし……それでも、わたし……」
雨粒のワッペンをぎゅっと握って、

雨「変わりたくて……」

×　×　×

雨は嬉しくて頬を緩めた。

雨「あの頃の自分に聞かせてあげたいな……」
司も微笑み、頷くと、

司「行こう。太陽君が待ってる」

雨「はい……！」

17　鶴峯漁港（夕）

筒場では準備が着実に進んでいた。
テントの下では太陽と純が無線花火点火機の準備をしている。
強まる風の中、八木が一人、空を見上げていると、

陽平「（来て）どうしました？」

八木「嫌な雲だな……」
分厚い灰色の雲が空を覆っている。
すると、一陣の風がテントを揺らした。
太陽「マズいですね、この風……」
純「風は花火の天敵だからな」
太陽「俺、テントの足、固定してきます」
太陽がロープを手に身を屈める——と、そのとき、疾風がテントを崩した。
その拍子に、傍らの打ち上げ筒が一斉に倒れて、
太陽「⁉」
雄星「危ない‼」
太陽は、その下敷きになった——。

18　国道・車内（夕）

フロントガラスの向こうにテールランプが延々と続いている。
司の車は渋滞に巻き込まれていた。
司「風でトラックが横転したみたいだ……」
時計を見ると、もう五時を過ぎている。
司「なんとか脇道に入ろう。急いで戻らないと」
雨「わたし、太陽君に向こうの状況を訊いてみます」

陽平（先行して）「太陽！　しっかりしろ！」

19　鶴峯漁港（夕）

花火師たちに救出された太陽。額は鮮血に染まり、気を失っている。

達夫「救急車だ！　急げ！」

太陽のポケットからこぼれたスマホが鳴っている。雨からの着信だ。

気を失った太陽の頬を雨粒が叩く。

その雨脚は、だんだんと強まって……。

20　国道・車内（夕）

雨は、電話に出ない太陽のことを不安に思って、

雨「…………」

21　慶明大学付属長崎病院・外観（夜）

22　同・病室（夜）

太陽の目が、ゆっくりと開かれた。

身体を起こす太陽——と、そこに、雄星が来て、

雄星「ピーカンさん！　よかった、目が覚めて！」

太陽「雄星……。俺、どうして？」
雄星「打ち上げ筒の下敷きになって気を失ったんです。でもＭＲＩの結果は問題ないって」
太陽「（ハッとして）今、何時だ⁉」
雄星「六時過ぎですけど……」
太陽「六時……行かなきゃ！」
雄星「動いたらダメですって！　今は安静に――」
太陽「雨と待ち合わせしてるんだ！　花火を見に行かないと！」
　太陽は痛む頭を押さえてベッドから降りる――と、
雄星「待ってください！」
太陽「なんだよ……？」
雄星「実は――」
太陽「………」

23　国道近くの脇道・車内（夜）
　道を変えたが、司の車は未だ渋滞で動けずにいた。
司「脇道もダメか。みんな考えることは一緒だな……」
　フロントガラスを叩く雨が激しさを増す。
雨「（不安げに）………」

そのとき、スマホの着信音がした。

雨「――――」

しかし雨のではない。司のスマホが鳴っている。

司「(出て)もしもし。どうしました、課長。今ですか？　渋滞にはまってて。……え⁉」

雨「？」

司は電話を切ると、強ばった表情で雨に、

司「今、役所から電話があって……」

雨「………………」

司「この雨で、花火大会が中止になりそうなんだ」

雨「中止……？」

24 慶明大学付属長崎病院・病室(夜)

太陽が窓の外の深雨《しんう》を見つめている。

雄星「きっと近いうちに延期されますよ」

太陽「今日じゃなきゃダメなんだ……」

雄星「え？」

太陽「(振り返り)雄星、頼みがある」

雄星「なんですか？」

太陽「戻って親方に伝えてくれ。八時までに花火を上げてほしいって」
雄星「そんなの無理ですって！　もう諦めるしか――」
太陽「目が見えなくなるんだ！」
雄星「誰の……？」
太陽「雨の目が、八時ちょうどに」
雄星「――」
太陽「だから、どうしても俺の花火を見せたいんだ。これが最後のチャンスなんだ。頼む」
　太陽の真剣なまなざしに、雄星は、
雄星「分かりました！　伝えます！」
　と、病室を飛び出した。
太陽「………」

25　国道近くの脇道・車内（夜）※以下、カットバックで

　雨が唇を噛んで俯いている。
雨「あとちょっとだったのに……」
　腕時計の数字は、視覚消失まで残り一時間半。
雨「太陽君の花火、やっと見られると思ったのに……」
司「………」

雨のスマホが鳴った。太陽からの着信だ。

雨「(出て)もしもし⁉ 電話出なくて心配してたの！ 花火のことも聞いた、中止になるって！」

太陽「今どこ？」

雨「お母さんの病院の帰り道で……市内まであとちょっとなんだけど渋滞が……」

太陽「…………」

雨「太陽君？」

太陽「待ち合わせの場所に来てほしい」

雨「でも、花火はもう……」

太陽「諦められないよ」

雨「――――」

太陽「ここまできて諦めるなんてできない。絶対にできない。この雨はなんとかする。だから信じて来てほしい」

雨「太陽君……」

太陽「叶えよ、十年前の約束」

× × ×

※フラッシュ・回想(第一話S#52)

太陽「じゃあ、約束」

雨は照れながらも、その指に小指を絡めた。

雨「約束……」
　輝く夕陽が、二人の指を優しく染めて……。
　×　×　×
太陽「雨に花火を見せたいんだ」
雨「………」
太陽「俺はなにがあっても諦めない。最後まであがくよ」
　雨はスマホをぐっと握ると、
雨「分かった。行く、絶対行く！」
　そう言うと、電話を切って、司を見た。
雨「わたし走ります。太陽君に逢いに行きます」
司「でも五キロ近くある。花火だって……」
雨「太陽君はまだ諦めていません。それに──」
　雨は決意の表情で、
雨「この約束だけは、わたしも絶対諦めたくないから」

26　慶明大学付属長崎病院・病室（夜）
太陽「──日下さん、千秋さん」
　案内人の二人が現れた。
太陽「この雨、なんとかできませんか？　俺、なんでも差し出します。命でもなんでも」

太陽の真剣なまなざしを受ける日下。しかし、
日下「私たちに奇跡は起こせません」
太陽「俺はどうなったって構いません！　だから！」
日下「（首を振り）………」
太陽「お願いします！」
日下「我々は無力です」
やるせなさが滲む日下の声に、太陽は閉口する。
千秋は、そんな息子を見つめて、
千秋「………」

27　道（夜）

豪雨の中、杖をつき、司に借りた傘を差して走る雨。
触覚のない足では上手く走れない。風に煽られ、転びそうになる。
それでも雨は必死に走ってゆく。

28　国道近くの脇道・車内（夜）

司がどこかへ電話をかけた。その相手は、
司「……春陽ちゃん？」
春陽の声「うん……」

29　朝野煙火工業・事務所（夜）※以下、カットバックで

司「雨ちゃんは今、青鳩通りから海浜公園に向かって走っている。太陽君と花火を見るために」

春陽「え？　けど、花火は中止になるんじゃ……」

司「二人ともまだ諦めてないんだ。だけど……」

司は苦渋の表情で、

司「あと一時間で、雨ちゃんの目は見えなくなる」

春陽「一時間で……⁉」

司「あの足じゃ八時までには到底間に合わない。僕も今は動けない。だから支えてあげてほしいんだ」

春陽「でも、わたし……雨ちゃんに酷いこと……」

司「未来に後悔を残しちゃダメだ。それが大切な人との関係ならなおさらだよ」

春陽「大切な人……」

×　×　×

※フラッシュ・回想（第七話S＃12）

春陽「――相思相愛だね。わたしたち」

雨「だね（と、笑って）」

×　×　×

　雨の笑顔を思い出し、春陽の胸は痛くなる。

司「今、世界中で彼女を支えられるのは君だけだ」

春陽「………」

司「頼むよ、春陽ちゃん」

　春陽はスマホを強く握った。

司「雨ちゃんの夢、叶えてあげて」

　その言葉に、春陽は事務所を飛び出した。

30　鶴峯漁港・漁港事務所（夜）

　漁港事務所に避難した一同。

　時計の針は七時に近づいていた。

八木「風は止んだが、この雨じゃダメだな……」

実行委員「仕方ない。中止のアナウンスを流しますか」

　スマホを取り出し本部に電話をする——と、そこに、

雄星の声「親方‼」

　ずぶ濡れの雄星が駆け込んできた。

雄星「ピーカンさんからの伝言です！　八時までに花火を上げてほしいって！」

純「この雨じゃ無理に決まってるだろ！」

雄星「でも、八時に雨さんの目が見えなくなるんです！」

達夫「雨ちゃんの目が……!?」
陽平「――」
雄星「だからどうしても花火を見せたいって！　これが最後のチャンスなんだって！」
竜一「どうします？　親方……」
陽平「………」

×　×　×

※フラッシュ・回想（第八話S#13）
陽平「だからお前、審査を受けることに？」
太陽「（頷き）来月の桜まつりが、俺の花火を見てもらう最後のチャンスだから」

×　×　×

雄星「親方！」
陽平は、しばしの逡巡の後、
実行委員「（電話で）そう、急いで中止のアナウンスを――」
陽平が実行委員の腕を掴んだ。
陽平「ちょっと待ってくれないか！」

31　慶明大学付属長崎病院・病室（夜）
太陽が拳を固めた。そして震える声で、
太陽「……どうしても見せたいんです、雨に花火を……」

千秋「………」
太陽「なのに……それなのに……」
日下「………」
太陽「このままなにもできずに雨の目が見えなくなるなんて、そんなの嫌なんです！」
　太陽はその場に膝をつくと、頭を下げて、
太陽「だから、お願いです！　俺に力を貸してください！」
日下「残念ですが、我々にできることは……」
千秋「だったら」
日下「？」
千秋「わたしがこの雨を止ませます」
日下「どうやって？」
千秋「天との約束を破れば、わたしは月明かりに溶けて消えるんですよね？」
太陽「――――」
日下「……本気で仰っているんですか？」
千秋「はい。月が出るとき、きっと空は晴れるから」
太陽「（立ち上がり）千秋さん……」
　千秋は太陽に向き直り、優しく笑いかけた。
千秋「今まで黙っててごめんね」
　太陽は、やめてくれと首を振った。しかし、千秋「わたしね……」
太陽「待って……」
千秋「わたし――」
太陽「言わないで……」
千秋「あなたのお母さんなの」

32　道（夜）

アスファルトを打つ雨粒が、だんだんと弱くなってゆく。
雨が空を見上げると、雲は晴れ、月が顔を覗かせていた。
雨は微笑み、先を急ぐ。
一歩一歩、懸命に進む。息が上がって身体も冷たい。
それでも必死に進んでゆくが、バランスを崩して転んでしまった。
腕時計は、視覚消失まで残り一時間を告げている。
雨は立とうとした。しかし、その場に崩れてしまう。
もう立てない。諦めそうになる――と、

春陽の声「雨ちゃん!!」
その声に、雨は驚き、振り返った。
向こうから春陽が走ってきた。

雨「春陽ちゃん……」

春陽は、雨の身体を力一杯支えた。
雨「どうして……？」
春陽「間に合わせる」
雨「？」
春陽「わたしが絶対間に合わせる！」
雨「…………」
春陽「だから行こ、雨ちゃん！」
雨「うん……！」
二人は立ち上がり、次の一歩を踏み出した。

33　慶明大学付属長崎病院・病室（夜）

窓から射す月光が千秋を包んでいる。
その光の中、優しいまなざしを浮かべる千秋。
そんな母の姿に、太陽は肩を震わせて、
太陽「ごめんなさい……」
千秋「……？」
太陽「あの日も俺が火事に巻き込んだのに……今度もまた俺のせいで……」
千秋「違うわ」
太陽「？」

千秋「親が子供にもらいたい言葉は、そんなものじゃない」
　千秋は涙ながらに微笑んで、
千秋「最後だもん。いちばんの笑顔で言ってほしいな」
太陽「…………」
　太陽は涙を拭った。笑顔を作ろうとするが崩れてしまう。
　それでも精一杯、心から笑って、
太陽「ありがとう、母さん……」
千秋「…………」
太陽「あの約束があったから、今日まで頑張ってこられたよ」
千秋「うん……」
太陽「一人前の花火師になりたいって、そう思った」
千秋「うん……」
太陽「誰かを……雨を……幸せにしたいって」
千秋「（笑顔で頷き）…………」
太陽「俺、母さんの子供でよかった……」
　千秋はその言葉を嚙みしめて、
千秋「あの頃のあなたは、寂しがり屋で、甘えん坊で、いつもわたしの後ろをついて
　歩いてたね。泣き虫で、臆病で、あんなに小さかったのに……」
　千秋も、いちばんの笑顔で、

千　秋「立派になったね、太陽……」
　太陽はたまらず涙した。
千　秋「春陽にも伝えてあげて。お母さん、あなたになにもしてあげられなかったね。
　ごめんねって」
太　陽「………」
千　秋「でも、春陽が強い人になっていてくれて嬉しかった。家族を守ろうとする、優
　しい人に……」
太　陽「(頷き)………」
千　秋「大人になったあなたたちに逢えて、お母さん、とっても幸せよ……」
　そして、我が子の背中を押すように、
千　秋「行きなさい」
　太陽は躊躇い、動けずにいる。だから、
千　秋「届けてあげて。雨ちゃんの心に、太陽の花火を」
　母の笑顔とその声に、太陽は深く頷いた。
　そして涙を拭って踵を返した。
　走り去る太陽の背中を見つめる千秋。
　月華《げっか》がより一層強まった。
　その光の中、千秋の心に、
幼い太陽の声「――僕、花火師になる！」

34　（回想）道（二〇〇〇年・夜）

雨の中、赤い傘が揺れている。

あの折りたたみ傘に入っている千秋と四歳の太陽。

太陽「大きくなったら絶対なるんだ」

千秋は嬉しそうに微笑んだ。

足を止め、その場にしゃがむと、我が子に優しく笑いかけ、

千秋「じゃあ、約束」

と、小指を差し出した。

千秋「いつかたくさんの人を幸せにするような、そんな花火を作ってね」

太陽「……うん！　まかせて！」

太陽は、母の小指に指を絡めた。

赤い傘の下、千秋と太陽は幸せそうに笑って。

35　（回想戻り）慶明大学付属長崎病院・病室（夜）

目映《まばゆ》い月光の中、千秋は心を込めて呟いた。

千秋「……頑張れ……頑張れ、太陽……」

36　同・表（夜）

その言葉に背中を押されるようにして、太陽は月が照らす道を走っていった。

37　道（夜）

春陽も雨を支えて走っていた。

春陽「（焦り）ダメだ。タクシー全然走ってない……」
雨「ごめんね、春陽ちゃん。重いよね……」
春陽「謝るのはわたしの方だよ」
雨「………」
春陽「雨ちゃんはただ、おにいと幸せになりたかっただけなのに……それなのに、あんな酷いこと言って……だから、雨ちゃん――」
春陽は涙で声を震わせて、
春陽「ごめんなさい……」
雨「気にしてないよ。だって――」
雨は、春陽に微笑みかけた。
雨「わたしたち、相思相愛でしょ？」
春陽はその笑顔が嬉しくて、
春陽「うん！」

38　鶴峯漁港・漁港事務所（夜）

陽平が八木に頭を下げた。

陽　平「花火を上げさせてください！　無理は承知の上です！」
八　木「でも、八時までにって。もう時間がないぞ!?」
陽　平「お願いします！　息子の夢がかかってるんです！」
八　木「………」
雄　星「僕からもお願いします！」
竜　一「雨も風も止みました！　だから！」
純「急いで準備します！」

花火師たちの熱意に、八木は、

八　木「……天気は？」
達　夫「この空なら大丈夫だ。俺が言うんだ、間違いない」
八　木「………」

八木は陽平に頷いた。
陽平は笑った。そして花火師たちを見やると、

陽　平「よし、お前ら！　八時までに花火を上げるぞ！」

39　走る雨と太陽のモンタージュ（夜）

待ち合わせの場所へ向かって走る太陽、スマホで雄星と通話をしている。

雄星の声「ピーカンさん！　花火、上げることになりました！」

太陽「本当か⁉」
雄星の声「必ず八時までに間に合わせます！」
太陽は、スマホを切ると懸命に走った。

＊

雨と春陽も懸命に進んでいる。
すると、どこからかアナウンスが聞こえた。
アナウンス「今夜の花火は、準備ができ次第、打ち上げます」
雨と春陽は、顔を見合わせて笑った。
春陽「がんばろ！　あとちょっと！」
雨は頷き、足を引きずりながら急いだ。

40　海浜公園・入口（夜）
公園の入口までやってきた雨と春陽。
腕時計を見ると視覚消失まであと十五分を切った。と、そこに、
太陽の声「雨‼」
雨はハッとして振り返った。
雨「太陽君‼」
太陽が向こうから走ってきた。
息を切らしてやってきた太陽、春陽に気づいて、

太陽「春陽……」
春陽「（頷き）……」
雨「（彼の頭の包帯を見て）その頭……」
太陽「大丈夫。行こう、雨」
彼が差し出すその手を、雨は笑顔で握った。
雨「うん！」

41 同・岸壁（夜）
人もまばらな埠頭にやってきた雨と太陽。
太陽「タイムリミットは？」
雨「あと十分……」
太陽は祈るように筒場の方を見た。
太陽「……」
だんだんと埠頭に観客が集まりはじめた。
雨「花火、どこから上がるの？」
太陽「あっち。鶴峯漁港から」
雨はその方角を見る。焦燥感が募る。
太陽「まだかよ……」
太陽も祈るように空を見つめて……。

42　鶴峯漁港（夜）

消防隊員が安全チェックを行っている。

雄　星「（堪らず）八時まであと三分です！」

達　夫「消防の安全確認が終われば、すぐにでも上げられるさ」

竜　一「親方の花火の次ですよね、ピーカンさんの花火」

純「すみません。打ち上げの順番、変えられなくて」

竜　一「今更プログラムはいじれないだろ」

陽　平「気にするな。きっと間に合う」

焦る陽平、達夫、竜一、純、雄星――すると、

消防隊員「安全確認取れました！」

陽　平「上げるぞ！　カウントダウンだ！」

純「十秒前！」

43　海浜公園（夜）

空を見つめる雨――と、その目が見開かれた。

夜空に光の筋が伸びたのだ。

雨「あ……！」

花火が空高くで大輪の花を咲かせた。

太陽「父さんの花火だ！　次だよ！　次が俺の花火！」
雨「うん！」
　食い入るように見つめる二人――しかし、次の花火が上がらない。
太陽「え……？」

44　鶴峯漁港（夜）
　花火が止まったことに騒然となる筒場。
陽平「どうした!?　なんで止まった!?」
純「確認します！（と、パソコンを見る）」
雄星「でも、もう時間が!!」

45　海浜公園（夜）
太陽「どうしたんだよ……」
　雨は、腕時計を見て深呼吸をした。そして、
雨「落ち着いて、太陽君」
太陽「でも……！」
雨「大丈夫。きっと大丈夫だから」
太陽「…………」
雨「そうだ。あの答え、教えて。太陽君の人生で一番大切だった十秒間」

雨が微笑みかけると、太陽は心を落ち着けて、

太陽「あの日なんだ。初めて声をかけたあの雨の日」

×　×　×

※フラッシュ・回想（第一話S＃6）

太陽は、赤い折りたたみ傘を彼女に見せて、

太陽「あのさ、もしよかったら、入らない……？」

雨「………」

×　×　×

太陽「赤い傘の、想い出の日」

雨「（微笑み）………」

太陽「花火、あの傘をイメージして作ったんだ。同じだったらいいなって。俺が思う赤い色と、雨が見ている赤い色が」

微笑み合う二人──と、そこに、

若者1「いたいた！」

背後から数人の若者たちがやってきた。

雨の隣にいるグループと待ち合わせのようだ。

若者2「遅いよ、こっち！」

と、呼ばれて、雨の横にやってくる若者1。

そのとき、雨と肩がぶつかった。

バランスを崩す雨。太陽が慌てて支えて、

太陽「大丈夫⁉」

雨「うん……」

そこに、ヒュー！という音が響いた。

太陽「⁉ 来た！」

雨「（夜空に顔を向け）――」

光の線が高く高く昇ってゆく。

食い入るように見つめる太陽。

そして、夜空に鮮やかな花火が咲いた。

真っ赤な傘のような美しい花火が。

太陽の胸に、かつての想い出が蘇る。

× × ×

※フラッシュ・回想（第一話S＃7）

青空から降る雨が艶やかに赤い傘を輝かせている。

赤い傘の下、並んで歩く雨と太陽。

× × ×

※フラッシュ・回想（第一話S＃32）

太陽「……思ったんだ」

雨「？」

太陽「君を幸せにする花火を作りたいって……」

×　×　×

あの日の約束をようやく叶えることができた。
その喜びに、太陽は笑みを溢れさせる。すると、

雨の声「きれい！」

彼は笑顔で雨を見た。
しかし、その笑顔が固まった。
雨は一人、みんなとは違う方角を見ている。
すごくすごく嬉しそうな顔で。

雨「よかったぁ！　見れて！」

なにもない空を見て、満面の笑みを浮かべる雨。
腕時計の表示は、もう消えている。

太陽「…………」

雨「あ……時間だ。でも――」

雨は、涙を堪えて微笑んだ。

雨「ギリギリセーフだったよ！」

太陽の目から涙が落ちた。

雨「おんなじだったね」

太陽「…………」

雨「太陽君が心で見てる赤い色と、わたしが見てる赤い色」
太陽「…………」
雨「あの傘と一緒の、うんと綺麗な赤い花火だったよ！」
　太陽は悔しくて嗚咽を漏らした。
雨「太陽君？」
　雨の耳に、太陽の泣き声が聞こえた。
雨「泣いてるの……？」
　太陽は子供のように涙を拭った。
雨「……どうして？」
　必死に涙を堪えようとする太陽。
　しかし、どうやっても涙は止まらない。
　と、そこに雨の心の声がかかって、
雨M「わたしの人生で一番大切な十秒間は、あの日の約束が叶った今この瞬間……」
雨「太陽君、どうして……？」
太陽「嬉しくて……」
雨「…………」
太陽「雨に花火を見せることができて……嬉しくて……ごめん……泣いちゃったよ……」
雨M「だから、心を込めて伝えよう」

雨「太陽君……最後にこんなに素敵な花火を見せてくれて」
　堪えていた涙が溢れた。
雨「十年間、願い続けた夢を叶えてくれて」
　涙の雫が花火に輝く。
雨「本当に本当に――」
　雨は涙の中で鮮やかに笑った。
雨「ありがとう……」
雨M「人生いちばんの笑顔で」
　雨の笑顔が、涙が、花火に染まる。
雨M「あなたの花火を見ることは、できなかったけど……」
　太陽は悔しくて悔しくて泣き続けた。
　その声は花火にかき消されて雨には届かない。
　なにも見えない彼女は、ただ美しく笑っている。
　夜空を染める花火の下で。

《第十話　終わり》

1　午後の眩しい太陽が長崎の街を照らしている

青空の下、白く輝く大浦天主堂。イースターを祝う美しい賛美歌が光の中に聞こえる。陽光に照らされるマリア像は微笑んでいるようだ。天主堂の前の道を黒い傘を手にした男が歩いてゆく。喪服姿の男――日下だ。と、そこに、

雨　N「未来の約束……？」
太陽N「雨、一人前のパティシエになってね。たくさんの人を幸せにする、そんなお菓子を作ってほしいんだ」
雨　N「太陽君……」
太陽N「雨ならできる。絶対できるよ」

2　長崎県立長崎高等学校・海を望むグラウンド

力なく佇む太陽。彼の前には車椅子に座る雨の姿。目の焦点は合っておらず、ぼんやりと虚空を見つめている。味も、香りも、手ざわりも、色も、音すらも感じられなくなった彼女。それでも穏やかな表情を浮かべる雨は、ピエタ像の聖母マリアのようだ。
そんな彼らに近づいてくる日下の黒い靴。

太陽N「もう一度、約束」
雨　N「約束……」

日下が二人の前で足を止めた。

太陽「日下さん……雨を助けてください……なんでもします……だから……だから……」

日下「………」

温かな日差しが、雨の穏やかな表情を照らして——。

サブタイトル
最終話『雨の音色と未来の約束』

3 グラバー通り（一週間前・三月二十四日・夜）
悲しみに暮れる太陽が、雨をおんぶして歩いている。

その脳裏に先ほどの光景が蘇る。

× × ×
※フラッシュ・回想（第十話S#45）
雨の声「きれい！」

彼は笑顔で雨を見た。

しかし、その笑顔が固まった。

雨は一人、みんなとは違う方角を見ている。

すごくすごく嬉しそうな顔で。

×　×　×

太陽はやるせなさを噛みしめた――すると、

雨「太陽君……。ちゃんといる？」

太陽「（明るく振る舞い）いるよ。今おんぶして歩いてる」

雨「重くない？」

太陽「軽すぎるくらいだよ」

雨「お世辞、上手だね」

雨が笑うと、太陽も釣られて笑った。

しかし彼の顔から笑みが消えて、

太陽「……俺、伝えるね。雨に言葉」

雨「言葉？」

太陽「うん。五感を取り戻すまでの間、寂しくならないように伝えたいんだ。雨の心を支える言葉を」

雨「……楽しみにしてるね」

太陽「…………」

4　逢原家・雨の部屋（夜）

雨がベッドにいる――と、日下が現れて、

日下「そろそろ午前0時になります」

雨「タイムリミット、分かったら教えてください」
日下「ええ……」
雨「この三ヶ月、いつも思っていました。もっと時間がほしいって」
日下「…………」
雨「一日が、一時間が、一分が、この世界のなによりうんと大切だって、奇跡を背負って初めて知りました。もう遅いけど……」
日下「遅いなんてことはありません」
　日下は優しい声色で、
日下「あなたにはまだ時間がある。そうでしょう？」
　雨は口元に笑みを宿して、
雨「大切にします。最後の一秒まで」
日下「（微笑み）それがいい」
　そして、日下は表情を戻して、
日下「午前0時になりました――」

5　同・居間（夜）

　太陽がソファで俯いている。そこに日下が来て、
日下「一週間後の三月三十一日……午後四時、逢原雨さんの聴覚は奪われます」
　太陽は悔しげに背中を丸めた。

太陽「……結局、なにもできませんでした。雨に花火を見せることも……幸せにすることも……」

日下「………………」

雨（先行して）「日下さんから聞いた？　タイムリミットのこと」

6　同・雨の部屋（夜）

雨と太陽が寄り添っている。

太陽「うん……」

雨「……ねぇ、さっき言葉をくれるって言ったよね？　それ、聴覚がなくなるときに教えて」

太陽「え？」

雨「最後に聴くのは、太陽君のその言葉がいいの」

太陽「分かった……」

雨「ありがとう」

雨は柔らかく笑って、

雨「だから、それまでは――」

太陽「？」

雨「太陽君と、毎日うんと楽しみたい」

太陽「……じゃあ、この一週間は――」

太陽「二人でいっぱい……いっぱい、いっぱい、笑おうね……」
　太陽も精一杯笑って、
雨「うん……！」
　雨も微笑み、頷いて、

7　同・表（モンタージュ・日替わり・三月二十五日）
　それから二人は幸せな時間を過ごした。
　あくる日、太陽は雨に『アラビアンナイト』を読み聞かせてあげた。
　彼は大袈裟なくらい明るく、
太陽「魔法の呪文で岩を動かすぞ！　イフタフ・ヤー・シムシム〜！」
　派手な動きでポーズを決める。
　見ることはできなくても、雨は嬉しそうに、幸せそうに、笑ってくれた。

8　長崎孔子廟（モンタージュ・日替わり・三月二十六日・夜）
　いくつもの赤い絵馬が風に揺れる長崎孔子廟。
　太陽が願いごとを書いた絵馬を吊るしている。
雨「お願い、なんて書いたの？」
太陽「恥ずかしいから内緒」
　その絵馬には『五十年後も、雨の心に「愛してる」って届けられますように。

太陽』とあった。

9　逢原家・居間（モンタージュ・日替わり・三月二十七日・朝）

太陽がノートに向かっている。
そこには『雨の心を支える言葉』と題され、メッセージが記してある。
しかし納得いかず、塗りつぶした。

太陽「…………」

10　眼鏡橋（モンタージュ・同日・夕）

眼鏡橋にやってきた二人。
すると、近くで子供たちが爆竹を鳴らした。

太陽「あ、爆竹だ」
雨「天国にいる大事な人を呼んだのかなぁ」
太陽「それ、俺の勘違いだから」
太陽が笑うと、雨も楽しそうに笑ってくれた。

11　観覧車・中（モンタージュ・日替わり・三月二十八日・夜）

雨と太陽が向かい合わせに座っている。
太陽は手すりをぎゅっと握って黙っている。

雨　「怖いんでしょ。もぉ、無理しなくてよかったのに」
太陽「でも、どうしても乗りたかったんだ」
その言葉に、雨は幸せそうに笑ってくれた。

12　逢原家・居間（モンタージュ・同日・夜）
太陽がノートに向かっている。
しかし納得できず、それを消して。
太陽「…………」

13　長崎水辺の森公園（モンタージュ・日替わり・三月二十九日・夕）
あの日、影で手を繋いだ場所に並んで座る二人。
すると、雨はあることに気づいた。
雨　「あ……もしかして今、手つないだ？」
太陽「え？」
雨　「そんな気がしたの」
二人の手は繋がれていない。
だけど太陽は、雨の手を優しく握って、
太陽「どうして分かったの？」
雨は得意げに笑って、

雨「第六感」
　その笑顔に、太陽も思わず微笑んだ。

14　結の浜（モンタージュ・日替わり・三月三十日・朝）
　太陽が車椅子を押しながら歩いている。
雨「あの日も綺麗だったよね。東京に行った朝」
太陽「朝日が綺麗だよ」
　二人は、ふふっと笑い合った。
雨「いろんな想い出、二人でたくさん作ったね」
　雨は、ふっと表情を落として、
雨「でも、明日でもう最後か……」
太陽「…………」
雨「明日、学校に行きたいな」
太陽「学校？」
雨「うん。最後は、太陽君と出逢った場所に行きたい」
太陽「……じゃあ、許可取っておくよ」
　嬉しそうに微笑む雨が、太陽には辛くて。

15　逢原家・表（夜）

　　雨と太陽が雨音を聞いている。
太陽「雨の音、ずっと聞いてて飽きたりしてない？」
雨「ぜんぜん。雨音を聴くと優しい気持ちになれるから」
　　太陽は、ふふっと微笑んだ。
　　その気配に、雨も微笑みを浮かべる。そして、
雨「いつか降らすね。天国の雨」
太陽「天国の雨？」
雨「人って死んじゃったら、ほんのわずかな時間だけ雨を降らすことができるんだって。大切な人に想いを届けるために」
太陽「………」
雨「だから届けるね。何十年後か分からないけど、太陽君に、わたしの雨を」
　　その明るい声色が、太陽はやるせなかった。

16　同・外観（日替わり・三月三十一日）

17　同・居間
　　春陽が背後から、雨の髪を櫛《くし》で梳《と》かしてあげている。
雨「ごめんね、お休みなのに。最後のデートだから綺麗になりたくて」
春陽「気にしないで。バッチリ仕上げるからね」

雨「ありがとう、春陽ちゃん」

春陽「だからぁ、気にしないでって言ってるじゃん」

雨「そうじゃなくて」

春陽「？」

雨「今まで仲良くしてくれて、ありがとう」

春陽「…………」

雨「今日でもうバイバイだけど、わたし、春陽ちゃんと仲良くなれて嬉しかった」

春陽は涙を堪えて明るく笑うと、

春陽「てか、今日の雨ちゃん、めっちゃ可愛い！　おにいが見たら惚《ほ》れ直すよ！　そうだ、爪の手入れしよっか！」

春陽は雨の前に座り、手を取った。

すると、雨の指が動いて、春陽の手を微かに握った。

春陽「…………」

春陽も、雨の手をきゅっと握った。そして、

春陽「バイバイしたくない……」

雨「…………」

春陽「雨ちゃんとずっと一緒にいたい……」

雨「ねぇ、春陽ちゃん」

春陽「？」

雨　陽「大事にしてね。夢も、時間も、人生も」
春　陽「大丈夫、あなたはわたしの自慢の妹なんだから」
雨　陽「…………」
春　陽「でもし、辛くて挫けそうになったら思い出して。今日もどっかで、春陽ちゃんを応援してるわたしがいるって」
雨　陽「…………」
春　雨「頑張れ〜、春陽ちゃ〜んって、わたし応援してるよ」
　春陽の目からこぼれた涙が雨の手を濡らす。
春　陽「……わたし、花火師になるね……」
雨　陽「うん……」
春　陽「絶対なるね……」
雨　陽「うん……！」
春　陽「それで綺麗な花火バンバン上げて、美人すぎる花火師とか言われてチヤホヤされるの。テレビとか雑誌の取材も受けたりして」
雨　陽「（クスッと笑って）…………」
春　陽「そこで言うから……」
雨　陽「？」
春　陽「雨ちゃんがいたから、立派な花火師になれましたって。絶対言うからね……」

雨「…………」
春陽「だから約束したい」
雨「…………」
春陽「わたし、雨ちゃんと約束したいの」
　雨は微笑み、小指を立てた。
雨「もちろん……！」
　春陽は、涙を胸にしまって指を絡める。
雨「つないだ？」
春陽「つないだよ」
　それを合図に、雨は小指を折った。
　幸せそうに笑う雨に、春陽も微笑み返して……。
太陽の声「――雨、そろそろ行こうか」
　と、二階から太陽が下りてきた。
　彼はメイクの施された雨を見て、
太陽「綺麗だよ、すごく……」
雨「やったね」
太陽「（微笑み）…………」

18　長崎県立長崎高等学校・外観

19　同・下駄箱・外

太陽が雨の車椅子を押しながら歩いてくる。

雨　「今どこ？」
太陽「下駄箱の近くだよ」
雨　「最初に声をかけてくれた場所だね」
太陽「あのときは緊張したなぁ。自然に話しかけなきゃって」

×　×　×

※フラッシュ・回想（第一話S#6）
太陽は、赤い折りたたみ傘を彼女に見せて、
太陽「あのさ、もしよかったら、入らない……？」
雨　「…………」

×　×　×

雨　「でもぎこちなかったよね。こっちまで緊張しちゃったよ」
太陽「…………」
雨　「太陽君？」
太陽「（我に返り）……ごめん。中、入ろっか」
雨　「うん……」

20　同・廊下

廊下を歩く太陽と車椅子の雨。

太陽「放送室の前まで来たよ」

雨は昔を懐かしむように笑っている。

太陽「（微笑み）………」

21　同・教室

西日差す午後の教室で、二人が寄り添い座っている。

雨「今日も幸せだったね」

太陽「？」

雨「夢だったんだ。一日の終わりに、太陽君と並んで座って『今日も幸せだったね』って笑い合うの」

太陽「………」

雨「わたしね……」

雨の声が涙に濡れた。

雨「太陽君が隣にいてくれる人生でよかった……」

太陽「………」

雨「この人生で幸せだった……」

太陽「………」
雨「大袈裟じゃないよ。心からそう思ってるよ」
その言葉に、太陽は肩を震わせ涙した。
太陽「でも、俺のせいで……」
雨「………」
太陽「もしあの日、雨が降らなかったら……俺が声をかけてなければ……」
雨「それでも出逢ってた」
太陽「――――」
雨「雨が降らなくても、わたしは太陽君を好きになってたよ」
太陽「………」
雨「だから、お願い。わたしの大切な想い出をそんなふうに言わないで」
雨「ありがとう、太陽君……」
雨は涙をこぼして、
そして、心からの笑顔で、
雨「あの日、わたしをあの赤い傘に入れてくれて……」
太陽「………」
雨「忘れないよ。一緒に並んで歩いたこと。嘘の迷信も、恋ランタンも、お菓子言葉も、マーガレットの匂いも」
雨の頬を涙が彩る。

雨「八年ぶりに逢えて嬉しかったことも……わたしのマカロンを美味しいって、笑って食べてくれたことも……」

太陽「……………」

雨「指輪も……結婚式も……キャンドルも……あの花火も……全部全部、忘れない……」

太陽「…………」

雨「わたしの一生の想い出……」

雨は悲しみを払うように笑って、

雨「ごめん、なんか湿っぽくなっちゃったね。今、何時？」

太陽は教室の時計を見て、

太陽「あと三分で三時だよ」

雨「じゃあタイムリミットまで、まだ一時間あるね」

そう言うと、雨は深呼吸をひとつして、

雨「ねぇ、太陽君。プロポーズのときの線香花火の勝負、憶えてる？」

太陽「（微笑み）もちろん」

雨「あのときのお願い、今使ってもいい？」

太陽「いいよ」

雨は、勇気を振り絞り、

雨「逢いに来ないで……」

太陽「え？」
雨「もう逢いに来ないでほしいの……」
太陽「…………」
雨「わたしのこと、二度と思い出さないで……」
そして優しく微笑んで、
雨「これがわたしの最後のお願い」
太陽「待ってよ……」
太陽は子供のように首を振り、
太陽「やだよ……俺、やだよ……そんなの……」
雨「…………」
太陽「雨にもう逢えないなんて……そんなの嫌だ……」
雨「お願い」
太陽「でも……」
雨「これでおしまい」
太陽「…………」
雨「わたしたちの恋は、今日でもうおしまい」
太陽「…………」
時計の針が三時に近づく。
雨「約束ね」

雨　ふっと微笑み、
「さようなら、太陽君……」
そして、針が三時を指した。
雨は静かに微笑んでいる。
太陽「雨……？」
呼びかけても反応はない。
彼は恐る恐る雨の手を取り、腕時計を見た。
ディスプレイの表示はもう消えている。
太陽は涙で顔を歪ませて、
太陽「どうして……」
たまらず雨を抱きしめた。
太陽「雨……どうして……どうして……‼」
太陽は声を上げて泣いた。
なにも知らない雨は、ただただ優しく微笑んで……。

22　（回想）逢原家・雨の部屋（夜・S#4続いて）

日下「午前0時になりました。一週間後の三月三十一日、午後三時、あなたの聴覚は奪われます」
雨「……じゃあ、彼には四時って伝えてください」

日下「どうして？」
雨「太陽君は言葉をくれるって言ったけど、聞いたらきっと辛くなっちゃう。だから——」
雨は悲しげに微笑んで、
雨「なにも聞かずに、さよならします」

23　（回想戻り）長崎県立長崎高等学校・海を望むグラウンド
力なく佇む太陽。彼の前には車椅子に座る雨の姿。

目の焦点は合っておらず、ぼんやりと虚空を見つめている。味も、香りも、手ざわりも、色も、音すらも感じられなくなった彼女。それでも穏やかな表情を浮かべる雨は、ピエタ像の聖母マリアのようだ。

そんな彼らに近づいてくる日下の黒い靴。

日下が二人の前で足を止めた。

太陽「日下さん……雨を助けてください……なんでもします……だから……だから……」

日下「……奇跡は、まだ終わっていません」

太陽「え？」

24　逢原家・雨の部屋（日替わり・四月一日・朝）

雨の目が、ゆっくりと開かれた。
ぼんやりした視界がはっきりすると、見慣れた天井がそこにある。
雨は驚き、身体を起こす。
窓から差し込む朝日が眩しく、目を細めると、

雨「どうして……？」
自身の身体に触れてみる。触覚がある。
手首を見ると、あの腕時計はなくなっていた。
代わりに、太陽がつけていたミサンガがあった。

雨「………」
テーブルの上のスマホを手に取ると、その日付は、四月一日、午前七時だった。

雨「（信じられず）………」

25　同・居間（朝）
雨が階段を駆け下りてきた。
大急ぎで冷蔵庫を開けて、ジュースを取る。
そして、意を決して、それを飲んだ。

雨「甘い……」
シンディー「オ客サマガ、イラッシャイマシタ」
雨「⁉」

26 同・玄関（朝）

雨「（来て）太陽君⁉」

　しかし、そこにいたのは、

司「雨ちゃん……」

　司だ――。

　彼は神妙な面持ちを浮かべている。

司「戻ったんだね、五感」

雨「どういうことですか？　太陽君は⁉」

司「どうか落ち着いて聞いてほしい」

雨「？」

司「太陽君は……亡くなったんだ……」

雨「え？」

27 教会・外観（夜）

28 同・礼拝堂（夜）

　ステンドグラスが月明かりに染まっている。

　祭壇には太陽の遺影。

雨が好きだった太陽みたいに笑う彼の写真だ。
喪服姿の陽平や花火師たち、そして司の姿がある。
陽　平「(花火師たちに)色々手伝ってくれてありがとな」
達　夫「水くせぇこと言うんじゃねぇよ」
純「でも、なんでこんなことに……」
雄　星「医者の話だと急性心不全だって」
竜　一「どうしてピーカンが……」
司は、涙する春陽に寄り添って、
司「春陽ちゃん、大丈夫？」
春　陽「…………」
春陽の胸に、昨夜の太陽との会話が蘇った。
陽平(回想・先行して)「バカなこと言ってんじゃねぇ！」
29　(回想)朝野煙火工業・事務所(三月三十一日・夜)
陽平が太陽に厳しい視線を向けた。
二人を見守る司と春陽。
陽　平「『午前0時になったら俺は死ぬ』って、なんだそれ」
太　陽「頼むよ。信じてほしい。それで雨の五感が戻るんだ」
司「…………」

陽平「そんな信じられるわけ——」
春陽「わたしは信じる」
陽平「いい加減にしろ、お前ら」
　立ち上がり、去ろうとする陽平——すると、
春陽「おにいはこんなとき嘘なんて言わない。だから信じる」
　その言葉に、陽平は思わず足を止めた。
　太陽は小さく微笑んで、
太陽「春陽……母さんからの伝言があるんだ」
春陽「え？」
太陽「なにもしてあげられなくて、ごめんね。でも、春陽が強い人になっていてくれて嬉しかった。家族を守ろうとする、優しい人に……。そう言ってたよ」
春陽「…………」
陽平「…………」
太陽「俺も同じように思ってる。お前は強くて、優しくて、でもスゲー生意気な……俺の……俺の最高の妹だ」
春陽「おにい……」
　太陽は、妹に優しく笑いかけた。そして、
太陽「最後に頼み、聞いてくれないか？」

30　（回想戻り）教会・礼拝堂（夜）

後方の席で茫然自失の雨が座っている。
そこに春陽がやってきて、

春陽「雨ちゃん……おにいがこれを……」

そう言って、折り畳まれた一枚の紙を出した。

雨「……？」

31　明け方の長崎の風景（日替わり・四月二日）

32　逢原家・居間（明け方）

明け方の部屋で、雨が一人、座っている。
その手には、先ほど春陽に渡された紙。
雨は、そこに書かれた文字を見て、

雨「ねぇシンディー……」

震える声で、こう言った。

雨「イフタフ・ヤー・シムシム……」

紙には、太陽の字で『シンディーに魔法の呪文を唱えてみて』とあった。
すると、スマートスピーカーが作動した。そして、太陽の声「雨……」

その声が愛おしくて、涙が込み上げた。急にこんなことになって

太陽の声「びっくりさせてごめんね。急にこんなことになって」

雨「…………」

太陽の声「今からちゃんと説明するね——」

33（回想）長崎県立長崎高等学校・海を望むグラウンド（S#23続いて）

日下「……奇跡は、まだ終わっていません」

太陽「え？」

日下「先ほど、天から最後の言葉を預かりました」

太陽「⁉」

日下「奇跡とは、与えられた奇跡に対して君たちがなにを想い、どんな選択をするかを見つめるために存在する。逢原雨は心を捧げる選択をした。次は君の番だ」

太陽「…………」

日下「彼女が差し出したその心を受け取るか否か。君の選択を見せてほしい」

太陽「…………」

日下「もし受け取れば天寿を全うできる。しかし断れば、翌午前0時に命を落とし、逢原雨の心は彼女へと戻る」

太陽「——」

日下「以上です。……どうする？　太陽君」
太陽「………」
太陽は膝をつき、雨のことを見つめた。
太陽「本当なら俺、あの大晦日の夜に死んでたんですよね……」
日下「………」
太陽「でも、この奇跡が猶予をくれた。雨と生きる時間を」
雨に微笑みかけて、
太陽「それに、俺はもう、十分もらったから……」
そして、彼女の手に、優しくその手を重ねて、
太陽「だから返します。雨に心」
彼の選択を肯定するように、日下はそっと頷いた。

34（回想戻り）逢原家・居間（明け方）

太陽の声「――こんな大事な決断、勝手にしてごめん。でも俺、後悔なんてしてないよ」
雨「………」
太陽の声「だから、雨――」
雨「………」
太陽の声「お願いだから、泣かないで……」
雨は背中を震わせ泣いていた。

35　(回想)同・同(三月三十一日・夕)
　夕陽が部屋を照らす中、太陽がテーブルの上に置いたスピーカーに言葉を吹き込んでいる。
太　陽「俺は笑ってる雨が好きだよ」
　太陽は、涙を堪えて笑顔で言った。
太　陽「大好きだよ……」
　それでも涙はこぼれてしまう。
太　陽「ありがとう、雨……」
　そして、心からの笑顔で、
太　陽「あの日、俺の傘に入ってくれて……」

36　(回想戻り)同・同(明け方)
太陽の声「今日まで一緒に生きてくれて……本当に……」
　太陽の声が涙で震えている。
太陽の声「本当にありがとう」
雨「……」
太陽の声「ごめん、俺も湿っぽくなっちゃったね。そうだ、約束しようよ。未来の約束」
雨「未来の約束……?」

37　(回想)同・雨の部屋(三月三十一日・夕)

ベッドで横たわる雨の手首に、太陽は願いを込めて自身のミサンガを結んであげた。

太陽の声「雨、一人前のパティシエになってね。たくさんの人を幸せにする、そんなお菓子を作ってほしいんだ」

そして、愛おしそうに、雨の頭を優しく撫でた。

38　(回想戻り)同・居間(明け方)

そのミサンガに涙が落ちた。

雨「太陽君……」

太陽の声「雨ならできる。絶対できるよ」

雨「………」

39　(回想)同・同(三月三十一日・夕)

スピーカーの前に座る太陽は微笑んで、

太陽「それでいつか君の夢が叶ったら、天国の雨を降らすよ。ありったけの心を込めて。そのとき、あの傘を差してくれたら嬉しいな。だから——」

そう言うと、太陽は自身の小指を差し出した。

太陽「もう一度、約束」
その指を、逢魔《おうま》が時《とき》の眩しい夕陽が美しく染めた。

40 (回想戻り)同・同(明け方)

雨が自身の小指を見つめている。
ポロポロとこぼれた涙が朝日に光った。
新しい太陽が昇ったのだ。
雨は精一杯微笑んで小指を差し出した。そして、

雨「約束……」
その指を、白く眩しい朝の太陽が美しく染めた。
二人の指と指が、時を超えて結ばれて——。

41 長崎の風景(数週間後)

42 海を望む高台の墓地

春の装いの雨が、太陽の墓前に花を供えた。
そしてポケットからあるものを出した——爆竹だ。

雨「……………」

× × ×

※フラッシュ・回想（第一話S＃33）
太陽「――あの爆竹は〝呼ぶため〟だって思ってたんだ」
雨「呼ぶため？」
太陽「うん。天国から大事な人を呼ぶために鳴らすのかなって」
　　　　×　×　×
　雨は願いを込めて、爆竹に火をつける。
けたたましい音が鳴り響いた。
　しかし、太陽は来てくれない。
雨「………」
　悲しげに俯くと、ポケットの中でスマホが鳴った。
雨「（出て）もしもし……」
陽平の声「雨ちゃん？」
43　朝野煙火工業・事務所　※以下、カットバックで
陽平「実は、君に見せたいものがあるんだ」
雨「見せたいもの？」
陽平「太陽の花火だよ」
雨「え……？」
陽平「桜まつりのとき、予備で同じものを作っていてね」

×　×　×

竜一「ピーカン、今夜この玉を打ち上げるんだよな？」

※フラッシュ・回想（第十話S#8）

太陽「はい」

竜一の傍らには、予備の花火が置かれていて。

×　×　×

陽平「君のために上げてほしいって、最後の夜に頼まれたんだ」

雨「――――」

陽平「あいつ言ってたよ。この花火は、俺の最高傑作だって」

雨「…………」

陽平「だから、見届けてやってくれ。太陽の花火」

44　海を望む高台の墓地

雨は、嬉しくて嬉しくて、太陽の墓を見つめた。
彼が逢いに来てくれた気がした。
そして、涙の中で笑みを浮かべて、

雨「はい……！」

45　長崎水辺の森公園（日替わり・夜）

雨が一人やってくる――と、

春陽の声「雨ちゃん！」

花火師たちと印半纏姿の春陽が姿を見せた。

雨は花火師になった春陽を見て微笑む。

春陽も手を広げ、印半纏を見せて誇らしげに笑った。

陽　平「……大丈夫かい？　雨ちゃん」

雨「はい。精一杯、生きてゆきます。太陽君の分まで」

雨は悲しみを堪えて、凛《りん》とした表情で、

陽平や春陽たちも、同じ気持ちで頷いた。

46　筒場（夜）

打ち上げ準備を進める朝野煙火工業の面々。

準備が整うと、陽平は花火師たちに向き直り、

陽　平「今度こそ届けるぞ！　準備はいいか⁉」

一　同「おお！」

春　陽「おにい、いくよ……」

春陽が点火スイッチを力強く押した。

太陽Ｎ「最後に、あの言葉を伝えるよ。雨の心を支える言葉……。色々考えたんだ。でも、やっぱりひとつしかなかったよ」

47　長崎水辺の森公園（夜）

雨の瞳が鮮やかに光った。
光の線が空高く、高く高く、昇ってゆく。

太陽N「出逢った頃からずっと思っていたことだから。何度でも言うよ。百回でも、千回でも、一万回でも」

そして、太陽の花火が夜空に咲いた。
雨の中で広げた赤い傘のような花火が。

太陽N「雨は、この世界に必要だよ」

彼女は今度こそ、しっかりと、太陽の花火を見た。
ずっと見たかった、その花火を。
真っ赤な色をした美しい花火を。
十年間、願い続けた約束の花火を……。

雨「…………」

雨の目から大粒の涙がいくつも溢れた。
それでも彼女は幸せそうに笑っている。
太陽がくれた人生いちばんの笑顔で。

48　逢原家・外観（日替わり・数日後）

49　同・居間

雨がキャリーケースを手に階段を下りてきた。
あの日、長崎に帰ってきたときと同じ鞄だ。

霞美「いよいよ出発ね。東京に行っても頑張って」

雨「うん。わたし、もう挫けたりしないから」
立派になった娘を見て、霞美は微笑み、

霞美「そうね。雨にはお菓子作りの才能があるからね」

雨「ありがとう。行ってきます！」

50　オランダ坂（第一話S＃7と同じ道）

青空の下、雨が真っ直ぐ歩いてゆく。
ふと立ち止まり、鞄からあるものを出した。
太陽の赤い傘だ。
雨は、その傘に微笑みかけて、

雨「頑張るね、太陽君……」
そして背筋を伸ばして歩き出した。
夢へと続く、この道を。

51　晴れ渡る空の下の東京の風景（数年後・春）

52　東京の郊外・とある店・外観

都会の喧噪《けんそう》を離れた静かな町に小さなパティスリーがある。
可愛らしい外観の店の前には庭があって、草花が風に揺れている。
そこでは白いマーガレットたちも笑っていて。

53　同・同・店内

店内は飲食もできるようになっており、内装も可愛らしい。開店から間もないのだろう。胡蝶蘭の鉢が置かれている。朝野煙火工業やレーヴからのものだ。そして、切れたミサンガも飾ってある。大勢の客たちがスイーツを楽しんでいる姿。笑顔に包まれた店内に、軽やかな声が響いた。

雨の声「マカロン、おまたせしました！」
そう言って厨房から出てきた雨は、パティシエの制服姿だ。
そのボタンのひとつは、あの日、太陽のコートからもらった第二ボタンだった。

女性客1「（食べて）ん！　美味しい！」

雨「ありがとうございます！」
雨は、自信に満ちた声で言った。

雨「どれもわたしの最高傑作ですから！」

と、そこに雨の心の声がかかり、
雨M「太陽君……」

お客さんと談笑しながらも、慌ただしく動き回る雨。

雨M「わたしと友達になってくれて、ありがとう。恋人になってくれて、ありがとう。あなたと出逢ってからの十年間は、人生で一番嬉しい時間でした」

みんなの笑顔を見て、嬉しそうな雨――すると、
女性客2「雨だ……」

女性客3「ほんとだ。変な天気」

窓の向こう、雨が降っている。

晴れた空から、優しい雨が。

雨M「大袈裟じゃなくて、本当に本当に、そう思ってるよ。どうしてなんだろう」

雨は嬉しくなって微笑んだ。

すぐに分かった。彼がくれた天国の雨だ。

だから、導かれるように外へ出た。

54　同・同・店の外
美しい天泣《てんきゅう》が、草木を、マーガレットを、二人の約束の店を濡らしている。

ドアを開けて出てきた雨が少しズレた看板を直す。

そこには、『SUN & RAIN』と店名がある。
ふふっと笑う――と、そのとき、

太陽の声「――雨」

ハッとして、声の方を見た。
しかし太陽の姿はない。
それでも雨は微笑んだ。悲しみを胸にしまって。
庇《ひさし》から太陽の下へ。
春の雨に身を預け、彼女は空を見上げた。

雨M「そんなの決まってるね……」

手に持っていた折りたたみ傘をゆっくり広げる。
青空に赤い花火を咲かせるように。
そして、想い出の傘の下、そっと伝えた。

雨「叶えたよ……ふたつとも……」

その目に涙を浮かべて、

雨「赤い傘と、未来の約束」

だけど彼はもういない。この世界のどこにも……。
それでも今は、今だけは、近くにいてくれるような気がする。
すぐ隣に、大好きな太陽が。

雨M「太陽君がわたしを必要としてくれたから。たくさん笑ってくれたから。一緒に生きてくれたから」
彼女は心で感じた。
唇に触れた雨粒の味を、香りを、手ざわりを、色を、柔らかな雨の音色を。

雨　M「それと——」
雨は愛おしくて微笑んだ。

雨　M「君が心をくれたから……」
この想いが、笑顔が、天国の彼に届くと信じて。
いつまでも、いつまでも、心を込めて。
世界を彩る太陽と雨の中で。

タイトル　『君が心をくれたから』

《終わり》

特別短編

あなたが羨む人生を

ねぇ、太陽君……。
あの約束が叶ったら、
天国の雨が空から降ったら、
わたしたちの恋は終わっちゃうのかな。
この心から、あなたはいつか、
いなくなってしまうのかな……。

二〇二四年の六月の風が、東京の空を爽やかな色に染め上げている。雨の季節とは思えぬほどの晴れ渡った青い朝。高架線をゆく各駅停車の車窓の向こうに新宿副都心の街並みが見える。高層ビルの外壁は新鮮な朝陽を浴びて白銀色に輝いている。薄くたなびく雲は桃色に笑い、七色の光の中を鳥たちが悠然と泳いでゆく。所狭しと並んだ四角いビルたち。無表情なマンションたち。幹線道路にずらりと並んだ車はアリの行列のようだった。まだ少し見慣れない東京の朝の風景が、彼女の眠い目の中をいくつも横切っていった。

相変わらずビルも車もいっぱいだなぁ……。

逢原雨は、手の中の小さなノートをぱたんと閉じて、ドアに肩を預けて思った。

あの奇跡が終わって、もう二ヶ月が経っていた。

慌ただしくはじまった東京での新生活にもようやく慣れてきたというのに、窓の外の景色はどこかまだ他人事だ。以前は八年間もこの街で暮らしていたのに、どうしてこんなふうに思うんだろう？　いや、考えるまでもない。

雨は白い頰を持ち上げて笑った。

長崎でのあの日々が、あの三ヶ月が、なによりも過酷で愛おしい時間だったからだ。ばあちゃんやお母さん、司さん、春陽ちゃん、朝野煙火のみんな、それに、千秋さんと日下さん。そして——と、朝陽に輝く薬指の指輪を見た。

太陽君と一緒に生きた、かけがえのない時間だったから……。

朝五時台の小田急線は人もまばらで、シートに腰掛ける誰もが居眠りをしている。ゆ

らゆら揺られるおじさんたちはみんな揃って気持ちよさそうだ。そんな姿が羨ましくて、ふわぁ〜とあくびをひとつする。しかし、
ダメダメ。眠気なんかに負けたらダメだ。

一時間を、一分を、今というこの時間を、心を込めて生きるって決めたんだ。

うーんと大きく伸びをして、窓の外をもう一度見た。

今日も頑張るね、太陽君……。

遠くの空で笑う朝の太陽にそう伝えた。

それが東京に戻ってきてからの雨の日課だった。

新宿駅に着くと、そこから丸ノ内線に乗り換えて銀座を目指す。地下鉄に乗っても座らないのは自らに課した鉄の掟だ。眠気に負けないように立ったまま勉強している。

つと、ジーンズのポケットでスマートフォンが震えた。

母・霞美からのＬＩＮＥのようだ。

『おはよう、雨。今日の長崎はどんより曇っています。これからお母さんは仕事の支度。朝はやっぱりいつも眠いね。でも今は体調も安定しているし、なんにも心配いらないよ。それに時々、春陽ちゃんが遊びに来てくれているの。今ではすっかり仲良しなの』

春陽との自撮り写真も一緒に届いていた。

肩を寄せ合う二人の姿は、なんだかとても不思議に思える。

春陽ちゃんは優しいから、きっとお母さんのことを気にかけてくれているんだ。　花火

師になったばっかりだし、お兄ちゃんを失って悲しいはずなのに、なんて優しい子なんだろう。ありがとう、春陽ちゃん……。

写真の中の春陽にお礼を言って、雨は簡単な返信を母に送った。

銀座駅の改札を抜けると、数寄屋橋のスクランブル交差点を渡ったところで振り返る。いつ見ても立派な街並みだ。長崎も新幹線が開通して随分と発展したけど、やっぱり東京には敵《かな》わないな……と、そんなことを考えながら晴海通りをしばらく歩いた。

脇道に入り、ぐっすり眠る高級ブランド店の前を通り過ぎると、やがてレトロモダンな小さなビルが見えてきた。長崎の眼鏡橋を思い出させるアーチ型の窓を有したその建物に、パティスリー『レーヴ』は居を構えていた。

扉の前で「よし……！」と今日も気合いをひとつ。

預かった合鍵で解錠すると、店のドアを勢いよく開けた。

太陽の花火を見た数日後、雨はかつての師であるこの店のオーナーシェフ・田島守に連絡をした。「もう一度、働かせてほしいんです。面接を受けさせていただけませんか？」と頼んだのだ。虫の良い話だとは分かっている。八年前、戦力外通告を受けて、逃げるようにして辞めたお店だ。実力不足で礼儀知らずの自分が戻れるはずなんてない。それは覚悟の上だった。でも、断られても、なにがあっても、食い下がるつもりでいた。

しかし田島はたったひと言、「これが最後のチャンスだよ？」と言った。

レーヴで働けるラストチャンスという意味ではない。もしまた挫けたら、今度こそパティシエとしての未来は絶たれるだろう。だからこれは雨の人生最後のチャンスだ。そういう意味だと、彼女は察した。

しかし臆することはなかった。心はすでに決まっていた。だから、

「もう逃げません。なにがあっても」

雨は決意を込めて田島にそう伝えた。

「――今日も早いね」

田島の低い声が背中にぶつかり、カフェスペースの掃除の手を止めた。

「おはようございます！」と元気よく挨拶をして、額に滲んだ汗を左手首のリストバンドでぐいっと拭う。ちなみに、このリストバンドの下にはあのミサンガがある。太陽が結んでくれた約束の証だ。食材を扱う仕事なので、衛生面を考慮して勤務中はいつもリストバンドで覆っているのだ。

「張り切るのもいいけど無理は禁物だよ」

「大丈夫です。朝の時間で復習したいので。あと下準備も」

「それは感心だな」と田島は口髭を撫でた。

「一番下っ端だし、率先して動かないと」

「そういう考えはやめなさい。仕事はみんなで分担すればいい」

その言葉に、雨は思わず笑ってしまった。

「どうした？」

「いえ、昔からは随分変わったなぁって思って」

数年ぶりに戻ってきた『レーヴ』は様変わりしていた。かつては体育会系を絵に描い

たような職場だったけど、今では怒鳴る人などほとんどいない――まぁ、少しくらいはいるけれど――。だから初めは、そんな先輩たちが怖かった。これはなにかの甘い罠《わな》？いつか大きな災いが降りかかるんじゃ？　と余計に構えてしまった。もちろん、ただの杞憂《きゆう》だったけれど。

「時代は変わったんだよ。あんまり厳しくしたら、それだけで若い子たちは辞めてしまうからね。逢原君のように」

「あのぉ、わたしはクビになったんですけど。『君はもう、うちには必要ないよ』って」

「そうだったっけ？」

「そうですよ」

「僕としては、それでも食らいついてくると思ったんだけどな」

「無理ですよ。メンタルボロボロだったから。時代が変わって本当によかったです」

冗談を言うと、田島は声を出して笑っていた。

昔は先輩たちが怖くて怖くてたまらなかった。もちろん田島のこともだ。しかし近頃ではこんなふうに他愛ない会話もできるようになった。人間関係はまずまず良好だ。

「それにしても、よくうちに戻ってきたね。見習うべき店は他にもたくさんあるのに」

「それは……やっぱり店名のとおりかなって」

「店名のとおり？」

「はい。『レーヴ』ってフランス語で〝夢〟って意味ですよね。その名前のとおり、ここはわたしの夢の舞台なんです。だから――」

雨は胸に手を置いた。

制服の下、ネックレスのチェーンに付け直したあの指輪の感触がある。

「この店で、わたしは一人前になりたいんです」

「大人になったね、逢原君は」

「そうですか？」と恥ずかしくて頬をポリポリと掻いた。

「見違えるようだよ。前にここで働いていたときよりも、長崎で会ったときよりも、ずっと逞しくなった。向こうでなにかあったのかな？」

言葉に困った。あの日々のことを話したって理解できるわけがない。

そんな彼女のことを見て、田島はプライベートに踏み込みすぎたと思ったのだろう。

「掃除の手を止めて悪かったね」と踵を返して更衣室へ向かおうとした——が、

「奇跡です」

驚いて振り返る田島に、雨は背筋を伸ばして笑顔で続けた。

「奇跡が起こって、変わることができたんです」

太陽君……。

今度こそ、わたしはなるね。

この街で、この場所で、一人前になってみせるよ。

あなたと交わした未来の約束、いつか必ず叶えるからね。

それから三年の月日が流れた――。

雨は今でも毎朝六時に出勤するよう心がけていた。もちろん、電車の中で座らないという鉄則も変わっていない。通勤時間を使って他店のスイーツを研究し、オリジナルレシピも考えている。その甲斐もあって、最近では自身が考案したスイーツをいくつも採用してもらっていた。田島やお客さんの評価は上々だ。気づけばもう二十九歳。『レーヴ』の中では上から三番目のキャリアにまでなっていた。

「――温度に注意してね。チョコがダメになっちゃうから」

その日の閉店後、雨は厨房で新人教育にあたっていた。

四月に入社したばかりの橘柑菜《たちばなかんな》にテンパリングを教えているのだ。

テンパリングとは、チョコレートに含まれるカカオバターを分解して、結晶を安定した状態にするための温度調整のことをいう。なめらかで口溶けの良いチョコに仕上げるために、この作業は必要不可欠なのだ。

柑菜は不慣れな手つきで溶かしたチョコを混ぜている。先輩の雨が隣にいるせいか、ものすごく緊張していた。何度も何度も「すみません」と繰り返し、時折手を滑らせてあたふたしている。その姿があの頃の自分と重なる。雨は微笑ましく後輩を見ていた。

「落ち着いて。わたしも昔は下手だったから」

「雨さんも？」と柑菜は手を止め驚いた。

「ほらほら、手は止めないで。あの頃の『レーヴ』ってすごぉく厳しかったからね。毎日毎日怒られて、怒鳴られて、泣かない日の方が珍しかったよ」

「怒られてる雨さんなんて想像つきません」

「そうかなぁ？　今でも結構ドジだけどな」

「でも雨さんは、田島さんの右腕じゃないですか」

「右腕？　わたしが？　ないない、ありえないよ」

「ありえます。みんなそう言ってます」と柑菜は少しムッとした。

困ったな、と雨は口の端を引きつらせた。

どういうわけか、近頃後輩たちから人気がある。こんなふうに若い子たちから尊敬のまなざしを向けられて困っているのだ。どうにも照れ臭くて背中がむずむずする。

「わたしも頑張らないと。早く雨さんみたいに一人前になりたいです」

「一人前……？」

「どうかしました？」

「ううん」

雨は曇りかけていた表情を笑顔に変えて、

「あ、そろそろチェックしようか」

ヘラを使ってチョコの状態の確認をはじめた。

「うん、良い感じ。こんなふうに少し粒が残った状態でしばらく置いて、三十三度になったら、もう一度混ぜるの。温度下がるまで待とうか」

一人前か……。隠れて小さく吐息を漏らした。

やっぱり周りからはそんなふうに見られているんだな。でも、わたしは――、

「逢原君」と背後で声がした。

振り向くと、ジャケット姿の田島が入口のところに立っている。

「ちょっといいかな?」

「はい。もうすぐ終わるので、すぐに行きます」

「着替えてからで構わないよ」

なんだろう? 雨は大きなその目をパチパチさせた。


テンパリングの指導を終えると、私服に着替えて柑菜のことを見送り、カフェスペースへと向かった。田島は窓際の丸テーブルについていた。その向かいに腰を下ろすと、

「逢原君は、うちに復帰して三年になるよね?」

「はい……それが?」

雨は、青と白のロンドンストライプのシャツの袖をまくって固い表情を浮かべた。

「君はこれからどうするつもりだ?」

「へ?」と素っ頓狂《すっとんきょう》な声が漏れた。

「次の店を考えたりはしないのかい?」

「ま、まさか、また戦力外通告ですか?」

眉をハの字にして情けない顔をすると、田島は「そうじゃないよ」と軽く笑った。

「パティシエは色々な店を回って技術を学ぶ者が多い。もちろん、ひとつの店舗で研鑽《けんさん》を積むのも方法だが、君はどっちのタイプかなと思ってね。それによっては、ゆくゆくは新店舗を任せたい。だから聞いておきたくてさ」

「新店舗？　わたしがですか？」と雨は驚き、自分のことを指さした。

「もちろん、すぐってわけじゃないよ。でも、君になら任せられると思っている」

「あ、ありがとうございます。でも、まだ三年しか働いてないですよ？」

「勤続年数は関係ないさ。君はそれ以上の努力を重ねてきた。違うかい？」

嬉しい。ずっと憧れてきたパティシエにそんなふうに言ってもらえるなんて。

でも一方で、心の内は複雑だった。

「君はもう、うちの店では一人前だよ」

その言葉に、雨の肩がぴくりと震えた。

「海外で学びたいなら、僕が昔修行していたフランスの店を紹介してもいい。自分で探したっていい。大事なのはパティシエとして一人前になることだ。修行は一生続く。どんなパティシエになりたいか、どこで真の一人前を目指すのか、そろそろ将来を見つめる時期が来たんじゃないのかな？」

そのとおりだ。ずっと分かっていたことだ。

三年経って、このお店で学べることもだんだんと減ってきた。だから新たな道を模索するべきだって、前々からそう思っていた。でも、わたしは――。

雨は左手首を見た。リストバンドを外した腕には、あのミサンガが結んである。くすんでほつれた赤いミサンガ。あと少しで切れそうだ。

それをそっと右手で覆った。

でも、わたしは怖い。怖いんだ。一人前のパティシエになることが……。

最終電車に揺られながら、もう何度目か忘れてしまったため息をもう一度漏らした。

さっきから何度も何度も左手を見てしまう。あのミサンガが、あの指輪が、悲しそうにこちらを見ている。だから雨は、心の中で「ごめんね」って謝った。

太陽君……。わたしは結局、なにひとつとして変わってないね。

あの頃と同じで、弱くて意気地なしのままだよね。

あなたと再会したときは、自分自身から逃げていた。

そして今、わたしは一人前になることから逃げている。

でも、もし一人前になってしまったら——。

自宅のある梅《うめ》ヶ丘《おか》の駅に着くと、スマートフォンが音を鳴らした。着信だ。

こんな時間に誰だろう？ 怪訝に思いながら機器を出してディスプレイを覗くと、雨の目は驚きと共に柔らかな色に包まれた。

「もしもし？ 春陽ちゃん！」

それは、太陽の妹・春陽からの電話だった。


四月も中旬に差しかかった優しい午後のこと。

雨は新宿駅の地下道を急ぎ足で歩いていた。電車が遅延したせいで、待ち合わせの時刻はとうに過ぎている。急がなくては。ブーツの踵《かかと》を鳴らしながら、JRの改札口がある東西自由通路までやってきた。平日だというのに相変わらず人が多い。行き交う人々を見回すと、思わずひとつ、笑みがこぼれた。

薄いブルーのキャリーケースを通路にほったらかしたまま、壁一面に広がる巨大デジタルサイネージの写真を撮る女の子がいる。懐かしい横顔だ。

後ろで髪をひっつめた、スプリングコート姿の春陽がそこにいた。

「春陽ちゃん！」

「雨ちゃん！」と彼女は目を爛々《らんらん》と輝かせ、子犬のように駆けてくる。

随分と大人になった印象だけど、こうして顔を合わせればすぐにあの頃に戻ることができる。長崎での日々が胸をよぎって心が温かくなった。

「ごめんね、わざわざ迎えに来てくれて！」と春陽は、ぎゅってしてくれた。

「ううん、こっちこそ遅れてごめんね」

「気にしない気にしない。てか、十分しか遅れてないよ。東京の人は時間にきっちりね」

彼女は目と口を線のようにして笑った。

「それよりお店は？ 大丈夫だった？」

「うん。今日は火曜だから定休日なの」

「ならよかった！ 雨ちゃん、元気だった？」

「もちろん。春陽ちゃんは？」

「三キロ太った！」

二人は顔を見合わせ、あははと笑った。

今回の春陽の上京は仕事によるものだ。明日、茨城で予定があるらしい。だからその前に一晩泊めてほしいと頼まれたのだった。これまでもLINEや電話で「会いたいね」って話していたけど、忙しさにかまけて長崎に帰ることができずにいた。そしていつの間にか疎遠になってしまっていた。この間の電話を機に、ついに念願が叶ったのだ。二人は新宿を離れて、雨が暮らす梅ヶ丘までやってきた。電車で十五分程度の距離だが、商店街や大きな公園もある長閑《のどか》な街に、春陽は少しだけ驚いているようだった。

「世田谷《せたがや》って聞いてたから、もっとゴージャスな街かと思ったよ」

「世田谷でも色々あるの。近くに大学があるから安い定食屋さんも多いんだよ」

「へぇ〜。わたしは新宿よりもこっちの方が断然好きだな。でっかいビルとか人混みとかは、田舎モンには肩が凝るからねぇ」

そう言って、肩をもみもみ揉んでいる。

雨は「おばあちゃんみたい」と口に手を添え、ふふっと笑った。

「お昼ごはん、まだだよね？　わたしもなの。どっかで食べてから、うちへ行こうか」

「あ、じゃあ――」と春陽はにんまり笑った。そして、

「お花見しようよ！」

近くのスーパーでプラスティックのコップと氷、簡単なおつまみを買い込み、羽根木公園までやってきた。ここは野球グラウンドやテニスコート、区立図書館も併設された街の人の憩いの場だ。園内には六百五十本もの梅の木が植えられており、季節になると

多くの人々が花を愛《め》でにここを訪れる。もちろん、桜の木も植えてある。桜の木々が作る薄桃色の優しいトンネル。その近くのテーブル席に二人は陣を構えた。

「じゃーん！　お土産！」

春陽はキャリーケースの中から長崎名物・壱岐《いき》スーパーゴールドを取り出して得意げに笑った。

そういえば、朝野煙火工業で宴会をしたとき、太陽君が美味しそうに飲んでいたっけ。雨は懐かしくなって微笑んだ。

「でも、平日の昼から飲むなんて罪悪感がない？」

「なに言ってんの。平日の昼に飲むから最高なんじゃない」

春陽は普段から飲み慣れているようで、あっという間に焼酎のソーダ割りを作ってくれた。カットレモンを搾って完成だ。雨と春陽、それからもうひとつ。春陽は「これは、おにいの分ね」と雨の隣の席にコップを置いた。

今日の風は穏やかで、葉桜になったソメイヨシノからこぼれ落ちた桜の雨が、ふわり、ふわり、と風に乗ってこのテーブルまで遊びに来てくれる。

「じゃあ、久々の再会を祝って！」

桜の花に彩られ、二人は「かんぱーい！」とコップを重ねた。

お酒はあんまり得意じゃない。でも春陽がいると、なんだかすごく美味しく感じる。春陽も気持ちよさそうだ。立て続けに三杯も飲んでしまった。

「ねぇ、おにいの悪口大会しよ！」

「悪口大会？」

「お互いに、あいつの悪口とか恥ずかしいエピソードを話すの。そんで桜の花びらをこの空いたコップに一枚一枚入れていくの。溢れさせてやろうよ。おにいの奴、恥ずかしくなって天国から飛んで帰ってくるよ」

雨はくつくつ笑って「いいね、やろう」と頷いた。

それから落ちていた花びらを集めて、じゃんけんして順番を決めた。

勝ったのは春陽だ。

「そうだなぁ」と彼女はしばらく考える。そして、ポンと手を叩き、

「これ、おにいが高校生の頃の話ね」

と言って、昔の話を嬉々としてはじめた。

「おにいって、雨ちゃんが中三のときに一目惚れしたんだって。夏の花火大会で偶然見かけたらしいの」

「そうだったの？」と雨は目をしばたたいた。初めて聞いた話だ。

「そんでね、それからずーっと雨ちゃんのこと捜してたんだって。気持ち悪いよね。でもなかなか見つけられなくて諦めかけてたの。そしたらなんと、偶然、雨ちゃんが同じ高校に入学してきたの。んもぉ、あいつってば、めちゃくちゃ喜んでたんだから」

そうだったんだ……。雨はお酒の入ったコップを両手のひらで包んで目を細めた。

まだ知らない太陽の歴史を知ることができて嬉しかった。

「でも、シャイなもんだから、なかなか話しかけられずに悩んじゃってさ。最初は『同

じ空だ』って喜んでたくせに、だんだん自信がなくなって、しまいには『雨と太陽は同じ空にはいられないんだ〜』って落ち込んでたの。ほんとヘタレで笑っちゃうよね。はい、これがおにいの黒歴史、その一ね」

春陽は桜の花びらをプラスティックのコップにひょいっと入れた。

「あと、これは補足ね。そのとき、わたしが助け船を出してあげたんだよ。本をプレゼントしてあげて」

「本？」

「天気の本。たまたま駅前の本屋さんで見つけてさ。そこに書いてあったの。晴れた空から雨が降ることもあるんだって。えーっと、なんていったっけ……」

雨は「もしかして、天泣《てんきゅう》？」と訊ねた。

「それそれ！　おにいから聞いた？」

「うん。実はね、春陽ちゃんのその話には続きがあって」

「続き？　知りたい！　じゃあ、雨ちゃんの番ね！」

春陽は、桜の花びらを一枚、雨に渡した。

「太陽君が初めて話しかけてくれた日、晴れた空から雨が降ったの。それで赤い傘に入れてもらったの。二人で路面電車の駅まで並んで歩いて。そのときに天泣のことを教えてくれたんだ。でも彼、びっくりするようなことも言ったの」

「なになに？」と春陽は尻を持ち上げ興味津々の様子だ。

雨は心の中で謝った。

ごめんね太陽君、話しちゃうね……。

「天泣には変な迷信があって、晴れた空から雨が降ってるとき、赤い傘に入っていた二人は――」

あのときの彼の声を鮮明に思い出した。

「運命の赤い糸で結ばれるんだって……」

ドキドキしながら彼が言ってくれた特別な言葉。

あれが最初の告白だった。

「その迷信、ほんとなの？」

「ううん、彼が作った嘘の迷信」

「恥ずかしっ！　めっちゃ黒歴史じゃん！」

「そんなふうに言ったら可哀想だよ」と咎めながらも笑ってしまった。

「それに――」と、雨は幸せそうに囁いた。

そして、桜のように微笑んだ。

「太陽君は、その嘘を本当のことにしてくれたよ」

手の中の花びらを指先でそっと撫でる。

「嬉しかったな。彼がわたしの運命の人になってくれて」

あなたの運命の人になれて……。

わたしはうんと嬉しかったよ。

涙の予感を目の奥で感じながら、雨は桜の花びらをコップへ入れた。

「おにいの奴、今頃きっと神様に言ってるね。運命の人に逢いたいから、今すぐ現世に戻らせてくれって」

　雨は指先で涙を拭って笑った。

「じゃあ、次はわたしね——」

　それからも太陽との思い出話に花を咲かせた。笑いながら、お酒を飲みながら、時々涙しながら、飽きることなく語り合った。西の空がだんだんと黄金色に染まっても、この日は不思議と寒くなかった。きっとお日様が二人に気を遣って世界の温度をちょっと上げてくれているのだろう。

　花びらがコップの中に十枚、二十枚と溜まってゆく。

　まだこんなにも心の中に太陽君がいる……。

　そのことを改めて感じることができて、雨はたまらなく嬉しかった。都会のせわしない暮らしの中で、太陽との想い出を振り返る間もなく日々に忙殺されて生きてきた。でももちっとも色褪《いろあ》せていない。彼はまだ心の中にたくさんいる。

　そう思うと、また涙がこぼれそうになった。

　世界がオレンジジュースのような優しい色に包まれる逢魔が時、残りの花びらは二枚となった。次は春陽の番だ。最後になにを語るのだろう？

　春陽は、暮風に揺れる髪を耳にかけると、少し緊張した表情で雨に言った。

「わたし、朝野煙火を継ぐことにしたの」

「春陽ちゃんが？　でも、お父さんは……」

「おとう、今年の初めに脳梗塞《のうこうそく》でぶっ倒れちゃってさ」

雨は「大丈夫なの？」と思わず身を乗り出した。

「全然心配いらないよ。今じゃ、お酒もやめて、毎日運動もして、逆に健康なくらいなの。でも、右手にちょっとだけ麻痺が残っちゃってさ。そんで弱気になっちゃってね。『俺はもう花火は作れない。引退する』って大変だったんだから。ったく、おにいと一緒で、朝野の男ってみんな揃ってヘタレなのよね」

春陽はやれやれとため息を漏らした。

「それで、花火師のみんなから頼まれちゃってさ。わたしが朝野煙火を継いで、おとうがそれをサポートする体制にしてほしいって。ぶっちゃけ、めちゃくちゃプレッシャー。花火師になってまだたったの三年だし、半人前もいいところだもん。でもね、やってみようと思って」

春陽は力強いまなざしを雨に向けた。

「朝野煙火は、わたしが守るよ」

「春陽ちゃん……」

「おにいがいなくなったときに決めたんだ」

その瞳が涙に包まれてゆく。それでも彼女は、一生懸命、微笑んだ。

「わたしは、朝野太陽が羨ましいって思う人生を生きようって」

「太陽君が、羨ましいって思う人生……？」

「いつか天国で会ったとき、おにいに言わせてみせるんだ。お前の花火、めちゃめちゃ綺麗だったぞって。俺もあんな花火を作ってみたかったなぁって。朝野煙火も俺が継ぎたかったのにって、死ぬほど悔しがらせてやるの。もう死んじゃってるけど」

笑った拍子に春陽の目から涙がこぼれた。

「おにいがしたかったこと、いっぱいいっぱい、いーっぱいしてやるんだ」

清々しい声でそう言うと、彼女は最後の一枚をコップの中にそっと入れた。

「だから早く一人前になりたい。おにいの分まで」

「一人前か……」

雨は広げた手のひらを見た。薄紅色の花びらが夕陽を浴びてオレンジ色に輝いている。

「偉いね、春陽ちゃんは。わたしとは大違いだよ」

春陽は小首を傾げている。雨は、そんな彼女に弱々しく笑いかけ、

「わたしね、一人前のパティシエになることが怖いんだ」

「怖いって、どうして？」

「だって、もし一人前になったら――」

未来の約束が叶ったら――、
天国の雨が空から降ったら――、

「太陽君との恋が終わっちゃう気がして……」

堪えていた涙が眦《まなじり》から一気に溢れた。その雫は頬を伝い、顎先からこぼれ落ち、手の中の花びらを静かに濡らしてゆく。

「太陽君が心の中からいなくなりそうで……」

わたしたちの恋は、約束の恋だった。

高校生の頃は十年後の約束で、今は〝未来の約束〟で、わたしたちは繋がっている。

でもこの約束が終わったら、次の約束はもう交わせない。

わたしは太陽君との約束のない人生を生きてゆくんだ……。

「三年前は、わたしも早く一人前になりたいって思ってた。彼との約束を叶えたいって。でも一人前になったら太陽君との繋がりがなくなっちゃう……。そう思ったら急に怖くなったの。バカだよね。太陽君も天国で怒ってるよね」

でも、わたしには勇気がない。

これからの人生を、太陽君がいない世界を、たった一人で歩いてゆく勇気が……。

「——いなくならないよ」

滲む視界をふっと上げると、春陽もたくさん泣いていた。

でも、その表情には強い確信が籠もっている。

そして、こう言ってくれた。

「おにいはいなくなったりしない」

「春陽ちゃん……」

「雨ちゃんの心の中にずっといるよ」

春陽はデイパックの中から一冊のノートを出した。

「今回、雨ちゃんに会いに来たのは、これを届けたかったからなの」

なんの変哲もないノートだ。なんなのだろう？

「雨ちゃんのお母さんから預かってきたの。掃除をしてるときに偶然見つけたんだって。雨ちゃんに渡してって頼まれて」

恐る恐る受け取ると、ゆっくり表紙を開いた。

その瞬間、桜色の頰を涙がいくつも伝っていった。

そこには、太陽の不器用な字で『雨の心を支える言葉』と書いてある。

桜まつりからの帰り道、視覚を失った雨に太陽は言ってくれた。

——俺、伝えるね。雨に言葉。

——言葉？

——五感を取り戻すまでの間、寂しくならないように伝えたいんだ。雨の心を支える言葉を。

そして彼は、シンディーにその言葉を残した。このノートにあるのはきっと、あの答えに行き着くまでに考えた案の数々だ。雨への言葉が、目一杯、書き込まれてある。

「ちょっとコンビニに行ってくるね」

春陽が気を利かせて席を立つと、雨は胸の高鳴りを感じながら彼の文字を見つめた。

ドキドキしていた。

彼の言葉にまた逢えることに。

三年ぶりに太陽に逢えることに……。

雨は、そこに書かれた言葉を読んだ。

雨の心を支える言葉

俺はいつも雨のことを想ってるよ。
君の幸せを願って探してるから。
五感だって絶対、取り戻してみせる。
だから辛くても、寂しくても、
いつかまた会える日を楽しみに待っていてほしい。
→これはちょっと違うかなぁ……。

いつもそばにいてくれてありがとう。
俺もいつもそばにいるからね。
→シンプルすぎかな？

辛いとき、俺と手をつないだことを思い出して。
そのとき、俺も隣で手をつないでいるから。
俺の声を思い出して。
雨に声をかけ続けているから。

雨は思い出していた。

ランタンまつりで「雨ちゃんのことを知りたかった」と手を握ってくれたことを。

朝野煙火工業での宴会の帰り道、赤い傘の下で手を繋いで歩いたことを。

ミサンガを結んだときも、キャンドルの灯を一緒に見たときもそうだった。

彼はいつも、いつでも、この手をぎゅっと握ってくれていた。

雨は思い出していた。

少し鼻にかかる彼の優しい声を。

八年ぶりに再会したとき、「雨ちゃんだってできる。変われる。絶対変われる」と力強く言ってくれたあの声を、「君のことが大好きだ」って言ってくれた声を、バスを追いかけて「君がどんな君になっても、ずっとずっと大好きから」と言ってくれた声を、初めて名前で呼んでくれたときの照れくさそうな声を……。それだけじゃない。「雨に花火を見せるから」と言ってくれたときも、プロポーズのときも、キャンドルのときも、最後の一週間も。彼は数え切れないほど、声をかけ続けてくれた。

そして、今もこの心を支えているあの声も。

――雨は、この世界に必要だよ。

残っている。全部しっかり残っている。

今も色褪せず、この心に……。

雨は、更にページをめくった。

今日は高校時代の頃を思い出してたよ！
雨は本当に強くなったね。
なんなら俺より強いかも（笑）。
辛いことも、苦しいことも、乗り越えてる。
でも俺のことを考えて、言えないこともいっぱいあったかな？
ごめんね。ありがとう。

俺はすごく幸せだよ。
雨にもらった命だから、すごく大切です！
雨のおかげで赤い色も、なんとなくだけど、
違いが分かった気がする。
雨がいっぱい教えてくれたもんね。
「これも赤だよ、これも」「わたしが着てる服、赤いよ」ってね。
雨、寂しいよね？　苦しくないかな？
すごく心配です。
雨はいつも優しい言葉をくれるから、
それに甘えてしまってないか不安です。
今は雨に音を届けることしかできないけど、
いっぱい伝えるからね！　いつもありがとう！

全然まとまってない文章だ。不器用な文章だ。

でもそこに、確かに彼の心を感じる。真心を、優しさを、愛情を感じる。

声も、笑顔も、ぬくもりも、匂いも、あの恋の味も、わたしは五感で感じることができている。ちっとも消えてなんかいない。

雨は涙をこぼして、微笑んで、彼がくれる言葉を噛みしめた。

ひとつひとつ、心を込めて。

そしてページをめくった。これで最後だ。

そこには、こんなメッセージが記されてある。


いつでも雨の隣にいるからね。

ずっと手をつないでいるからね。

毎日一緒にいる。

だから雨は一人じゃないよ。

わたしは間違えてた……。

もしも未来の約束が叶ったら、天国の雨が空から降ったら、わたしと太陽君の恋は終わっちゃうって、勝手にそう思っていた。そしたらわたしは一人になるって……。

でも違う。それは違う。全然違う。

何年、何十年って時が経っても、わたしたちは繋がっている。

これからも、ずっとずっと繋がっている。

約束がなくたって大丈夫だ。

わたしは一人じゃない。

だって――。

太陽君は、わたしの心のぜんぶなんだから。

雨はノートを抱きしめた。

太陽君、わたしもこれから生きることにするね。

あなたが羨む人生を……。

精一杯、生きてゆくからね。

それでいつか自慢させてよ。

わたしはあなたの分まで、こんなに素敵な人生を生きたんだよ……って。

そして雨は、最後の桜の花びらを満杯のコップの中へ収めた。

あくる朝、二人は新宿駅南口にいた。

これから春陽は仕事で茨城へ行く。雨は地下鉄でいつもの職場へ。

ここからはまた別々の道だ。

「わたしね、花火の全国大会に出品しようと思ってるの」

朝陽の中、春陽が凜とした表情で言った。

「だからこれから、大会で優勝したことのある花火師に色々教えてもらいに行くの。どこまでできるか分からないけど頑張ってみるよ。あがいてみる。だから、雨ちゃんも……」

あの頃、花火師を諦めていた弱々しい女の子はもういない。

雨だってそうだ。情けない顔をしていた彼女は、もうどこにもいない。

雨は、深く深く、頷いた。

「わたし、いつか見るよ。太陽君が見たかった景色を」

「おにいが見たかった景色？」

あの日、キャンドルの光を見ながら太陽君は言っていた。

――俺さ、いつか見たい景色があるんだ。

――見たい景色？

――東京に大人気のパティスリーがあってね……。

その言葉を胸に、雨は決意を込めて春陽に伝えた。

「わたし、自分の店を持つ。それで一人前のパティシエになる」

春陽は嬉しそうに笑ってくれた。

「じゃあ、そのときはお祝いのお花をみんなで贈るよ！　あと看板もプレゼントする！

お店の名前、決まったら教えて」

「実はもう決めたんだ。これしかないって思ってて」

「聞かせて」

雨は薄く微笑んだ。

「サン・アンド・レイン」

「素敵……！」と春陽は笑った。

雨も満開に笑った。

「頑張ろうね、お互い」

「うん。頑張ろう」

そして二人は握手を交わした。


春陽と別れて銀座駅までやってくると、いつもの道を、いつもよりも力強く歩いた。

突き抜けるような青い空。陽射しは優しく、風は歌うように柔らかい。もうすっかり見慣れてしまった都会の景色が、今日はなんだか新鮮に思える。

きっと、彼が心にいることを改めて感じられたからだ。

雨は思い出していた。

太陽と交わした、あの未来の約束を——。

そうだ、約束しようよ。未来の約束。
雨、一人前のパティシエになってね。
たくさんの人を幸せにする、そんなお菓子を作ってほしいんだ。
雨ならできる。絶対できるよ。

朝の太陽が青空の中で笑っている。
立ち止まり、空を見上げて、心を込めて雨は伝えた。

ねぇ、太陽君……。
あの約束が叶ったら、
天国の雨が空から降ったら、
次はどんな夢を見よう。
どんな景色を一緒に見よう。
歩いていこうね。
これからも、ずっと一緒に……。

雨は再び歩き出した。
今度はもう立ち止まることはない。
二人なら迷わないと思った。

逢原 雨役 永野芽郁さんインタビュー

Q1 『君が心をくれたから』の中で、心に残ったセリフベスト3は？

1位「それでも出逢ってた」（最終話）

二人が色々な想いと覚悟を抱きながら
過ごしている時間でのこのセリフは痺《しび》れました。
この言葉が出るほどに愛し合えていた時間を
心から愛《いと》おしく思いました。

2位「大事にしてね。夢も、時間も、人生も」（最終話）

自分が失ってから気づいたことを
未来がある人に伝えるこのセリフは雨の優しさを感じました。
私自身も、欲張りかもしれないけれど、
大事にしたいものは全部大事にしようと改めて思いました。

3位「この人生で幸せだった」（最終話）

最初は自分の人生を前向きに捉えていなかったのに、
このセリフを発したとき、生きてきた時間も、
これからの時間もようやく自分のものとして
受け入れられた気がして心が震えました。

Q2 逢原雨を演じ切った感想と、雨にかけてあげたい言葉は？

ほっとしている気持ちと、寂しい気持ちと色々な想いが溢《あふ》れますが、
雨ちゃんとして過ごせた時間は私にとって宝物のようでした。

雨ー!!!
あなたは強くなったよ!!!
愛することも愛されることも知ったよ!!!
頑張れ――!!!

Q3 太陽君に対しても、伝えたい言葉などがあれば、お聞かせください。

太陽君、たくさんありがとう!

Q4 このドラマの脚本の魅力は？

初めて脚本を読んだときから魅了されました。
ファンタジードラマではあるのだけれども、
どこか人生のリアルさを描いていて演じていながら
考えさせられることが多々ありました。
これからもふとしたときに見返す大切な脚本になりました。
心を遣って繊細に、そしてときに力強く書いてくださったと思います。
本当にありがとうございました。

朝野太陽役 山田裕貴さん インタビュー

Q1 『君が心をくれたから』の中で、心に残ったセリフベスト3は?

1位 「太陽君が隣にいてくれる人生でよかった この人生で幸せだった」(最終話)

みなさん、忘れてはいけないのが、太陽君は第一話で死んでしまっており雨ちゃんが心をくれなければ
生きていないわけです。一番気にしている、気になる部分が
雨ちゃんは幸せなのだろうか、ということ。
ずっと悩んでいたと思います。本当によかった。

2位 「自分に負けるな」(第7話)

刺さりました~ここ。
永野芽郁ちゃんのお芝居あってこそですが、
太陽君を超えて自分にも言われているような気がしました。
きっと太陽君も、ものすごく励まされただろうなと思います。

3位 「雨は、この世界に必要だよ」(第1話)

雨ちゃんだけじゃなく、このドラマを見るすべての人にも
届いて欲しいなと思ったので。この世界に必要だよ、と。

Q2 朝野太陽を演じ切った感想と、太陽にかけてあげたい言葉は？

演じ切った感想は難しいですが、
とにかく魂込めました、生きました、精一杯、生きました。
この生き様が、たくさんの人の心を動かせていたら嬉《うれ》しいです。

> 太陽君、
> こんなにも辛《つら》いことに耐えられる人は
> この世の中で、ごく稀《まれ》に一部の人だけだと思います。
> それだけであなたには価値があります。
> こんな世界に輝く太陽のような心をありがとう。

Q3 雨ちゃんに対しても、伝えたい言葉などがあれば、お聞かせください。

セリフと一緒になってしまいますが
あのとき傘に入ってくれてありがとう。
好きになってくれてありがとう。
おかげで大切な時間を過ごせました。
今を生きる雨ちゃんが、幸せに過ごせますように。

Q4 このドラマの脚本の魅力は？

たくさんの伏線、物語のシンクロ、
あのときの言葉や状況がまた10年後に繋《つな》がっていたり。
そして、ここまで想い合う、愛し合えることは
現実ではなかなか経験した人が少ないだろうと思います。
このドラマを見て何か素敵な気持ちだったり
温かい心を見つけられるそんなドラマだった気がします。
雨と太陽だけじゃなく、みんなが誰かを想い合っていた。
こんなふうに想い合える世の中になればいいなと祈っています。

そして、
本当に雨ちゃんが今もどこかでお菓子を作ってくれているような
そんな気がしますね。

――本書のプロフィール――

本書は、二〇二四年一月八日から三月十八日までフジテレビ系で放送されたテレビドラマ『君が心をくれたから』の脚本に、著者による短編小説と主演二人のインタビューを加筆した書き下ろし作品です。

小学館文庫

君《きみ》が心《こころ》をくれたから

著者　宇山佳佑《うやまけいすけ》

二〇二四年六月十一日　初版第一刷発行

発行人　五十嵐佳世
発行所　株式会社　小学館
〒一〇一-八〇〇一
東京都千代田区一ツ橋二-三-一
電話　編集〇三-三二三〇-五八二七
　　　販売〇三-五二八一-三五五五
印刷所――大日本印刷株式会社

この文庫の詳しい内容はインターネットで24時間ご覧になれます。
小学館公式ホームページ　https://www.shogakukan.co.jp

ISBN978-4-09-407361-4